中国科普作家协会资助项目

王晋康文集
第15卷

替天行道

王晋康 著

科学普及出版社
·北 京·

图书在版编目（CIP）数据

替天行道 / 王晋康著 . -- 北京：科学普及出版社，2023.2

（王晋康文集；15）

ISBN 978-7-110-10466-8

Ⅰ. ①替… Ⅱ. ①王… Ⅲ. ①幻想小说 – 小说集 – 中国 – 当代 Ⅳ. ① I247.7

中国版本图书馆 CIP 数据核字（2022）第 121282 号

策划编辑	王卫英
责任编辑	王卫英
封面题字	张克锋
装帧设计	中文天地
责任校对	焦　宁　张晓莉　邓雪梅　吕传新
责任印制	徐　飞

出　　版	科学普及出版社
发　　行	中国科学技术出版社有限公司发行部
地　　址	北京市海淀区中关村南大街 16 号
邮　　编	100081
发行电话	010-62173865
传　　真	010-62173081
网　　址	http://www.cspbooks.com.cn

开　　本	710mm × 1000mm　1/16
字　　数	7460 千字
印　　张	470.25
插　　页	1
版　　次	2023 年 2 月第 1 版
印　　次	2023 年 2 月第 1 次印刷
印　　刷	北京中科印刷有限公司
书　　号	ISBN 978-7-110-10466-8 / I · 641
定　　价	2888.00 元

（凡购买本社图书，如有缺页、倒页、脱页者，本社发行部负责调换）

目 录

天火 / 001
西奈噩梦 / 015
决战美杜莎 / 033
一生的故事 / 054
新安魂曲 / 097
拉克是条狗 / 138
魔环 / 168
五月花号 / 192
替天行道 / 222
兀鹫与先知 / 252

天　火

熬过五七干校的两年岁月，重回大寺中学物理教研室。血色晚霞中，墙上的标语依然墨迹淋漓，似乎是昨天书写的；门后的作息时间表却挂满了蛛网，像是前世的遗留。

我还是我吗？是那个时乖命蹇却颇以才华自负的物理教师吗？

批斗会上，一个学生向我扬起棍棒，脑海中白光一闪——我已经随着那道白光跌入宇宙深处了，这儿留下的只是一副空壳。

抽屉里有一封信，已经积满灰尘，字迹柔弱而秀丽，像是女孩的笔迹。字里行间似乎带着慌乱和恐惧——这是一刹那间我的直觉。

何老师：

　　我叫向秀兰，五年前从您的班里毕业，您可能不记得我了……

我记得她，虽然她是一个无论学业、性格、容貌都毫不出众的女孩，很容易被人遗忘，但"文化大革命"期间她每次在街上遇到我，总要低下眉眼，低低地叫一声"何老师"，使我印象颇深。那时，喊老师的学生已不多了。

"……可是您一定记得林天声，您最喜欢他，快来救救他吧……"

林天声！

恐惧伴随着隐痛向我袭来。我执教多年，每年都有几个禀赋特佳的天才型学生，林天声是其中最突出的，我对他寄予厚望，但也有着深深的忧虑，因为最硬的金刚石也往往是最脆弱的，常常在世俗的顽石上碰碎。

我记得林天声脑袋特大，身体却很羸弱，好像岩石下挣扎出来的一棵细豆苗。性格冷漠而孤僻，颇不讨人喜欢，与他的年龄极不相符。实际上，我很少看到他与孩子们凑群,总是一个人低头踱步,脚尖踢着石子。他的忧郁目光常使我想起一幅"殉道者"的油画,后来我知道他是一个"可教子女"——当时的常用语,即"可以教育的子女"的简称。他父亲是一位著名的右派,1957年自杀了。于是,我也就释然了,他实际上是用这层甲壳来维持自己的尊严。

他的学业并不十分突出,如果不是一次偶然的发现,我完全可能忽略这块璞玉。物理课上,我常常发现他漠然地注视着窗外,意态游移,天知道在想些什么。偶尔他会翻过作业本,在背面飞快地写些什么,过一会儿又常常把它撕下来,揉成纸团扔掉。

一次课后,我被好奇心驱使,捡起他刚扔掉的一个纸团,摊开。纸上是几行铅笔字,字迹极潦草,带着几分癫狂。我几乎难以相信这是他的笔迹,因为他平时的字体冷漠而拘谨,一如他的为人。我费力地读着这几行字:

宇宙在时间和空间上是无限的,否则在初始之前和边界之外是什么?可是在我们之前的这一半无限中,宇宙早该熟透了,怎么会有这么年轻的星系、年轻的粒子、年轻的文明?

我相信震荡宇宙的假说,宇宙的初始是一个宇宙蛋,它爆炸了,飞速向四周膨胀,现在仍处于膨胀状态。亿兆年之后,它在引力作用下向中心跌落,塌缩成新的宇宙蛋,周而复始,万劫不息。

可是我绝不相信宇宙中只有一个宇宙蛋!地球中心说和太阳中心说的新版!无限无中心!逻辑谬误!

这儿是几个大大的感叹号,力透纸背,我似乎感受到他写字时的激扬。下面接着写道:

如果爆炸物质以有限的速度——即天文学家所说的红移速度——膨胀,那么它到达无限空间的时间当然是无限的,怎么可能形成周期性的震荡?如果它到达有限的空间即使是难以想象的巨大

替天行道

空间即收缩，那它也只能是无限空间中微不足道的一点，怎么能代表宇宙的形成？

下面一行字被重重涂掉了，我用尽全力辨认出来：

或许宇宙是无限个震荡小宇宙组成的，无数个宇宙蛋交替孵化，似乎更合逻辑。

多么犀利的思想萌芽，尽管它很不成熟。为什么他涂掉了？是他自感没有把握，不愿贻笑于他人？

纸背还有几行字，字迹显然大不相同，舒缓凝滞，字里行间充满着苍凉的气息，不像一个中学生的心境：

永远无法被人认可的假说。如果它是真的，那么一劫结束后，所有文明将化为乌有，甚至一点儿痕迹也不能留存于下一劫的新人。上一劫是否有个中学生也像我一样苦苦追索过？永远不可能知道了！

读这些文字时，我的心脏狂跳不止，浑身如火焰炙烤，似乎宇宙中有天火在烧，青白色的火焰吞噬着无限，混沌中有沉重的律声。

我绝对想不到，一个孱弱的身体内竟能包容如此博大的思想、如此明快清晰的思维、如此苍凉深沉的感受。

我知道近百年前有一位不安分的犹太孩子，他曾遐想一个人乘着光速的波峰会看到什么……这就是爱因斯坦著名的思想实验，是广义相对论的雏形。谁敢说林天声不是爱因斯坦第二呢？

我不知道天文学家读到这些文字做何感想，至少我觉得它无懈可击！越是简捷的推理越可靠，正像一位古希腊哲人的著名论断：

又仁慈又万能的上帝是不存在的，因为人世有罪恶。

极简单的推理，但无人能驳倒它，因为人世有罪恶！

天声的驳难也是不能推翻的，只要承认光速是速度的极限。

我把他的纸条细心地夹到笔记本里，想起他过去不知道随手扔掉了多少有价值的思想萌芽，我实在心痛。抬起头，看见天声正默默地注视着我，我柔声道："天声，以后有类似的手稿，由老师为你保存，好吗？"

天声感激地默然点头。从那时起，我们俩常常处于心照不宣的默契中。

可惜的是，我精心保存的手稿在"文化大革命"中被抄家时丢失了。

我摇摇头，抖掉这些思绪，拿起向秀兰的信看下去：

……在河西大队下乡的同学都走了，只剩天声和我了，他又迷上了迷信，一门心思搞什么穿墙术。我怕极了，怕民兵把他抓走，怎么劝他都不听。何老师，天声最敬佩您，您来救救他吧！

我唯有苦笑。我自己也是刚从"牛棚"里放出来，惴惴地过日子，哪有资格解救别人！

一张信纸在我手里重如千斤，纸上浸透了一个女孩的恐惧和期待。信上未写日期，邮戳也难以辨认。这封信可能是很久以前寄来的，如果要发生什么早该发生了……我曾寄予厚望的学生是不会迷上什么穿墙术的，肯定是俗人的误解，也许只有我能理解他……第二天，我还是借了一辆嘎嘎乱响的自行车，匆匆向河西乡赶去。

河西乡是我常带学生们大田劳动的地方，路很熟。地面凸凹不平，常把我的思绪震飞，像流星般四射。

我的物理教学也像流星一样洒脱无羁，我不希望中国的孩子都被捏成呆憨无用的无锡大阿福泥人。课堂上我常常天马行空，尽力把智者才具有的锐利的见解和微妙的深层次感觉，在不经意中浇灌于学生。

替天行道

不管怎样，学生们都爱上我的物理课。四十几个脑袋紧紧地追着我转，这本身就是一种欢乐、一种回报——"文化大革命"一开始，学生们不约而同地把矛头首先对准我，我在批斗台上也能自慰，毕竟学生们知道我的不同凡俗。

在一次课堂上，我讲到黑洞。我说黑洞是一种被预言但尚未证实的天体，其质量或密度极大，其引力使任何接近它的物质都被吞没，连光线也不能逃逸。

学生们觉得很新奇，七嘴八舌问了很多问题：一位不小心跌入黑洞的宇航员在跌落过程中会是什么心境？被吞没的物质到哪儿去了？物质是否可以无限压缩？既然连光线也不能逃逸，那人类是否永远无法探索黑洞内的奥秘……

我又谈到白矮星，它是另一种晚期恒星，密度可达每立方厘米一万千克。又谈到中微子，它是一种静止质量为零的不带电粒子，可以在 0.04 秒内轻而易举地穿过地球。

不知怎么竟谈到《聊斋》中可以叩墙而入的崂山道士，我笑道："据说印度的瑜伽功中就有穿墙术。据载，不久前一个瑜伽术士还在一群印度科学家众目睽睽之下做了穿墙表演。关于印度的瑜伽术、中国的气功，关于人体特异功能，常常有一些离奇的传说，比如靠意念隔瓶取物、远距离遥感等。很奇怪，这些传说相当普遍，简直是世界性的——当然，这些都是胡说八道。"

在一片喧嚷中，只有林天声的目光紧紧盯着我，像是幽邃的黑洞。他站起来说："1910 年天文学家曾预言地球要和彗星相撞，于是世界一片恐慌，以为世界末日就要来临。这个预言确实应验了，巨大的彗星尾扫过地球，但地球却安然无恙。这是因为……"

我接着说："彗星是由极稀薄的物质组成的，其密度小到每立方厘米 10^{-22} 克，比地球上能制造的真空还要'空'。"

林天声目光炯炯地接口道："但在地球穿过彗尾之前有谁知道这一点呢？"

学生们很茫然，可能他们认为这和穿墙术风马牛不相及，不知所云为何。只有我敏锐地抓到了他的思维脉络，他的思维是一种大跨度的跳跃。在那一瞬间，我甚至被激发出强烈的灵感，两个思维接近的人在这么近的距离内产生共鸣，这在我是不可多遇的。我挥手让学生们静下来。

"天声是对的。"我说,"人们常以凝固的眼光看世界,把一些新概念看成不可思议。几百年前人们顽固地拒绝太阳中心说,因为他们'明明'知道人不能倒立在天花板上,自然地球下面也不能住人。这样,他们从曾经正确的概念做了似乎正确的推论,草率地否定了新概念。现在我们笑他们固执,而我们的后人会不会笑我们呢?"

我停顿了一下,环视学生们。

"即使对于'人不能穿墙'这种显而易见的事实,也不能看作天经地义的最后结论。螺旋桨飞机发明后,在飞机上装机枪几乎是不可能的,因为飞速旋转的桨叶对子弹形成不可逾越的壁障,直到发明同步装置,使每一颗子弹恰从桨叶空隙里穿过去,才穿破这道壁障。岩石对光线来说也是不可逾越的,但二氧化硅、碳酸钠、碳酸钙混合融化后,变成透明的玻璃。同样的原子,仅仅是原子排列发生了奇妙的有序变化,便使光线能够穿越。在我们的目光里,身体是不可穿透的致密体,但 X 光能穿透过去。所以,不要把任何概念看成绝对正确,看成天经地义、不可更改。"

学生们被我的思维震撼,鸦雀无声。我笑道:"我说这些,只想给出一种思维方法,帮助你们打破思想的壁障,并不是相信道家或瑜伽派的法术。天声你说对吗?你是否认为口念咒语就可叩墙而入?"

学生们一片哄笑,林天声微笑着没有说话。

直到后来,我才知道我犯了多么愚蠢的错误。我给出了一连串清晰的思维推理,但在最后关头却突然止步,用自以为是的嘲笑淹没了新思想的第一声儿啼。

这正是我素来鄙视的庸人们的惯技。

到达河西乡已是夕阳西下。黄牛在金色的夕阳中缓步回村,牛把式们背着挽具,在地上拖出一串清脆的响声。地头三三两两的农民正忙着捡红薯干,我向一个老大娘问话,她居然在薄暮中认出我:"何老师啊,是来看那俩娃儿的吗?娃儿们可怜哪!"她絮絮叨叨地说下去,"别人都走了,就剩下他俩,又不会过日子。你看,一地红薯干,不急着捡,去谈啥乱爱,赶明儿饿着肚子还有劲儿乱爱吗？"

她告诉我，那俩娃儿一到傍晚就去黄河边，直到深夜才回来。哎，就在那座神像下面。我匆匆道谢后，把自行车放在村边，向河边走去。

其实，这老人就是一位了不起的哲学家，我想。她的话抓住了这一阶层芸芸众生的生存真谛——尽力塞饱肚子。

说起哲学，我又想起一件事。20世纪60年代初，日本一位物理学家阪田昌一提出物质无限可分的思想。毛主席立即做了批示，说这是第一位自觉运用辩证唯物主义指导科学研究的自然科学家，全国自然闻风响应，轰轰烈烈地学起来。

我在向学生讲述物质无限可分思想时，感觉非常畅快，因为我非常相信它。甚至在接触到它的一刹那间，我就感觉到心灵的震撼、心弦的共鸣！我能感受到一代伟人透视千古的哲人目光。

我在课堂上讲得口舌生花，学生们听得如痴如醉，包括林天声。

傍晚，我发现一个大脑袋的身影在我宿舍前久久徘徊，是林天声。我唤他进来，温和地问他有什么事。他犹豫很久，突兀地问："何老师，你真的相信物质无限可分吗？"

我吃了一惊。纵然我自诩为思想无羁，纵然我和林天声之间有心照不宣的默契，但要在当时说出这句话，毕竟太胆大了。我字斟句酌地回答："我是真的相信。你呢？"

林天声又犹豫很久。

"何老师，人类关于物质世界的认识至今只有很少几个层次：总星系、星系团、星系、星体、分子、原子、核子、层子或夸克。虽然在这几个层级中物质可分的概念都是适用的，但做出最后结论似乎为时过早。"

我释然笑道："根据数学归纳法，在第 n+1 步未证明之前，任何假设都不能作为定理。但如果前几步都符合某一规律，又没有足够的反证去推翻它，那么按已有规律做出推断毕竟是最可靠的。"

林天声突然说："其实我也非常相信。我一听你讲到这一点，就好像心灵深处有一根低音大弦被猛然拨动，发出嗡嗡的共鸣。"

我们相互对视，发现我们又处于一种极和谐的耦合态。

但林天声并未就此止步。"何老师，我只是想到另外一点，还想不通。"

"是什么？"

"从已知层级的物质结构看，物质'实体'只占该层级结构空间的一小部分，如星系中的天体、原子中的电子和原子核。而且既然中微子能在任何物质中穿越自如，说明在可预见层级中也有很大的空隙。你说这个推论对吗？"

我认真思索后回答："我想是对的，我的直觉倾向于接受它，它与几个科学假设也是互为反证的。比如按宇宙爆炸理论，宇宙的初始是一个很小的宇宙蛋，自然膨胀后所形成的物质中都有空隙。"

林天声转了话题："何老师，你讲过猎狗追兔子的故事，猎狗在兔子后100米，速度是它的两倍。猎狗追上这100米，兔子又跑了50米；追上这50米，兔子又跑了25米……这似乎是一个永远不能结束的过程。实际上猎狗很快就追上兔子了，因为一个无限线性递减数列趋向于零。"

我的神经猛然一抖，我已猜到他的话意。

林天声继续他的思路："物质每一层级结构中，实体部分只占该层级空间的一部分，下一层级的实体又只占上一层级实体部分的若干分之一。所占比率虽不相同，但应该都远小于1——这是依据已知层级的结构，用同样的归纳法得出的推论。所以说，随着对物质结构的层层解剖，宇宙中物质实体的总体积是一个线性递减数列。"

"如果用归纳法可以推出物质无限可分的结论，那么用同样的归纳法可以推出：物质的实体部分之总和必然趋近于零。所以，物质只是空间的一种存在形式，是多层级的被力场约束的畸变空间。老师，我的看法是不是有一点儿道理？"

我被他的思维真正震撼了。

心灵深处那根低音大弦又被嗡嗡拨动，我的思维乘着这缓缓抖动的波峰，向深邃的宇宙深处，聆听神秘的天籁。

见我久久不说话，天声担心地问："老师，我的想法在哪个环节出错了？"

他急切地看着我，目光中跳荡着火花，似乎是盗取天火的普罗米修斯在跌宕前行，天火在他瞳仁里跳跃。天声这种近乎殉道者的激情使我愧悔，沉默很久，我才苦笑道："你以为我是谁，是牛顿、马克思、爱因斯坦、霍金？都不是。我只是一个普通的中学物理教师，纵然有些灵性，也早已在世俗中枯萎了、僵死了。我无法做你的裁判。"

我们默默相对，久久无言，听门外虫声如织。我叹息道："我很奇怪，既然你认为自己的本元不过是一团虚空，既然你认为所有的孜孜探索最终将化亡于宇宙混沌，你怎么还有这样炽烈的探索激情？"

天声笑了，简洁地说："因为我是个看不透红尘的凡人，既知必死，还要孜孜求生。"

夜幕暗淡，一道清白色的流星撕破天幕，倏然不见，世界静息于沉缓的律动。我长叹道："我希望你保持思想的锋芒，不要把棱角磨平，更要慎藏慎用，不要轻易折断。天声，你能记住老师的话吗？"

河边地势陡峭，那是黄土高原千万年来被冲刷的结果，是大自然的鬼斧神工。夕阳已落在塬上，晚霞烧红了西天。

老太太所说的神像实际是一尊伟人塑像，衬着这千古江流，血色黄昏，塑像自有一番雄视苍茫的气概。

暮色中闪出一个矮小的身影，声音抖抖地问："谁？"

我试探地问："是小向吗？我是何老师。"

向秀兰哇的一声扑过来，两年未见，她已是一个典型的农村女子了。她啜泣着，泪流满面，目光中是沉重的恐惧。我又立即进入为人师表的角色："小向，不要怕，何老师不是来了嘛，我昨天才见到你的信，来晚了。天声呢？"

顺着她的手指，我看到山凹处有一个身影，静坐在夕阳中，似乎是在做吐纳功。听见人声，他匆匆做了收式。

"何老师！"他喊着，向我奔过来。他的衣服破旧，裤脚高高挽起，面庞黑瘦，只有眸子仍熠熠有光。我心中隐隐作痛，他已经跌到生活最底层了，但可叹的是他的思维仍然是那样不安分。

我们良久对视。我严厉地问:"天声,你最近在搞什么名堂,让秀兰这样操心?真是在搞什么穿墙术吗?"

天声微笑着,扶我坐在土埂上:"何老师,说来话长,这要从这一带流传很广的一个传说说起。"

他娓娓地讲了这个故事。他说,距这儿百十里地有座天光寺,寺里有位得道老僧,据说对气功和瑜伽功修行极深。"文化大革命"来了,他自然逃不过这一劫,红卫兵在他脖子上挂了一双僧鞋,天天拉他上街批斗。老僧不堪其扰,一次在批斗途中忽然离开队伍,径直向古墓走去,押解的人一把没拉住,他已倏然不见,古墓却完好如初,没有一丝缝隙。吓呆了的红卫兵把这件事暗暗传扬开来。

他讲得很简洁,却自有一种冰冷的诱惑力,我甚至觉得向秀兰打了一个冷战。我耐着性子听完,悲伤地问:"你呢,你是否也相信这个神话?难道你的智力已降到文盲的档次了?"

天声目光锐利地看着我:"稍具科学知识的人都不会相信这个传说,只有两种人会相信:一种是无知者,他们盲从;一种是哲人,他们能跳出经典科学的圈子。"

他接着说道:"何老师,我们曾讨论过,物质只是受力场约束的畸变空间,两道青烟和两束光线能够对穿,是因为畸变的微结构之间有足够的均匀空间。人体和墙壁之所以不能对穿,并不是它们内部没有空隙,而是因为它们内部的畸变。就像一根弯曲的铜棒穿不过弯曲的铜管,哪怕后者的直径要大得多。但是,只要我们消除了两者甚至是一方的畸变,铜棒和铜管就能对穿了。"

他的话虽然颇为雄辩,却远远说服不了我。我苦笑一声问道:"我愿意承认这个理论,可是你知道不知道,打碎一个原子核需多少电子伏特的能量?你知道不知道,科学家们用尽解数,至今还不能把夸克从强子的禁闭中释放出来?且不说更深的层级了!"

林天声怜悯地看着我,久久未言,他的目光甚至使我不敢与他对视。很久,他才缓缓说道:"何老师,用意念的力量去消除物质微结构的空间畸变,的确是难以令人信服的。我记得你讲过用意念隔瓶取物,我当时并不相信,只是觉得它既是世界性的传说,必有产生的根源。从另一方面说,人们对自身机体,对于智力活动、感情、意念、灵感,又有多少了解呢?你还讲过,实践之树常绿,理论总是灰色的。如果可能存在的事实用现有理论完全不能解释,那么最好的办法是忘掉理论,不要在它身上浪费时间,而去全力验证事实,因为这种矛盾常常预示着理论的革命。"

我没有回答,心灵突然起了一阵颤动。

"你去验证了?"我低声问。

林天声坚决地说:"我去了。我甚至赶到天光寺,设法偷来了老和尚的秘籍。这中间的过程我就不说了,是长达三年的绝望的摸索。被囚禁在地狱的幽冥世界里,孤独和死寂使我几乎发疯。直到最近,我才看到一线光明。"

听他的话意,似乎已有进展,我急急问道:"难道……你已经学会穿墙术?"

我紧盯着他,向秀兰则近乎恐惧地望着他,显然她并不清楚这方面的进展。我们之间是一片沉重的静默,很久很久,天声苦笑道:"我还不敢确认,我曾经两次不经意地穿越门帘——从本质上讲,这和穿过墙壁毫无二致。但是,我是在意识混沌状态下干的,我还不知道是否确有此事。等我刻意追求这种混沌状态时,又求之不得了。"

他的脸庞突然焕发光彩:"但今晚不同,今晚我自觉竞技状态特佳,大概可以一试吧。我想这是因为何老师在身边,两个天才的意念有了共鸣。何老师,您能帮我一把吗?"

他极恳切地看着我。我脸红了,我能算什么天才?一条僵死的冬蚕而已。旋即又感到心酸,一个三餐无着的穷光蛋,却醉心于探索宇宙的奥秘,又是用这样的原始方法,这使人欲哭无泪。我柔声问:"怎样才能帮你?你尽管说吧。"

向秀兰没有想到我是这种态度,她望着我,眼泪泉涌而出。我及时拉住她:"秀兰,不要试图阻拦他。如果他说的是疯话,那他这样试一次不会有什么损失,至多脑袋上撞个青包,"我苦笑着,"也许这样会使他清醒过来。如果他说的是事实，那么……即使他在这个过程中死亡、消失，化为一团没有畸变的均匀空间，那也是值得的，它说明人类在认识上又打破一层壁障。你记得普罗米修斯盗取天火的故事吗？"

向秀兰忍住悲声，默默退到一边，珠泪滚滚而下。

天声感激地看着我，低声说："何老师，我就要开始了，您要离我近一些，让我有一个依靠，好吗？"

我含泪点头。他走到塑像旁，盘腿坐好，忽然回头，平静地向姑娘交代："万一我……你把孩子生下来。"

我这才知道向秀兰已经未婚先孕了。向秀兰忍着泪，神态庄严地点头，没有丝毫羞涩。

最后一抹夕阳的余晖涂在天声身上，他很快进入无我状态，神态圣洁而宁静，就像铁柱上锁着的普罗米修斯在安然等待下一次苦刑。我遵照天声的吩咐，尽力把意念放松。我乘着时间之船进入微观世界，抚摸着由力场约束的空间之壁，像是抚摸一堆堆透明的肥皂泡。在我的抚摸下，肥皂泡一个个无声地破碎，变成均匀透明的虚空。

意念恍惚中我看到天声缓缓站起来，下面的情形犹如电影慢动作一样刻在我的记忆中：天声回头，无声地粲然一笑，缓步向石座走去。在我和小向的目光睽睽中，人影逐渐没入石座，似是两个半透明的物体叠印在一起，石像外留下一个淡淡的身影。

我下意识地起身，向秀兰扑在我的怀里，指甲深深嵌入我的肌肤。不过，这些都是后来才注意到的。那时，我们的神经紧张得就要绷断，两人死死盯着塑像，脑海一片空白。

突然，传来一声令我们丧魂失魄的怒喝："什么人？"

那一声怒喝使我的神经铮然断裂，极度的绝望使我手脚打战，好半天才转过身来。

是一个持枪的民兵，身穿无领章的军装，敞着怀，军帽歪戴着，斜端一支旧式步枪，是一种自以为时髦的风度。他仔细打量着向秀兰，淫邪地笑道："老牛还想啃嫩草咧。臭老九！"他准确地猜出了我的身份。

替天行道

他摇摇摆摆走过来，我大喝一声："不要过来，那里有人！"

话未落，我已经清醒过来，后悔得咬破舌头，但为时已晚了。那民兵狐疑地围着石像转了一圈，恶狠狠地走过来，噼噼啪啪给我两个耳光："老不死的，你敢玩我？"

这两巴掌使我欣喜若狂，我一迭声地认罪："对对，我是在造谣，我去向你们认罪！"

我朝向秀兰做个眼色，自己主动朝村里走去。向秀兰莫名所以，神态恍惚地跟着我。民兵似乎没料到阶级敌人这样老实，狐疑地跟在后边。

这时，向秀兰做了一件令她终生追悔的事。走了几步，她情不自禁地回头望了一眼，民兵顺着她的目光回头一看，立刻炸出一声惊呼！

一个人头正缓缓从石座中探出来，开始时像一团虚影，慢慢变得清晰，接着是肩膀、手臂和上半个身子。我们都惊呆了，世界也已静止。接着，我斜睨到民兵惊恐地端起枪，我绝望地大吼一声，奋力向他扑去。

"啪！"

枪声响了，石像前半个身子猛一颤抖，用手捂住前胸。我疯狂地夺过步枪，在地上摔断，返身向天声扑过去。

天声胸前殷红斑斑，只是鲜血并未滴下，却如一团红色烟雾，凝聚在胸口，缓缓游动。我把天声抱在怀里，喊道："天声！天声！"

天声悠悠醒来，灿烂地一笑，嘴唇翕动着，清楚地说道："我成功了！"便安然闭上眼睛。

下面的事态更令人不可思议。我手中的身体逐渐变轻，变得柔和虚浮，顷刻间如轻烟四散，一颗亮晶晶的子弹砰然坠地。只有天声的身体和石像底座相交处留下一个色泽稍深的椭圆形截面，但随之也渐渐淡化。

一代奇才就这样在我的怀里化为空无。我欲哭无泪，拾起那颗尚在发烫的子弹，狠狠地向民兵逼过去。

民兵惊恐欲狂，盯着空无一人的石像和我手中的子弹，忽然狼嚎一般叫着回头跑了。

此后，这附近多了一个疯子。他蓬头垢面，常常走几步便低头认罪，嘴里嘟嘟囔囔地说"我不是向塑像开枪，我罪该万死"，等等。

除了我和向秀兰，谁也弄不清他说的是什么意思。

我从痛不欲生的癫狂中醒来，想到自己对生者应负的责任。

向秀兰一直无力地倚在地上，两眼无神地望着苍穹。我把她扶起来，低声说道："小向……"

没有等我的劝慰话出口，秀兰猛地抬头，目光奇异地说："何老师，我会生个男孩，像他爸爸一样的天才，您相信吗？"她遐想地说："儿子会带我到过去、未来漫游，天声一定会在天上等着我，您说对吗？"

我叹了口气，知道小向已有些精神失常了，但我宁可她暂时精神失常，也不愿她丧失生活的信心。我忍泪答道："对，孩子一定比天声还聪明，我还做他的物理老师，他一定会成为智者、哲人。现在我送你回村去，好吗？"

我们留恋地看看四周，相倚回家去。西天上，血色天火已经熄灭，世界沉于深沉的暮色中。我想天声不灭的灵魂正在幽邃的力场中穿行，去寻找不灭的火种。

西奈噩梦

前边就是"疯猫"酒吧了,摩西·科恩与联络人约定在这儿见面。按照多年间谍生涯养成的习惯,走进酒吧之前,科恩要最后做一次安全检查。他在行进途中突然转身,朝来路走去。在转身的瞬间,已把身后十几个人的眼神尽收眼中。

他发现只有一名年轻妇女的眼光落在他身上。在两人目光相撞时,年轻妇女没有丝毫惊慌,她嫣然一笑,很自然地把目光滑走,推着婴儿车走过他身旁。

也许她的注视是无意的,是年轻妇女对一名英俊男子不自觉的注意。但科恩却瞥见了她脚上一双漂亮的麂皮靴。不幸的是,在这一路上,这双麂皮靴已是第二次出现了。

早在15年前,科恩还未来到以色列时——那时他的名字是拉法特·阿里——他的埃及教官在反追踪课中就教会他去识别追踪人的鞋子。因为在紧张的追踪过程中,追踪者尽可一套一套地更换衣服,却常常顾不上或不屑于更换鞋子。

所以,极有可能,这名可爱的犹太姑娘正是一名摩萨德特工,婴儿车是一种很实用的道具,可以藏起她换装必需的行头。

摩西·科恩并不惊慌。15年来,他已成为特拉维夫社交圈的名人,与很多政界显要交好。所以,即便有人想在他身边织网也必然慎之又慎。他相信,在捕网合拢之前他足可以逃之夭夭了。

他微微冷笑一声,若无其事地朝前走去。

20分钟后,他干净利索地摆脱追踪者,重新回到"疯猫"酒吧。

酒吧里顾客不少。他扫视一番，向靠窗一张孤零零的桌子走过去。那儿有一名中年男子在安静地啜着咖啡，但锐利的目光一直不离开门口。科恩认出他是穆赫辛少校，不由心头一热。

穆赫辛少校是带他走进间谍生涯的引路人，他身担要职，轻易不到国外。由此也能看出，国内对巴列夫防线的情报是何等重视。少校向他点头致意，为他要了一杯咖啡。

"你好。"他用法语说。

"你好。我没想到是你。"科恩也用法语回答。

少校低声说："是总统派我来的，总统要我亲自转达他对你的问候和谢意。"

科恩觉得嗓子中发哽："谢谢。"他把一份画报递过去，那里面藏着缩微情报："这是有关巴列夫先生健康情况的最后一批资料。我想那个日子快到了吧。"

"快了。科恩，你的心血不会白费的。我这次来就是对巴列夫先生做一次临终诊断。"

科恩微笑点头。大约20年前，即1953年11月，以色列恶名昭著的101分队在屠夫沙龙的带领下，袭击了约旦河西岸的吉比亚村，69名无辜的村民惨遭屠杀，只有科恩死里逃生。他成了一个孤儿，流落到埃及，不久被穆赫辛少校发展成间谍。15年来他一直生活在以色列，孤儿拉法特·阿里已变成著名的以色列富商摩西·科恩，他已完全融入以色列上层社会了。但他在内心深处一直保留着那个恐怖的场景：一群老弱妇孺绝望地盯着枪口，等着它喷出死亡的火焰。他把仇恨咬在牙关后面，祈盼着有一天报仇雪恨。

令人沮丧的是，15年来耶和华一直孜孜不倦地护佑着他的子民，安拉和穆罕默德却似乎忘了他们的信徒。该死的犹太人在对阿拉伯人的战争中一次次大获全胜。他们占领了西奈半岛，构筑了极为坚固的巴列夫防线，使埃及的经济命脉苏伊士运河不得不关闭。科恩做梦都盼着埃及坦克跨过巴列夫防线的那一天。为了这一天，他甘愿粉身碎骨。

他对穆赫辛少校说："希望我的努力使巴列夫先生早日进入天国。不过，恐怕我在这儿待不住了。"

少校注意地问："为什么？"

科恩苦笑一声，向四周扫视一番，压低声音说："也可能是我神经过敏。不久前一位政界熟人似乎无意地邀我去洗土耳其浴，我婉言推辞了。如果仅仅到此为止似乎算不了什么，但邀我洗浴的那人同摩萨德的关系很密切，而且不久我发现有人跟踪我。我推测他们对我有了怀疑，想找机会检查一下我的身体。你知道我一直没有割包皮。"

穆赫辛少校紧张地思索着。在派拉法特·阿里到以色列之前，他们曾打算为他割去阴茎包皮，以免在实施割礼的犹太人中露出马脚，但阿里执意不肯：

"不，我不同意。你知道，很可能我要在以色列生活十年、二十年甚至终生，我必须在外表、生活习惯甚至思考方式上彻底变成一个犹太佬。那么，总得在我身上保留一点阿拉伯人的东西吧，好让它经常提醒着我到底是谁。犹太佬割去包皮是对他们的上帝立约，我保留它，算是对我们的祖先立约吧。"

少校最后勉强同意了他的意见，但反复告诫他一定要小心。这么多年，科恩一直很谨慎，没有露出马脚。但是，一旦以色列特工部门有了怀疑，他们将轻易地查清这一点。少校严肃地说：

"我马上回国向上司报告，以决定你的去留。但你一定要记住，无论上司的撤退命令是否抵达，只要你确认处境危险，不要有丝毫犹豫，立即逃走！你的工作位置对祖国无比重要，你本人的安全则更重要。"

科恩感动地说："谢谢。不过，在走之前，我至少还要完成一项工作。"

"什么工作？"

科恩停顿很久才问道："你知道伊来·阿丹这个名字吗？"

酒吧里声音嘈杂，几个人在大声咒骂巴勒斯坦杂种，他们刚伏击了一支以色列巡逻队，造成三人死亡，那些伏击者也被随即赶到的以色列直升机送入地狱。少校侧耳问："谁？"

"伊来·阿丹。"

少校思考一会儿，答道："没有。我从未听说过。"

"他在十几年前是以色列魏兹曼研究院的著名物理学家，早年在柏林大学毕业，曾师从著名物理学家海森堡，也在费米手下工作过，后来到美国斯坦福大学物理系任教，从那儿迁居以色列。他是一个和平主义者，他的反战态度与沸腾着复国狂热的犹太社会格格不入。所以，很早他就离世隐居了，十几年来在社会上籍籍无名。如果在犹太佬中找出一个不太可恶的例外者，恐怕只有他了。"他笑着说，又继续介绍：

"这些年他一直在一个偏远小镇索来斯从事个人性质的科学研究。尽管社会上似乎早已把他遗忘，但在以色列科学界一直有一种'窃窃私语'，关于他的窃窃私语。这些私语声我早就听到过，如果不是他的研究课题太不可思议，我早把他列入我的情报对象了。"

少校问："什么课题？"

科恩笑道："你绝对猜不到的，是时间机器。"

少校吃惊地问："时间机器？科幻小说中描写的古怪玩意儿？"

"对。所以我一直把阿丹教授看成一个神经不正常者。但是，近一两年科学界的私语声越来越大，而且是满怀敬意，绝不是嘲笑。我就有点弄不明白了。要知道，这些犹太科学家们的脑瓜可是绝顶聪明的，他们不可能全都发疯。听说阿丹先生的研究已经成功，对过去未来的追述或预言十分准确——当然不可能不准确，如果他确实能乘着时间机器亲眼看见过去未来的话。"

少校盯着科恩的眼睛，下意识地摇头。他不相信这种天方夜谭式的故事。科恩说：

"我也不相信。但为保险起见，我还是想去探查一番。如果这是真的，阿丹先生就会很准确地预测在巴列夫防线上不久要发生的事情，那可太危险了。尽管他不是狂热的犹太复国主义者，但毕竟是一个犹太佬啊。"

少校皱着眉头问："是不是摩萨德设下的诱饵？"

"不大像。不管怎样，我去看看再说吧。如果不是真的，我就请阿丹先生喝法国白兰地；如果是真事，就只好请他吃一颗子弹——尽管我不大忍心这样做。"

替天行道

"你要小心行事。真主保佑你。"少校用法语低声说道,然后起身离去。

科恩驱车向偏远的索来斯小镇出发。秋风萧瑟,车窗外的景物迅速向后退去。他想,这种生活有可能就要结束了,从某种意义上说这也是一种解脱。15年的伪装是一桩太重的负担,连在睡梦中都不敢用阿拉伯语思考。有时他甚至疑惑地自问:假如自己真是个犹太人?……然后他迅速坐在地上默诵古兰经,使自己心境平静。

小镇已到了。这儿接近内盖夫沙漠的边缘,镇上十分冷清。科恩没费什么事,就打听到伊来·阿丹教授的住宅,看来阿丹先生在这儿很有名。

阿丹教授的住所是一片占地颇宽的平房,低矮的篱笆墙上爬满了牵牛花。科恩把福特车停在阿丹的大门口,在车内检查了一遍他的柯尔特手枪,然后下车去按响门铃。铁门自动打开了,扬声器中一个老人说:

"请进。"

走进客厅,阿丹教授在那里迎候,目光锐利地打量着客人。他七十岁上下,外貌颇像一个古代的先知,浓密的白色长须飘落胸前,身体很健壮,两眼炯炯有神。科恩努力思索着,觉得这副容貌曾在什么地方见过。他彬彬有礼地说:

"请原谅我的冒昧来访。我叫摩西·科恩,在特拉维夫经商……"

阿丹打断他的介绍,微笑道:"我认识你,咱们见过面。"

科恩很尴尬,也有点不安。在间谍生涯中,他每日每时强迫自己记住与他打过交道的每一个人,也几乎做到了这一点。但他在记忆中没有搜索到这个老人,他问:

"见过面?在什么地方?"

"大约十年前吧,是在一次沙龙聚会上。你那次离会很早,我们没来得及认识。那时六五战争刚结束。我们的某个指挥官释放了上千名埃及战俘,逼他们脱掉鞋子步行穿过西奈沙漠,多数人因干渴日晒死在途中。参加那次聚会的都是社会名流,是有教养的绅士,当然不会赞扬这件事,至少不会公开赞扬。不过在言谈中,他们都把它当作自家孩子的一场恶作剧,用轻描淡写甚至幸灾乐祸的口吻谈起它。全场只有你一个人勃然大怒，声色俱厉地说：这是犹太人的耻辱！犹太人不要忘了奥斯维辛集中营，不要捡起党卫军的万字袖章戴在自己胳臂上！说完你就愤然离去。科恩先生，自那时起，我一直想找机会向你表达我的敬意，一个35岁商人的一席话使犹太社会的精英们渺小如虫蚁。谢谢你今天给了我这个机会。"

他慈爱地看着科恩。科恩恍然忆起此事，暗暗为自己的幸运高兴。十年前那次冲动几乎暴露了自己的身份，后来他多次告诫自己要牢牢记住这个教训。没想到这倒成全了阿丹先生对自己的友善。看来，今天的任务可能要轻松一些。

他在心中滋生出对这个犹太老人的敬意。

老人笑问："科恩先生，有什么需要我效劳？"

科恩难为情地笑道："阿丹先生，请你不要取笑，这一切都缘自我那不可原谅的好奇心。我在科学界听到过不少有关你的议论，想来查证一下它的真实性。如果我的问题不涉及什么国家机密或个人机密的话……"

"请讲。"

"请问：你真的在研究什么'时间机器'？"

教授微微而笑："不错。"

科恩喊道："坦率地讲，我完全不相信这个玩意儿！我认为那只是科幻小说中描写的荒谬东西，是对人类逻辑的嘲弄。因为从没有一个人能解释清楚那个'外祖父悖论'：如果一个人回到过去，无意中杀死幼年的外祖父，那怎么可能有他的母亲来生养他呢？尊敬的教授，你能为我讲清楚吗？"

教授笑了："乐意效劳。但这不是一两句话就能讲清的，我们先把自己安顿好再说吧。"

他唤仆人冲上两杯咖啡，两人在沙发中对面坐定，教授开始讲起来。

"让我们先从那个人尽皆知的假定开始吧。假定我们在地球之外的太空中静止不动，通过从地球射来的光线观察地球。这种观察和地球的实际进程肯定是同步的。"

"对。"

"再假定我们背向地球行进,当我们离开地球的速度越来越大时,地球上的时间流逝就会变慢。极端地讲,如果达到光速,地球展现在行进者面前的将是一帧静止画面。对此人而言,地球的时间流逝就停止了。"

"可是,光速……"

"再假定我们的速度超过光速,就会越过'今天'追上'昨天'的光线,我们就回到过去了。同样的方法也可跳到未来。"

"可是,按爱因斯坦的相对论,光速应是宇宙速度的极限!"

阿丹教授笑着摇头:"不,爱因斯坦只是说,原来就低于光速的物体不能通过加速达到或超过光速,并未否认超光速的存在。按近代物理学的理论,宇宙分为快宇宙和慢宇宙。我们所处的慢宇宙中,绝大多数物体的速度都远远小于光速,只有接受了极大能量的极少数高能粒子,才能向上逼近光速。与此相反,快宇宙中绝大多数物体的速度远远大于光速,只有接受了极大能量的极少数高能粒子才能向下趋近光速。快慢宇宙是不同相的,永远不可能交汇。但是有一个人所共知的事实,人们却往往忽略了它的深刻含义,即:在慢宇宙中,尽管物体不能达到光速,但光却可以很方便地做慢物体的信息载体;同样,光也可做快物体的信息载体。所以,快慢宇宙当然可以通过共同的媒介物来完成信息交换。这就是时间机器的基本原理。"

科恩点点头:"噢,你是说信息交换。换句话说,通过时间机器,只能观察过去未来,并不能真的跳进那个不同相的世界。这倒是容易接受的观点。"

"对,一个整体的'人'绝不能跳到过去未来。但是你不要忘记,快慢宇宙中都有极少数逼近光速的重粒子,它们的速度接近,它们之间能够交换力的作用。所以通过时间机器,我们也可以向过去未来发射一些光速重粒子去影响它的进程。"

科恩笑道:"我想这影响是微不足道的。宇宙射线无时无刻不在穿过大气层,我们每个人的身体恐怕都被高能粒子穿透过,但并没有引起什么变化。"

阿丹严肃地说:"你说的不错,但你不要忘了所谓的蝴蝶效应,这是混沌理论的基石:里约热内卢的某个蝴蝶扇动翅膀所引起的空气紊流,传到夏威夷洋面就可能发展成一场飓风。很可能，今天的人类就缘于几亿年前某个高能粒子引起的基因突变。所以，如果我们向四千年前的迦南古城发射一簇粒子，四千年后很可能影响犹太人和巴勒斯坦人的命运。"

科恩一个劲儿地摇头："恕我不能同意这一点。按你的说法，迟早又会回到外祖父悖论上去。当你的这簇粒子改变了摩西或诺亚，怎么还会有发明时间机器的犹太人子孙伊来•阿丹教授呢？"

阿丹教授笑起来，耐心地解释道："科恩先生，你的思维还停留在牛顿力学而不是量子力学的水平上。以电子云的概念为例：当我们说它处在原子核外某轨道上时，并不是说它确切地待在那里，而是说这是它的最大可能位置。同样，当我们通过时间机器观察未来时，我们也仅仅看到历史的最大概率。举个浅显的例子吧，日本偷袭珍珠港的结局就是按历史发展的最大概率实现的。但是，如果当时就有一个人预见到日本人偷袭，这个人又处在足以采取行动的位置上——这个假设一点也不违反历史的真实性——那么另外一种历史结局并不是不可实现的。我们的时间机器扮演的就是这种历史预见者的角色。至于它能否改变历史，那就要依靠概率决定了。"

科恩沉默了很久，才苦笑道："你的解释在逻辑上无可挑剔，但我不知道自己心里是更清楚了，还是更糊涂了。直截了当地说吧，你的时间机器是否已研制成功？"

"成功了。"

"那么，"科恩沉吟很久才问，他想阿丹绝不会轻易答应自己的要求，"能否让我借助它做一次时间旅行？我非常渴望能有这样一次神奇的经历。"

不料阿丹教授的答复十分爽快："当然，我费了几十年心血搞出这个玩意儿，并不是要把它锁在储藏室里。我已经做过几次实验，都很成功。你稍等一会儿，半个小时我就把机器准备好。"

半个小时后，科恩忐忑不安地来到实验室。直到现在，他还是不相信时间机器的存在。他想象不出时间机器会是个什么古怪玩意儿。也许它是一个地狱之磨，把人磨碎成一个个原子，再抛撒到过去未来。

替天行道

其实阿丹教授的时间机器并不古怪，它很像一部医院里常用的多普勒脑部扫描仪。阿丹教授让科恩在活动床上躺好，在他脑部固定了一个凹镜形的发射装置，然后轻轻地把活动床推到一个巨大的环状磁铁中去。他俯下身问："马上就要开始了，你不要紧张，它只相当于一次脑部扫描检查。现在请你告诉我，你想到哪个历史时代？"

科恩用随便的口吻说出他蓄谋已久的目的地。他开玩笑地说："先从近处开始吧，免得我掉进时间陷阱一去不返。我想看看几天以后的以色列以及周围的国家，看看这儿能发生什么事情。然后，等我从时间旅行中回来，我就等候在电视机前去验证一番。你知道，只有在看到确凿无疑的实证后，我这个牛顿力学的脑瓜才敢相信。"

教授微笑道："好，你放松思绪。我开始进行时间调整。"

随着一波波电磁振荡穿过脑海，慢慢地，科恩觉得自己的脑中有了奇妙的变化，虽然他闭着眼，却感到自己已经有上帝的视觉，透过云层俯瞰着几天后的尘世。他把目光聚焦在地中海沿岸的以色列国土上，聚到红海和西奈半岛上。不等他找到苏伊士运河，那儿惊天动地的爆炸声已把他吸引过去。他看见几千门埃及大炮向运河东侧的河岸猛轰，烟尘中绽开着火红的花朵。以色列军队的火力完全被压制了。运河上一条条橡皮艇像蚁群一样，满载埃及突击队员，在"真主伟大"的呼声中用力划向对岸。先期抵达的埃及工兵已经架起几台大功率水泵，用高压水流冲散犹太人苦心构置的沙墙。西奈机场上几十架以色列飞机紧急起飞，准备轰炸过河的队伍。但运河西侧突然冒出一朵朵橙黄色的闪光，苏制萨姆-6地空导弹呼啸升空，把以色列的F-4战斗机和A-4天鹰攻击机打得凌空爆炸。

这正是他盼望已久的赎罪日战争。秣马厉兵十年的埃及部队士气高昂，很快撕破巴列夫防线，埃及坦克从浮桥上隆隆开过，穿过沙墙中新开辟的狭路，向西奈半岛开过去。

忽然，一只孤零零的以色列豹式坦克从火网中钻出来，爬到高高的河堤上，就像一头对月长啸的孤狼。面对堤下成千上万的埃及武器，它毫无畏惧，冷静地瞄准浮桥开炮。浮桥在爆炸声中断裂，几辆埃及T-62坦克掉入河中。愤怒的埃及人把各种反坦克武器瞄向这辆坦克，很快把它炸毁，它的炮塔和驾驶员的四肢炸飞到几百米之外。科恩大声叫好，不过，对这辆豹式坦克中不知姓名的犹太佬，他倒是满怀敬意。

浮桥很快修复，埃及坦克继续络绎不绝地开过去。科恩热泪盈眶，他知道阿拉伯世界十几年的屈辱即将洗雪，这成功里有他的一份努力，是他提供了巴列夫防线的所有详细情报。

忽然云雾消散，阿丹教授的脸庞出现在他视野里。他关切地问："有什么异常吗？我发现你的心跳和血压波动都很剧烈。"

科恩过了很久才收拢思绪。他的脑子飞快地转了几圈，问道："阿丹先生，我确实看到了几天后的情景，虽然我不敢相信它是真实的。这些情景你能否透过机器同时观察？"

"能，但我没有使用这种监视功能，怎么样？你还要继续进行吗？需要不需要我的帮助？"

科恩微笑道："谢谢，我再去看一会儿。我想我一个人能行。"

10月15日，战争的第九天，局势发展十分理想。埃及坦克已开进以色列本土。

在以色列军队全线溃退的形势下，有一队坦克却隐秘地逆向而行。这些坦克都是苏制T-54，驾驶员穿埃及军服。沿途碰见的埃及军人快活地打着招呼：

"喂，前线怎么样？"

坦克上的人也用阿拉伯语兴高采烈地回答："犹太佬完蛋了！很快就要赶到地中海喂鱼去了！"

问话的埃及军人欢呼起来。但他们做梦也想不到，坦克中正是屠夫沙龙和他的部下。他们像一群阴险凶狡的狼，偷偷从埃及二、三军团的结合部穿插过去，通过运河浮桥开到埃及本土，然后立即嗥叫着扑向各个萨姆导弹基地。这些基地很快变成一片废墟。没有后顾之忧的以色列飞机立即凶狠地扑过来，把制空权牢牢控制在自己手里。正在向特拉维夫推进的埃及坦克在以军凶猛的空中攻击下很快溃不成军。

沙龙的坦克部队在埃及本土长驱直入，一直向开罗挺进。因为埃及的装甲部队已全部投入前线，后方十分空虚。科恩目瞪口呆地看着战争的突兀逆转，他的心在滴血。

太不可思议了！历史老人难道如此不公平？受尽欺凌的阿拉伯人难道注定要失败，而作恶多端的犹太佬却处处受到耶和华的庇佑？

直到阿丹教授把他拉回现实，他仍是泪流满面。教授俯在他面前，注意地盯着他，委婉地说：

"科恩先生，你是否看到了什么悲惨的事情？"他悔疚地说："也许我不该让你使用时间机器。不过请你记住，你看到的一切，都是'最有可能'发生的事情，但'最有可能'不等于'一定'。也许上帝垂怜，不让那些悲惨事情真的降临人世。"

在他好心地劝解时，科恩一直在心里呐喊："难道我十几年的努力全部白费了？阿拉伯民族十几年的努力会付诸东流？"很久他才稳定住思绪。他猛醒到，必须想法消除阿丹的怀疑，稳住这个老人。他想出一个对策，于是凄苦地对教授说：

"教授，你知道我看见了什么？可能是机器故障吧，刚才我没有跳到未来，而是回到过去。我看见1953年11月，沙龙领导的101分队袭击了吉比亚村，69个老弱妇孺倒在枪弹下。可能是时间跳跃引起的错误，不知怎的，我好像也变成了吉比亚村民的一员。我第一次用阿拉伯人而不是犹太人的眼光来面对这场屠杀，沙龙的恶魔行径使我深恶痛绝。所以刚才我是在为敌对民族流泪。请你不要取笑我。"

教授低沉地说："你的眼泪没什么可以取笑的。虽然我们是犹太人，但只要没有传染上社会上的歇斯底里症，就会承认沙龙的行径是对人类良心的践踏。"

"教授，我是否可以回到过去，向沙龙的祖辈们发射几颗高能粒子？但愿这几粒微不足道的粒子能改变沙龙的凶残本性，避免那场历史悲剧。"

教授犹豫很久，才勉强答道："好吧。本来我一直慎用这种手段，因为蝴蝶效应的后果是难以控制的，也许它会偏向另外一个方向。不过，你愿意试一下也未尝不可，反正这些结局都在历史的概率之内。"

他把一个类似电视遥控器的玩意儿塞到科恩手中，告诉他，他可以自己调整跳入的历史年代。等他需要发射粒子时，只需按一下发射器的红色按钮即可。然后，他把时间机器调到自动挡。

科恩沿着沙龙家的人生之路逆向而行，内心十分焦灼。他要赶在赎罪日战争在历史真实中发生前，尽自己的力量改变它的结局。他看见 14 岁的沙龙参加了犹太"加德纳"组织，十分凶悍地同阿拉伯人械斗。他继续往前走，看见沙龙的父亲从苏联迁居以色列，定居在特拉维夫郊区。那时以色列还是遍地荆棘，移民们在周围阿拉伯人的敌意中艰难地挣扎着，不少人死于疾病和饥馑。他逆着沙龙家族的迁移路线追到沙皇俄国，那儿也笼罩着仇视犹太人的气氛。沙龙的爸爸原姓许纳曼，是一个强壮的农夫，面孔阴郁，穿着笨拙的套鞋和旧外套。沉重的劳作使他神经麻木了，心情烦躁时，他就痛饮伏特加，发狂地殴打妻子。妻子在地下打滚，小许纳曼（沙龙），则站在马厩边仇恨地盯着父亲。

科恩立即瞄准冰天雪地中那个破旧的农舍，按住红色按钮不松手，把无数高能粒子透过相空间的屏障射入那个异相世界。然后他一刻也没有耽误，迅速调头奔向未来，急于看看自己的手术是否能产生效果。他在心中不停地向安拉祝告，把那个万分之一的幸运施舍给他。

10 月 14 日。装甲师长沙龙正在与上司戈南争论。在以军即将全军覆没之际，沙龙主张回马一击，穿过埃及二军团和三军团的结合部袭击埃及本土。戈南却斥之为胡说八道。按照原来的历史进程，是沙龙的主张得到胜利。但经过高能粒子轰炸的沙龙似乎已失去强悍的本性，在上司的淫威下忍气吞声，放弃了自己的主张。

替天行道

科恩无比欣喜地看着埃及坦克向特拉维夫挺进，只有三个小时的路程了。叙利亚的坦克也在东边突破以军防线。特拉维夫的犹太平民们目光阴沉地抱着武器守在大楼上，等着死亡降临。现在他们唯一关心的是死前能拼掉几个阿拉伯人。

科恩开心地笑起来，他用一己之力改变了战争结局，挽救了阿拉伯民族。但喜悦中，他瞥见几架超低空飞行的以色列鬼怪式飞机突然出现在开罗上空。就在萨姆导弹把飞机击毁之前，几架降落伞晃晃悠悠落下来。在离地600米的空中，忽然爆出几团极明亮的闪光，接着蘑菇云冲天而起。是原子弹！他早知道以色列制造了十几颗原子弹，并已把情报通知埃及，但他没料到他们真的敢使用。开罗城的建筑在冲击波下无声地崩溃，城内像撒了遍地的小火星，这些火星迅速变成熊熊大火。

以色列驾驶员临死前在无线电中放声大笑："该死的阿拉伯人，咱们同归于尽吧！"

科恩目瞪口呆，看着开罗在地狱之火中毁灭。他在心里痛苦地喊道："不能这样啊，不能这样啊。这绝不是我想得到的结局！"

他忽然从极端的恐惧震惊中苏醒，一秒钟也没有停，操纵着时间机器的旋钮，急急忙忙沿着以色列人的历史进程往回赶。在很短时间内，他越过犹太人几千年的历史。

他看见慕尼黑奥运会上，被阿拉伯恐怖分子枪杀的11名以色列运动员的鲜血染红了德布鲁克机场的跑道，但奥运会却若无其事地继续进行。他看见犹太人在二次大战中被屠杀，成千上万赤身裸体的犹太男女排着队走向毒气室，他们目光温顺，没有丝毫反抗。当毒气从莲蓬头咝咝地喷出来时，骨瘦如柴的妈妈徒劳地把儿女藏在自己身下。

他不想看这些，这些只会削弱他对犹太佬的仇恨。他猛力扳动开关，一下子跳回到旧约中描写的年代。他看见强大的犹太人在兴高采烈地屠杀基比亚人，借口是基比亚人强奸了一个犹太女子。他们又在烟气升腾中大肆屠杀犹太人中的便雅悯支派，恰如"拾取遗穗"，因为便雅悯支派不肯交出基比亚人罪犯。

他继续扳动开关，来到三千年前的埃及。犹太人在埃及法老的淫威下偷生，他们不得不把自己的妻子献给埃及主人。后来，一个叫摩西的犹太人带领同族逃出埃及。那时红海还只是一条狭窄的海沟。他们从一座简陋的木桥上跨过去，然后急急地拆毁木桥，把埃及追兵隔在对岸。惊魂甫定身着长袍的摩西在河岸上伸出神杖向以色列人晓谕："看哪，耶和华在护佑着我们。"科恩把高速粒子枪对准手持神杖的摩西，狠狠按下红色按钮直到能量耗尽。无数高能粒子无声无息地射向摩西。从表面上看，这簇高能粒子没有在摩西身上引起什么变化，他颤颤巍巍地领着族人继续向东行进。

海恩又折回头，急急赶向1973年10月。他知道蝴蝶效应是不可预测的，祈祷着至高无上的主把那仅有的幸运赐给他的族人。

10月22日，以军已全面胜利。还是那个被称作屠夫的沙龙，公然违抗世界舆论的呼声，率领他的装甲师直扑开罗。埃及军队已经晕头转向，无法建立任何有效的防御。开罗城内的军民都绝望地等着末日来临，恰如几天前特拉维夫那些绝望的犹太人。

在距开罗80千米的地方，沙龙才接受国防部长达扬的命令停止前进。即便如此，以军的辉煌胜利已足以使犹太人欢呼。在此之前，梅厄总理已下令原子弹做好投弹准备，以便在末日来临时与阿拉伯人同归于尽。现在这些原子弹都拆去引信，悄悄运回内盖夫沙漠的核弹基地。

海恩尽情观察了战争的全过程，然后悄然返回现实世界。

"科恩先生，你的这趟远足可真不近，你在这里已躺了两天了。"阿丹教授平静地对他说。他关闭了时间机器，从科恩头上取下那个凹镜状的发射器。

"科恩？"他略一愣神，笑道："不，你记错了，我叫海恩，摩西·海恩。你知道这两天我看到了什么？我观察了一次战争的全过程！请问今天是几号？"

"10月6日，上午8点。"

"10月6日，对，正是这一天，犹太教的赎罪日。我告诉你，上午10点，以色列政府将发布紧急动员令。下午两点，埃及军队向巴列夫防线发动闪击战。开始时局势很危险，以色列几乎从地图上抹去。但是伟大的军人沙龙扭转了战局，最后以犹太人大获全胜而告终。不，我不对你详述了，让我们饮着咖啡，心平气和地欣赏这场有惊无险的球赛重播吧，那绝对是一种享受。"

他注意到阿丹先生在定定地凝视他，目光很古怪，怆然中夹着怜悯。他茫然问道：

"怎么，我的话不对头吗？阿丹先生，我知道你是一个和平主义者，但你总不至于拒绝为以色列的胜利而高兴吧。我在时间旅行中重温了犹太人的苦难，全世界都曾抛弃犹太人。现在，我们总算用血与火为自己争得一块生存之地。你干吗用这种古怪的眼神看我？"他皱着眉头问。

阿丹教授怜悯地看着他，轻声问："海恩先生，你对拉法特·阿里这个名字有印象吗？"

"拉法特·阿里？"他仔细想了一会儿，"记不清了，但听来似乎耳熟。也可能是我在埃及当间谍时用过的一个化名。我有无数化名，不能全都记得。"

"那么，以色列富商摩西·科恩呢？"

"噢，那是我曾经干过的公开职业。难怪你刚才称我科恩先生。我是否向你介绍过我的真正职业？我是在摩萨德工作。"

阿丹小心翼翼地说："海恩先生或者科恩先生，在饮酒欢庆胜利之前，你能否听我讲一个小故事呢？"

海恩不知老人的用意，迷惑不解地点点头。于是阿丹教授详细讲述了一个故事。一个名叫拉法特·阿里的天才的阿拉伯间谍，在以色列卓有成效地从事间谍工作。他对民族的忠诚是毋庸置疑的，即使在危险的间谍生涯中，他也坚持每晚坐在地板上，面向圣地麦加，口诵古兰经。但他的努力并未改变阿拉伯人的失败。他在痛苦中借助一个犹太佬发明的时间机器，反复向历史发射高能粒子，以求多少改变历史的进程。

"可惜他不知道，当他偶尔这样干的时候，确实会稍微改变历史进程，当然这种改变不一定正好合乎他的心愿。当他多次发射粒子后，历史进程经过充分振荡后反而会回到原先的位置，也就是最大可能的位置。只有一点细节改变了：这名阿拉伯人变成了他深恶痛绝的犹太佬。"

他怜悯地看着目瞪口呆的海恩，叹息一声，苍凉地说：

"这并非多么不可思议的事。阿拉伯人和犹太人同是古闪族的后代，只是后来才分化成不同的民族，所以摩西时代某一个粒子的得失足以影响几千年后一个人在战争游戏中的归属。其实，按科学家华莱士和威尔逊的线粒体夏娃假说，人类所有民族均出自15万年前一个共同的女性祖先。所以，如果把我的粒子枪拿到更早的历史时期发射，连希特勒也可能变成行割礼的犹太人。那才是一个绝妙的讽刺。"

海恩的脸色越来越苍白，教授的讲述唤醒了一个遥远的前生之梦，他恐惧地抵抗着，不愿在这个梦中沉沦。但教授下面的话彻底撕碎了他的幻想。教授叹道：

"海恩先生，请原谅，在你说时间机器有故障以后，我打开了监视窗口，因而观察到你的全部行为。我看着你在历史长河中焦灼地来回奔波。尽管我不赞同你的所作所为，不赞同你对犹太人的深仇大恨，但我十分佩服你对自己民族的忠贞。我没料到不可控制的蝴蝶效应把你变成犹太人，这真是一个悲剧。请相信我没在其中捣鬼。海恩先生，一点不错，你确实是两天前来到这儿的那位阿拉伯间谍拉法特·阿里。"

海恩呆了。那个前生之梦与今生之梦重叠在一起，就像是叠合的两张透明幻灯片。一个是无比仇恨犹太人的阿拉伯间谍，一个是无比仇恨阿拉伯人的以色列特工。这两种仇恨都曾是那么正义，他对自己的信仰深信不疑。但是，当两个格格不入的画面叠合在同一个人生上，这种正义的质感变得模糊了，扭曲了，甚至显得荒谬可笑。

海恩面色悲怆地沉默了很久，慢慢抽出柯尔特手枪，指着教授的鼻子愤恨地说：

"你为什么要告诉我，你这个该死的犹太人？即使我变成犹太佬，你为什么不让我浑浑噩噩地活下去，非要把我唤醒来正视自己的痛苦？我要宰了你这个心肠狠毒的老东西。"

就在这时，房门被砰然撞开。三个人冲进房中，高声喊道："放下枪，举起手来！"

海恩身上被唤醒的阿拉伯间谍本能使他迅速转身射击，同时急切地对教授喊："教授快趴下！"

但三人的枪弹比他更快，一阵猛烈的射击打得他飞起来，他重重跌倒在地。他无力地看教授一眼，脸部肌肉变得僵硬，但双眼痛苦地圆睁着。三个摩萨德特工走到他身边端详着他，其中一名对教授说：

"教授你没受伤吧。我是达夫上尉。这是一名最危险的阿拉伯间谍，叫拉法特·阿里，我们已跟踪他很长时间，总算没让他逃脱。"

阿丹教授冷冷地看着这几个人，冷嘲道："阿拉伯间谍？我想你们弄错了吧。这也是一名摩萨德特工，摩西·海恩。他刚才还在为以色列的胜利欢呼呢。"

达夫上尉笑道："不会错的。你不要信他的鬼话，这条狡猾的阿拉伯红狐狸。三天前我们用秘密摄像头偷拍了他的阴茎，他没有行过割礼，单是这一条就足以证明他的真实身份。"

教授冷笑道："没有行割礼？我不会偷看别人的阴茎，尤其不会把它当成高尚的事情，不管用什么堂皇的借口。但我相信这个真正的犹太人一定在出生第八天就行过割礼。诸位不信，尽可现在就检查一下。"

教授说得如此肯定，达夫上尉惊奇地看看他，犹豫不决地走过去解开死者的裤子。他的脸色顿时煞白如雪，惊惶不解地喊："真是怪事！三天前我们在厕所里偷拍了他私部的照片，那是绝对不会错的。即使在这之后他去补做手术，也不会痊愈得这样快！"

三个人面面相觑，都惶惑地盯着教授，不敢承认自己误杀了同事。教授懒得对他们解释，他走过去，沉痛地看着死者的面容。他的脸部扭曲，眼睛圆睁着，似乎惊异于这个扭曲的世界。他一生辛苦劳碌，忠贞不贰，却不知道自己究竟该为真主还是耶和华效忠？这使他死不瞑目。教授低声说：

"可怜的孩子，安心地睡吧。这个充满仇恨的疯狂世界没有什么可留恋的。"

他轻轻为他合上眼睑。就在这时，大地微微颤抖一下，从遥远的西方传来沉闷的炮声。这炮声如此密集，以致变成连续不断的滚动的狂飙。阿丹教

授叹息一声,对客厅中三个木然呆立的摩萨德特工说:

"请回到你们的岗位上去吧。这是埃及军队的炮声,赎罪日战争已经拉开序幕了。去吧,只是……但愿你们的身份没有拉法特·阿里那样的阴差阳错。"

决战美杜莎

一

钱三才先生是全国房地产界的大鳄，白手起家，经过45年的拼搏，挣得近千亿的家产，在福布斯中国富豪排行榜上一向位列前五位。此老性格乖张，特立独行，从不在乎社会舆论。他今年65岁，准备退休了，但他的千亿家产如何处置成了悬念。他曾公开声明不会学比尔·盖茨的"裸捐"——家产不留给后代，全部捐给慈善基金会。在回答一个记者的追问时，他冰冷地说：

"那是我自己的钱，我想花到哪儿就花到哪儿，用不着你来教我该怎么做。"

当然，这番话激起了社会上一片讨伐之声。

他只有一个独子。那家伙倒真正是乃父的肖子，同样是个性格叛逆的角色，与其父一向不和。他早就公开声明，不会要父亲一个子儿的遗产。那么，钱先生该如何处置他的千亿家产呢？

在他过了65岁生日并正式退休后，他的家产处置方案终于浮出水面。那天他邀请七位学界精英开了一次"七贤会"，包括数学家陈开复、材料学家迟明、考古学家林青玉女士、物理学家徐钢、语言学家刘冰女士、电脑专家何东山和社会学家靳如晦。这七人有两个共同特点：第一，才华横溢，都是本专业的顶尖人物；第二，年龄都在32岁到35岁之间，仅靳先生年过四旬。外界合理推测，他将对这七位学界精英给予巨额资助，很可能是天文数字的资助。但他依据什么标准选中这几位？七个人的专业似乎风马牛不相及。媒体为此热热闹闹讨论了很久。

不过这对我不是秘密，因为我也是与会人员之一。当然，以我的年龄、工作和学历——25岁的自由记者,偶尔写些科幻小说,自我评价只能算是二三流的作家——是不够与会资格的。但物理学家徐钢是我的未婚夫,他酷爱室外运动,前不久攀岩时摔断了左腿,在石膏绷带还没取下来前,如果有非得参加的活动,都是由我推着轮椅送他,这次仍是如此。后来,歪打正着,七贤会变成了八仙会,而且我,"头发长见识短"的易小白,还被推举为研究小组的发言人和组长,成了徐钢的顶头上司,这让他大呼不平。

会议在腾格里沙漠举行。这儿有钱先生种植的防护林,是他不声不响做下的慈善工程之一,而且做得相当不错。周围数百平方千米内郁郁葱葱,沙漠变成了真正的沃野绿洲,仅剩下100亩的原生态沙漠作为样本,罩在透明的穹盖下。这是一座顶部透明的穹隆形建筑,是钱先生建的博物馆。博物馆名由钱先生亲自拟定并书写,但馆名颇有点不伦不类:浪淘沙。他与媒体一向不和,媒体自然不放过这个拿他开涮的机会,都说这么一个花里胡哨的名字,更适合洗浴中心而不是博物馆。这话虽然刻薄,说得也不为错,确实在不少城市中都有以"浪淘沙"命名的洗浴中心。

博物馆的展品也五花八门,都直接摆放在沙面上,有些半埋在沙里。讲解员是一位本地姑娘,脸蛋上带着高原红,普通话不太标准,带着西北口音的艮劲儿。她介绍的头一件展品是一件风箱,过去家庭妇女做饭用的,现代社会在两三代之前就淘汰了。这件风箱的桐木箱体保存得基本完好,但枣木的风箱把手已经磨去大半,变成细细的一条月牙,令人感叹岁月之沧桑。讲解员说,这件器物是钱总的奶奶传下来的。你们猜一猜,风箱把手磨到这个程度花了多少时间?答案有点出乎观众预料:仅仅四十多年。

前边沙面上放着一件六边形中空石器,讲解员说这是钱总家乡一口水井的井口。井口材质是坚硬的花岗岩,各边都磨出了深深的绳槽,光可鉴人,最深处可达壁厚的一半。柔软的井绳需要多少年才能在花岗岩上磨出这样深的沟槽?这座井口一共磨断过多少根绳子?耗去过多少打水人的生命?讲解员说,虽然精确时间不可考,但从钱总故乡的村史分析,应该在150年到180年之间,这个时间也不算多么漫长。

替天行道

然后是一块青石板,是钱家祖宅屋檐下的接水板。雨滴年复一年的进击在石面上留下了明显的凹坑,最深处竟有一指深。水是天下至柔之物,而且只不过是小小的雨滴在敲击,并非凶暴的瀑布,那么,需要多长时间才能在坚硬的石板上"舔"出这样的凹坑?讲解员笑着说,这个时间倒是容易追溯的,只用查查钱家祖屋的建造时间就知道了——150年。

再往前,沙面上摆放着一件精致的水晶盒子,昭示里面的展品比较贵重。那是一块形状奇特的石头,长圆形,中间弯成90度。说它奇特,奇在它的驼背是天生的,并非人工雕琢,从弯曲的石纹可以清楚地看出这一点。讲解员兴奋地说:

"知道吗?这件展品是著名地质学家李四光珍藏过的,李先生说它是中国第四纪冰川运动一个绝好的实证:这块长形石头原来应该是直的,半截嵌在坚硬的基岩里,凸出的半截正好被冰川包围。因为冰川有极缓的运动,石头被冰川缓慢地推挤着。在漫长的时间中,坚硬的石头会表现得像面团一样柔软,最终成就了这个90度的弯腰,就像它在向时间女巫膜拜。李先生十分钟爱这块石头,当年丢失过一次,李先生特意登报求告,说它只有学术上的意义而没有金钱上的价值,窃贼良心发现,悄悄还了回去。李先生仙逝后,他的后人也一直珍藏着它。至于钱先生如何讨来这块宝贝,就不得而知了,所谓精诚所至金石为开吧。"

讲解员介绍之后问了那个老问题:多长时间的冰川推挤才能造就眼前的奇迹?她说,精确时间不好考证,但给出一个上限不难——最长不会超过一次亚冰期,几万年。

藏品中还有不少青铜器真品,铜绿斑驳,那是岁月的沉淀。有三星堆遗址中发现的巴人面具,面容奇特,柱形双眼远远凸出在眼眶之外。巴人所处年代大致与中原的春秋战国时代相当。现在,巴人民族连同它的文化已经消失在时间长河中,只余下这些怪异面具,用它们的凸眼苍凉地质问青天。还有一件造型古朴的商代青铜甑形器,中间有汽柱,应该算是中国最早的蒸锅,外壁用复杂的鸟纹和大蕉叶纹做装饰,内壁锅底有单字铭文——好。别小看这孤单单一个字,它指明器皿的主人是商王武丁的妻子妇好,那是中国早期一位著名的女将军和女政治家。

我推着徐钢边看边听,其他几位要来换我,我婉言谢绝了。两个小时后我们来到后厅,这儿同样是原生态的沙地,沙面上摆着一个石头茶几,放着茶水茶点,四周是九个草编蒲团。头发半白的钱先生坐在蒲团上等着我们。他用锐利的目光扫过我们,平静地说:

"你们都看过了馆藏品,观感如何?我知道,很多文化人说这个博物馆不伦不类。"

几个客人都笑笑,各自在蒲团上坐下来,徐钢仍坐在轮椅中,都没有接他的话。只有我乖巧地说:

"钱伯伯,我能猜到你创办这个博物馆的原意,还有这个馆名的含意——是想向人们展示时间的无上威力。'浪淘沙'中的'浪',是指时间长河中的绵绵细浪,而'沙'则泛指世间芸芸万物。时间悄悄地淘洗磨蚀着万物,平素不为人觉察,等你一旦觉察则一定伴随着震惊。今天的参观,就让我体会到深沉的苍凉感。"我又补充一句,"而且——你让他们七位大老远跑到这儿开会,一定有深意。我说的对不对?"

徐钢嫌我多嘴,大概更嫌我语中有讨好意味,偏过头恼怒地瞪我一眼,我笑眯眯的佯装没看见。其他客人当然不会苛责一个年轻姑娘,笑着不插言。钱伯伯唇边浮出一丝微笑,对我点点头,简单地说:

"小白姑娘,你很聪明。"他看看大家,"各位都忙,咱们直奔正题吧。我请大家来,是想请你们放下手中的活儿,全力投入一个新课题。你们大概已经知道我的独子拒绝继承遗产,我尊重他的决定,一个子儿也不给他留了,所有家产将全部投入这项研究。而你们呢,如果同意参加,将投入整个人生。"

众人有些愕然,包括徐钢和我。大家接到邀请后,都猜着钱先生是想资助自己的研究,所以兴冲冲地赶来了。科学家都清高,但科研项目不能清高,必须有巨量的金钱做后盾。特别是像物理学、材料学、计算机科学和考古学这类实验性(实践性)学科,其实就连语言学和社会学这类比较"虚"的研究,照样离不开巨量的金钱。不过,谁也没想到,钱先生一开口就要求各人放弃原来的课题，这样的做法，说轻一点也是失礼。但——到底是什么课题，需要投入"一千亿"和"整个人生"呢？众人在愕然和不快中也有期待，静等钱先生说下去。

"恕我说话坦率，有句古话'名缰利锁'，说出了千古至理。古往今来的人们，蝇营狗苟，不惧生死，不外是为了名利二字。就像诸位是搞研究的，大概都不贪财，但恐怕没人敢说不喜欢'名'。至于我就更贪心了，鱼与熊掌兼爱。这辈子已经有了利，还切盼落个身后之名。刚才大家看了我的馆藏品，比如那件镌有'好'字的商代青铜器，它让一个女人在三千多年后还能活在人们心中，没有被历史遗忘。这也正是我的追求，一个乖张老头儿的自私想法。我的要求其实非常简单——希望在千秋之后，考古学家不定从哪座废墟里挖出一个石头脑袋，上面的泥巴一擦，露出我这副尊容，基座上还刻有'钱三才'仨字。只要这样，我就心满意足了。"

我能感觉到周围的气氛一下子变冷了，冷到冰点之下。大家都是奔着"慈善捐赠"这个想头来的，没料到他竟然提出这么一个"恬不知耻"的、狂妄的要求——让七位学界精英"投入整个人生"，来保证一个富佬在千秋之后留名！他以为自己是谁，胡夫、秦始皇、成吉思汗、恺撒或亚历山大吗？客人们都有涵养，没把心中的鄙夷直接表现出来，但各人的目光已降到冰点之下。我担心地看看徐钢，我熟知他的涵养功夫较差，怕他勃然大怒，弄得不可收拾。奇怪的是徐钢今天没有发作，倒显得反常的平静——也许只是暴风雨前的平静。他沉默一会儿，笑着说：

"钱先生，这绝对是一个伟大的设想。"

钱先生冷冷地一下子顶回去："不，徐钢先生不必违心地面谀。我知道这个追求既不伟大，也不高尚。但人类文明史大半是由不高尚组成的。像著名的金字塔、兵马俑、泰姬陵、巴格达空中花园、曾侯乙编钟，等等，都是帝王私欲的产物，就连造福后代的京杭大运河，其初衷也是为了隋炀帝南下巡幸。人类文明中有没有'本质高尚'的遗迹？有，像李冰都江堰，像印度阿育王塔，不过实在屈指可数。既然历史就是如此不干净，既然我有千亿家产无处可花，那就让我当一回胡夫、秦始皇和隋炀帝，又如何？"

徐钢仍面带微笑，我从中看到不祥的寒意，他平静地说：

"当然可以啊，没人反对你'流芳百世'，更不会干涉你如何花自己的钱。不过我觉得你的要求档次太低，不符合你的尊贵身份。你为什么不要求把整个月球雕成你的肖像呢？有一千亿金钱做后盾，再加上现代科技，这并不是办不到的事。"

钱先生淡然一笑："现代科技什么都能办到吗？"

"至少，对你提的那种要求来说易如反掌。它太简单了，太小儿科了，不值得拉上我们七个来陪你一块儿玩儿。我提一个既快又省的建议，你不妨放了我们，改去雇用石匠。五百元就管雕出一个很像样的花岗岩脑袋，外加刻上你的大名。你不妨雇他几百人，雕他几万件，分散埋到世界各地。这就能达到你的目的了，可以确保几千年几万年后，后人还能在哪块地里刨出一个囫囵脑袋。"

我使劲扯徐钢的衣襟，他的话太刻薄。不管怎么说我们今天是客人，我不想他和主人彻底撕开脸面。而且我的意识深处也有隐隐的怀疑——钱先生虽然为人乖张，但终究是商界耆宿，人情练达，老眼如刀，不会贸然提出这个显然会被拒绝的要求来自取其辱吧。那么，也许他另有深意？

其他六位默然不语，从感情上说明显倾向于徐钢这边。现在只有我出面转圜了。我仍然扮演一个毫无心机的天真姑娘，笑嘻嘻地说：

"徐钢你先别吹牛，别把话说得太满。钱伯伯的要求中还有一个重要参数没提到呢，那就是——时间长短。钱伯伯，你说的'千秋之后'，究竟是多长？是一千年，一万年，还是十万年？"

钱先生深深看我一眼，唇边再次浮出笑意。他赞许地对我点点头，然后说：

"我要求的时间是——150亿年。"

"多——少？"

"150亿年。我希望我的石头脑袋，还有名字，至少能保存到150亿年后。我的要求很简单，具体内容也可商榷，但这个时间点一定得保证。"

周围的气氛又有一个突然的转变，而且是逆向的转变。七个人同时抬头看着钱先生,刚才的不屑目光已经变了,变得非常复杂,有迷茫,也有敬畏;七个人你看我、我看你,默然不语,一种隐隐的亢奋在暗中搏动。社会学家靳先生喃喃地说:

"150亿年。按比较公认的预测,宇宙在150亿年后已经灭亡了。至少说,地球人类肯定灭亡了。"

钱先生轻松地说:"那倒没关系。我不在乎150亿年后是谁刨出我的脑袋,地球人也好,外星人也好,都行。"

"也许那时一片混沌,已经没有任何生物,更不用说智能种族了。"

"那同样没关系,就让我的脑袋独自飘浮在混沌中吧。我只求留名,不怕寂寞。"他用尖利的目光看看徐钢,讥讽地说,"不过对于现代科技来说,这件事肯定太过轻易,不值得拉上你们七个来陪我玩儿,是不是?"

我幸灾乐祸地看看徐钢——谁让他刚才那么狂?他这会儿完全陷入深思之中,对钱先生的讥讽毫无应战之意。我毕竟是写科幻小说的,对各类知识多有涉猎,知道七位科学家为什么有如此的震动。150亿年——对于一千年、十万年这样的时间段来说,150亿年绝不是单纯的加长。它的漫长足以让事情发生质变,让可能变成不可能,让不可能变成可能。甚至能让坚硬的科学理性变得软如面团,就如那块冰川中的弯腰石头,向时间女巫低头膜拜。我想起辛弃疾的一句诗:"了却君王天下事,赢得生前身后名。"钱先生的提议为这句话赋予了新的含义。此前的世人,包括人类历史上最厉害的英雄枭雄,也不过关注于"生前之名",即在地球人文明中的声名;唯有钱先生第一次认真提出要博得"身后之名",即在地球文明之后甚至"这个宇宙"之后的声名。

说他的要求是"自私"也不为错,但就连这种自私也是大气魄的,无人能比。古人说"大俗即大雅",套用到他身上可以说:大私即大公。

钱先生知道我们一时走不出震惊,站起身,拍拍裤子上沾的沙子,平淡地说:

"看来诸位对我的建议还感兴趣。这样吧,我离开五天,你们深入讨论一下,五天后我听你们的回话。当然,在你们决定之前,我也会告知各位的聘用待遇。我想会让你们满意的。"他看看我，微笑着补充一句，"我原来没有给易小姐发邀请函，是我走眼了，失敬了。现在我向你道歉，并正式邀请你参加这个团队。"

五天后，在同一个地点，七个人盘腿坐在蒲团上，连打着石膏绷带的徐钢也挣扎着下了轮椅，大家恭谨地面向钱先生，一如众星拱月，众僧拜佛。七个人用目光催促我说话，我难为情地说：

"钱伯伯，你知道我才疏学浅，与他们七位不是一个层次。但他们非要推举我做发言人，可不是赶鸭子上架嘛。"

钱先生笑着说："那你就上架吧。我想他们是为了照顾我——我的层次更低呀，找一个中间档次的人做中介，免得我听不懂他们的话。"

"那我就开始说？"

"开始吧。"

我清清嗓子，庄重地说："首先我代表七位客人，尤其是代表徐钢，谦卑地请你原谅，徐钢诚恳地收回他五天前的不敬之语。"

钱先生讥讽地看看徐钢："没关系，我这辈子对挨骂早就习惯了，狂妄、乖张、荒悖、私欲滔天，等等。相比而言，徐先生那天的话简直就是褒语了。"

徐钢这会儿低眉顺眼，没有丝毫着恼的表情。我说："不，狂妄的是我们。你的设想确实非常伟大，既伟大又高尚，它隐含着人类文明最本元的诉求——追求人类文明的永存永续，甚至当人类肉体消失之后，也要让文明火种继续保存下去；如果用科学术语来表达，这是对宇宙最强大的熵增定律的终极决战，是对无序和混沌的终极决战。"

"过誉了，我哪能达到你说的这种境界，你说的这些意义我甚至听不懂。我只关心一件比较实在的事：人类科技究竟能不能满足我那个石头脑袋的要求？是不是如徐先生说的'太过轻易'？"

"不，是徐钢、是我们太狂妄了！"我苦笑着大声说，"钱伯伯，我们曾以为科学无所不能，至少未来的科学无所不能。但自打五天前听了你的要求，促使我们回过头来，清醒地理了理它到底有多大能耐。现在我们承认，你那项要求虽然非常、非常简单，但是，只要现代科学的框架没有革命性的突破，就没有任何技术手段能够实现它。我们非常佩服你，五体投地。你聪明地使用了'极端归谬法'，让我们醒悟到，科学在时间女巫前是何等渺小。"我补充一句，"钱伯伯，这些话可不是我个人的看法，而是我们八个人的共识。"

"是吗？这可让我太失望了。提个建议吧，我看美国先锋号飞船采取的办法就不错，你们可以把我的肖像和名字镌刻在镀金铝板上，或者刻在更稳定的铂铱合金上。据设计者说，这种金属板在太空环境中能保存几亿年。"

我看看材料学家迟明，摇摇头说："我们讨论过这个办法，不行。迟先生说，这种方法只能保证几千万年的稳定，但在150亿年的漫长时间里，金属原子会发生显著的嬗变，甚至质子湮灭效应也不能再忽略，这两种效应肯定会破坏信息的精确传递。再说，这个金属板或金属头像能储存到哪儿？150亿年后，地球肯定已经不存在，所有的星体可能也不存在了。在星体的大崩解中，没有任何物体能独善其身，正所谓覆巢之下无完卵。考古学家林女士、语言学家刘女士和社会学家靳先生还说，退一万步说，即使它能保存下来，又怎么保证你的名字和肖像被人读懂呢？也许那时的智能生命是一种混沌体，根本没有视力，不理解头像和人类文字是啥东西。即使他们有语言文字，但我们无法事先设计一个罗塞塔石碑，来沟通两种语言。"

"不至于吧，据我所知，很多科学家说可以用数学做星际交流的中介，因为在整个宇宙中，数学有唯一性。"

"不，数学家陈先生说，关于这一点并无定论——数学究竟是先验的绝对真理，抑或仅仅是对客观世界深层机理的高度提炼？所有数学都离不开公理，但150亿年后的文明会不会认同今天的公理？在那个趋于混沌的宇宙里是否还会提炼出今天的数学？陈先生说不敢保证。"

"想想另外的办法嘛。用句孙猴子的话：怕龙宫没宝哩。人类科技这么发达，肯定有办法。"

"这五天里，我们讨论了各种办法，非常异想天开的办法，非常科幻的办法，不过最后都行不通——说句题外话，钱伯伯我非常感谢你。不管你的课题能否成功，至少我已经得到了很多绝妙的科幻构思，是七个一流科学家免费为我提供的，这样的机会太难得了！用它们当素材，我一定写出一篇惊世之作。"

钱先生笑着说："那好，如果成功了，你得用稿费和奖金请客，我们九个人都去。"

"不，十个，钱伯母也要去。"

"哈哈，你真是个细心的好姑娘。对，让你伯母也去。现在不妨说说你们那些'行不通'的设想。算是为我进行启蒙教育吧。"

"比如，电脑专家何先生曾设想建一个'终极计算机'，把有关你的信息数字化，输入计算机中，然后设计一个非常严格的纠错程序，在信息受到任何微干扰时及时校正。这正是数字化信息最根本的优点，从理论上说可以保证信息在150亿年时间里精确传递。可惜，这种纠错程序，从本质上说，是以外来能量流来维持一个小系统的有序状态，它离不了外来能流。但150亿年后，在宇宙陷入混沌状态时，谁敢保证一定有外来能流？再说，计算机硬件本身也同样受到原子蠕变和质子湮灭的威胁。"

"我也觉得这个方法过于复杂，肯定不可行。另外的设想呢？"

"有很多很多。比如在光子的亚结构中嵌入特定信息，对于以光速运动的光子来说，其固有时间是停滞的，信息不会随时间漂移。但这种方法又受到量子不确定性的限制，还是行不通。"

"嗯，还有呢？"

"徐钢设想建一个近光速飞船，当飞船速度非常接近光速时，船上的固有时间也就非常接近停滞，可以保证飞船中的金属雕像不会发生蠕变。当然，此时飞船质量接近无限大，对其加速所需能量也接近无限大。但如果飞船能随时从太空中捕捉氢原子，以核聚变的方式提供能量，对飞船永久性持续加速，还是能够接近光速的。"

"这办法似乎可行。为什么行不通？"

"因为我们又想到，对于近光速飞船来说，静止的太空粒子具有同值的反向速度，它所具有的阻碍运动的动能，远大于它在核聚变中放出的能量！"

替天行道

"且慢——能不能想办法利用这种反向动能？我不懂牛顿力学和相对论，但据我所知，帆船就能利用逆风行驶，只需走'之'字形路线就行。"

"钱伯伯，这儿可是质量接近无限大的近光速飞船！要想让它走'之'字形路线，也就是产生横向加速度，所耗用的动力也是接近无限大的。"我加了一句，"这还牵涉到另一项无法克服的困难——近光速飞船在 150 亿年的飞行中总会与什么天体相撞吧，但它根本无法转向规避，因为飞船的固有时间为零。"

钱先生摇摇头："绕来绕去，还是行不通。好像有一个无处不在的毒咒在罩着咱们。"

我迅速看大伙一眼："钱伯伯你说得对，你太厉害了，一句话就戳到要害之处。这正是我们在五天深入讨论之后的强烈感受。宇宙中确实有这么一个无处不在的毒咒——熵增定律。它魔力无边，无处不在，无时不在。它让任何信息在时间长河中都归于无序，再巧妙的办法也绕不开它。其实刚才我们说的还只涉及'宇宙之内'，没有涉及'宇宙之后'。科学家相信，150 亿年之后，也许已经是另一个宇宙了。但什么是不同宇宙的分界？最本质的定义就是信息的隔绝。新宇宙诞生时会抹平一切。所有母宇宙的信息，哪怕是一个简单的石头像和名字，都甭想传递到另一个宇宙。"

"小白，你快把我弄得灰心丧气了。这么说，你们打算拒绝这个活儿？"

"不！我们一定要接！即使最终的结果是完全失败，我们也要做下去，至少可以为后人指出此路不通。这么说吧，这绝对是人类古往今来最伟大的课题，它甚至已经超越了科学，成为哲学命题和宗教追求。我们怎么舍得放弃呢。"

"那好，如果你们'投入整个人生'之后仍然失败，让我的一千亿打了水漂，我也认了，心甘情愿。现在，咱们是不是该谈谈待遇？"

"不必了，我们对待遇毫无要求，能进到这个研究小组，已经是我们极大的荣幸。再说，你那区区千亿家产可不够这项研究的开支，只够做启动资金，我们得省着花呀。最乐观的预计，这项研究要想得出基本确定的结论，至少得一万年吧。至于总的花费，我们现在都不敢去算。"

"那好，待遇的问题就由我单方面决定吧。这么说，今天我们就可以签聘用合同？"

七个人，不，带上我是八个人，依次庄重点头。

"好，能有这个结果，我很满意。"钱先生环视众人，把目光落在徐钢身上，似笑非笑地说，"徐钢先生你输啦！你说绝不要我一个子儿的遗产，但我还是把它变着法儿交到了你们几位的手中。算起来，你接受了我家产的七分之一，不，算上小白那份儿是八分之二。"

其他六人一时愣住，我笑着解释："徐钢是钱伯伯的独子，十年前就和老爹闹翻。为了和老爹划清界限，连姓都改啦，是随妈妈的姓。这些年，我和钱伯母没少在这爷儿俩之间当和事佬，所以，有今天的结果，我很欣慰。"

徐钢虽然和父亲闹翻，但当初接到父亲的邀请函时并没有拒绝。他这样做自有他的道理：作为儿子他拒绝了父亲的遗产，但作为科学家他不会拒绝慈善捐赠。公平说来，钱伯伯刚才判他"输"，其实有点强词夺理，有点耍赖，属于阿Q式的胜利。不过这会儿徐钢也变成"乖乖宝"了，不再和老爹逗口舌之利，平和地说：

"爸爸你说得对，我，还有小白，会很感恩地接受它。"

钱伯伯还是不能消气，冷冷地哼一声，把我揽到怀里："小白，你是个好姑娘，又聪明又伶俐，脾气好心眼更好。但你怎么会看上这个混账东西呢，哼，一朵鲜花插到牛粪上。"

"没错！伯伯，我今天就扔了这堆牛粪。不过我舍不得你和伯母，我当干女儿行不行？"

众人都笑了，靳先生笑着说："小白你别瞒着啦，把所有底儿都倒给你干爹吧——虽然你提的那个设想仍然成败难料，但至少从理论上说，唯有它勉强说得通。"他对钱先生说，"小白这个想法昨晚才提出来，我们没来得及过细讨论，但大概行得通。"

钱先生佯怒地说："好啊，小白，我算白夸你了，你有什么瞒着我？"

"我怎么会瞒你呢，这就告诉你。说起来，这个设想确实是我这个外行提出来的，是用一种迂回办法来躲开那个无处不在的魔咒。希腊神话中，蛇发女妖美杜莎的目光能让任何看她一眼的人变成石头,但如果去和她战斗,你总得看着她呀。那也是一个无法躲开的魔咒。但一个最聪明的英雄珀尔修斯仍然想出了办法。他背过脸,用盾牌上的影子判断敌人的方位,最后杀了蛇发女妖。我就是受了这则神话的启发。"

徐钢皱着眉头:"行啦,别自吹自擂了,说正文吧。"

"怎么是自吹自擂?你昨晚听了我的设想后高兴得睡不着,抱着我用一条腿蹦。你说如果这个思路成功,你会承认我是研究小组的首席科学家,一定永远对我顶礼膜拜,即使在家里也要把我供在神龛上。告诉伯伯,你是不是说过这些话?想赖账吗?后悔那会儿一时冲动?你放心,我不会让你供在神龛上,只要以后别老损我'头发长见识短'就行了。"

徐钢面红耳赤,颇为狼狈。钱伯伯哂笑着微微摇头,意思是说:"儿子你惨啦,这辈子算捏在老婆手心啦。"我也不为已甚,见好便收,笑着说:

"好,现在我要说正文了。"

一年之后我给钱伯伯打了个电话:"爸,报告一个好消息,你和妈一定会高兴的。"

爸的笑脸出现在屏幕上:"小白,是什么好消息?快说。"

"你先猜一猜嘛。让你猜三次,看能不能猜中。"

"总不会是那项研究取得突破了吧?我想绝不会这样轻易。如果这么轻易就成功,我反倒会失望,觉得一千亿花得不值。"

"当然不是。我们早就说过,成功是至少一万年之后的事。我们小组的研究进度就是按一万年预排的。"

"那——是我和你妈要有小孙孙了?"

我抱歉地说:"也不是。我们工作太忙,两三年内不想要孩子。爸爸,希望你和妈妈理解。"

"我们理解,但我和你妈的耐心有限度。最多放你们三年吧,三年后我和你妈都六十八九岁了,你让我们盼孙子盼到哪一年?不过这事以后再说。我猜你的好消息是——依据那个设想,在工作之余先写了一篇科幻小说,而且大获成功，对不对？"他在屏幕中笑着，"你的报喜太迟，那篇小说我已经看过了，写得确实不错，肯定能得今年的银河奖首奖。读了这篇小说，我几乎已经置身于两万年后的场景了。"

"是吗？"没有来由地，我心中忽然袭来一波淡淡的哀伤，"爸爸我很抱歉，在小说中把你置于那样孤独的境地。"

"没关系，那家伙不是我，只是我的石头脑袋，不，中子脑袋。再说，这不正是我花一千亿要买的结果吗，谁让我那么贪求身后之名？"他笑嘻嘻地说。

"爸爸，如果你真面临着小说中那样的选择机会，还是让我们陪你吧，让妈妈、徐钢、我，还有你未来的小孙孙，都去陪你。"

爸爸顿了一下："不，我还是一个人去承受孤独——就像你在小说中设计的那样。"

我长叹一声："你真是个犟老头儿。不过，我知道你一定会这样决定的。爸爸再见，我得去忙了。我这个组长其实是打杂的，八个人中就数我最忙，瞎忙。"

"不必过分谦虚。我听小钢说，大家都服你，说你有亲和力，才思敏捷，思路清晰，是个真正有水平的领导。"

"小钢这样说过？那我太感动了。你那个混账儿子偶尔也有些可爱之处。爸爸再见。"

我笑着挂断电话。

二

地球飞船浪淘沙号停泊在"时母"双星的拉格朗日点，即双星引力的平衡点，严密监视着这个系统的剧烈活动。自打地球时间的两万年前，易小白项目组提出了"躲开美杜莎"的办法并从理论上验证之后，后人用1500年时间才找到这个最合适的双星星系。之后，又花16000年时间乘飞船赶到这里。到现在，飞船已经在这儿守候了3000年。

从近距离观看，这儿的天象异常绚烂，漂亮得无以复加。时母双星的伴星是一个明亮的气态蓝巨星，而主星是一个小小的中子星。后者就像印度神话中的黑暗之神时母，以强大的引力贪婪地吞食着它的伴星。气雾从伴星上被撕裂，发着淡淡的蓝光，沿着一个长达数千万千米的弧形旋臂落向主星，在它周围变形为旋转的扁平的吸积盘。在这儿，气雾因压缩和摩擦而发热，升温到几百万度，蓝光变为明亮的白炽光，隐隐照出主星的轮廓。主星已经不发光了，但主星边缘，即气雾摩擦最厉害的地方，发射出强烈的X射线和伽马射线。

根据观测和计算，中子星塌缩为黑洞的临界时刻即将到来，该唤醒中子星上的"老祖宗"了。那是提前放置在中子星上的一个圆球，用中子制成，直径不过五厘米，但重量在10000亿吨以上。球内镂刻着精细复杂的电子通道。它其实是一个特殊的电脑，里面储存着老祖宗钱三才大脑中的所有信息。

船员们早就盼着这一天。16000年的旅途再加3000年的守候确实太枯燥了，现在他们渴盼回家，盼着看到地球的青山绿水——虽然这些美景谁也没有亲历过，只见于电脑资料或200代船员一代代的口传。现任船长NGC4258—徐耳干戈是钱三才的直系后代，他比船员们多了一些惆怅，飞船返回后，老祖宗就要独自留在这地老天荒之处了。

他启动唤醒程序。一束无线电波飞向中子星。

钱三才的意识慢慢浮出，挣脱了黏稠的黑暗。他醒了，但睁不开眼，听不见，手脚不能动，连说话也发不出声音。他努力聚拢意识思索着：这是怎么啦？我是在昏迷中，还是在噩梦里？

他的思维转化为无线电波，飞向太空中的飞船。无线电信号因强大引力产生强烈的畸变，但在飞船主电脑里经过自动校正，转换为略带沙哑的老人声音：

"这是哪儿？怎么什么都看不见。老伴儿！小白！亮亮！"

船长柔声说："老祖宗您好。我在用思维波与您交流。"

"你是谁？"

"我是浪淘沙号飞船船长，是您209代玄孙，我的名字叫——现代命名法比较烦琐,您简单叫我小戈就行。此刻我的飞船位于时母双星附近;而您此时位于双星的主星表面。咱们离地球有 2450 光年。至于时间——现在离您去世已经有两万地球年。"

钱三才的声音略有停顿:"小戈,这么说我已经死了,所以我不是我,只是我的石头脑袋?"

"是中子脑袋,但其中储存着您的完整意识,是在您去世十年前复制的,之后有少许补充。所以可以说您仍然活着。"

"我什么也看不见,太让人着急了,能不能开启视觉功能?"

徐耳干戈歉然说:"老祖宗,中子星的引力实在太强大了,只有全封闭的中子球才能勉强承受。我们无法为您安装眼睛、耳朵、嘴巴和鼻子。请您理解。"

钱三才沉默了。徐耳干戈在数千万千米外担心地听着他的心声。少顷钱三才笑道:

"徐钢这臭小子!他到底没能实现我的要求。这能算啥头像?一个没有五官的圆球球!不过他们保存了我的意识,亏中有补,也算是履行了合同约定吧。"他疑惑地问,"你们为啥不把我留在地球,万里迢迢弄到这儿干啥?"

"老祖宗,说来话长,您听我慢慢解释……"

钱三才突然打断他:"噢,我想起来了!小白早就给我解释过,我还看过她那篇科幻小说。别慌,让我回忆一下。喂,小戈你先别说,看我自己能不能想出来。噢,我想起来了,小白是这样说的:为了把有关我的信息保存到 150 亿年后,为了躲开美杜莎无处不在的毁灭之眼,只能用一个办法。这个办法的关键,是要找到一个快变成黑洞的恒星。"

"对,我们找到了。眼前这个双星系统中,主星的质量和密度就非常接近于形成黑洞。"

"然后,趁它没有塌缩成黑洞之前——这时它和咱们宇宙还有正常的通道——把我的石头脑袋,或电子脑袋,送到这个星球上。"

"对,我们在 1000 年前把您送去了。"他叹息道,"那可不是件容易事,为了抵抗中子星的强大引力,不让您在降落过程中坠毁,我们可以说已经达到了技术的极限。"

"谢谢,让你们费心了。我接着说下去。小白说还得有一个条件:这颗恒星应该正在剧烈地吞食伴星,质量急剧增加,很快就会发生猛烈塌缩,形成黑洞。"

"对。按计算,时母主星的塌缩将在30天之内发生,所以我们唤醒了您。"

"但黑洞的塌缩只是对'外面'而言,视界内一切照旧,我不会感到任何异常。黑洞闭合后内部时间接近停滞,所以我的电子脑袋不会衰老。但我个人并不能感觉到时间的停滞,在我眼里,时钟的秒表还在照样滴答滴答往前走。小白还说,按母宇宙的时间,恒星级黑洞的寿命一般不小于150亿年,所以'洞内一滴答,世上百亿年'——这样就实现了我在那个合同中的要求。我说得对不对?"

"对,您说的都对。只是,"面对自己的直系祖宗,船长抑制不住伤感之情。"当黑洞的边界封闭之后,我们永远不会收到您的任何信息,不知道您是否安全,是否快乐。也无法把亲人的思念和母宇宙的情况向您通报。您同样无法向我们问好,无法得知地球是否健在。只能孤独地活下去,直到地老天荒。咱们一朝分手就是永别,各自生活在不同相的两个宇宙中,绝无重逢的机会。老祖宗,这是美杜莎的阴险报复,根本无法逃脱——否则熵增定律就失效了。不,这道魔咒永远不会失效的,我们杀不死它,充其量只能在它的淫威下玩点小花招。"

"不必为我难过。既然这个要求是我自己提出来的,我已经做好了心理准备。"

"现在我交代一些琐事。您的电子大脑中,除您自己的意识外,还储存着海量的知识信息,有各种有趣的游戏,闲暇时您可以浏览,具体操作办法随后会自动显现的。您的大脑内配有核能源,它的寿命在黑洞中同样会近乎无限,至少在150亿年之内——指母宇宙时间——会正常工作,您不必担心。我们衷心希望您老在这150亿年中过得快活。至于您的'后事',即恒星级黑洞150亿年寿命之后的情景,还无法精确预测。据一种比较可靠的理论,恒星级黑洞一般会作为胚芽,发育成一个新宇宙。那么,但愿在新宇宙诞生的过程中,您的大脑完好无损,一直保持着有序状态。那样您的中子脑就会成为新宇宙的文明之核,让宇宙演化从高起点上开始。"

"哈哈,那对我的虚荣心可是极大的满足。古来帝王算什么?我是新宇宙之祖!我的一千亿花得太值了。"

船长也笑了:"只有一点,很可惜,您可别指望'衣锦荣归',您的赫赫威名绝对不会传到母宇宙来。"

"我的好玄孙,不必伤感。俗话说针没两头尖,世上事哪能十全十美呢。我把名声留到新宇宙就行了。"

"还有一件大事。其实您的中子脑袋里还储存有您家人的意识和人格,有您夫人、徐钢、易小白和您孙子亮亮,在复制您的意识那年,同时为他们做了复制。你的家人都签字同意,愿在150亿年的时间里陪您,就连亮亮也在成人之后进行了追认签字。但是,因为在原始合同中,只有你有权享受那个待遇——留名于150亿年后——所以是否让他们'活到'中子脑里,必须征得您的同意。现在,如果您没有异议,我就对他们启动唤醒程序。"

钱三才的电子合成声音中透出笑意:"对,我记得这件事。亮亮那年三岁,他问大人们签字干啥,他妈妈说是等爷爷老得不会动时,大人们要到敬老院陪爷爷。当时亮亮缠着非要签字,说他也要去陪爷爷,给爷爷拿拖鞋,讲故事,捶背。最后让他按了个手印才满意,那个小东西。"

"我们都知道他小时与您最亲近,连他妈妈、奶奶都赶不上。"

"没错,长大后也没变。不过他进入青春期后,对他父亲徐钢可是很叛逆的,就像徐钢对我那样。哼,也算是徐钢的现世报吧。"

船长笑着说:"这件事上我可不敢乱插嘴,他们无论哪个都是我的老祖宗,我不敢有不敬之语。那么——现在我就启动?"

"不,我当时就没同意这件事,现在也是如此。我不想让他们,尤其是三岁的亮亮,一辈子关在这个黑洞里。有我一人承受孤独就够了。"

船长小心地劝解:"您不妨想开一点,那只是亮亮的电子版。"

钱三才冷冷地说:"是吗?我也只是钱三才的电子版。"

"对不起对不起,我说错话了,老祖宗您别生气。要不我先不启动,什么时候您变了主意,可以自己启动。在您大脑的'帮助'栏中载有启动说明。"

"不,我怕的就是自己会改变主意,现在你干脆把他们的意识删除,永久性删除。"他微笑着说,"小戈你不用为我担心,单凭咀嚼我对亲人的回忆,我就能度过150亿年。"

船长犹豫着,想劝,没有敢开口,在钱三才再次强令下,狠下心输入了删除程序。然后他说,飞船会一直泊在这儿,继续与老祖宗对话,直到黑洞的视界关闭。此后双方一直进行着对话,云天雾地地闲聊着。钱三才的中子脑袋不用休息,飞船船员们就轮班和他聊天。双星系统的吞食活动仍在进行,引力造成的信息畸变也越来越重。慢慢地,钱三才不再能听到船员们的声音,他听到的最后一句话是船长的:

"老祖宗……宗!祝……长寿……"

钱三才呼唤对方,但不再有回音。看来视界已关闭,黑洞内的无线电波再也发不出去了。视界外的电波倒是应该能传进来,但已经被剃光毛发,失去了所有信息,他只能接收到一片白噪。他不死心,隔一段时间就呼唤一次。直到某一刻,他突然意识到,虽然他的感觉没有异常,但黑洞内的时间相对于视界外来说应该已接近停滞。也就是说,在他的一声呼唤中,外面已经过了一万年,一百万年,甚至一百亿年。浪淘沙号飞船肯定早就离开这里,返回地球了。现在,太阳变红变大了,碧水蓝天的地球被红巨星吞噬了,整个宇宙开始陷入混沌了……

只有他,钱三才的电子版的意识,那个宇宙中仅存的信息团,躲过了美杜莎毁灭一切的魔眼,存活下来。他赢了,易小白他们赢了,或者说人类文明赢了。当然他最终也没躲过美杜莎的阴险报复,因为他终生面临着双重禁锢,一重是直径五厘米的完全封闭的中子球,第二重是这个恒星级黑洞。他逃过了那边的毁灭,却掉进天地中最可怕的监牢。

这么说,两边斗到底,只是扯了一个平手。他笑着摇摇头,想象中的摇头,不再想这些费脑筋的事了,转而翻捡中子大脑资料库中的亲切记忆,妻子的,儿子的,小白的,亮亮的。在记忆中亮亮仍然三岁,正是最讨人爱的年龄，亮亮妈也娇艳如昔……正像他对那位玄孙船长说过的，他将咀嚼着这些记忆，打发150亿年的岁月。

三

"爸爸，该我兑现诺言了。那篇《挑战美杜莎》得了去年的银河奖，奖金也到手了。我得请客，照当初约定的，咱们十个人都去。不，还有亮亮，十一个。爸你说吧，挑哪家酒店？别为我省钱，一定要五星级的。"

"你那点儿奖金不够五星级的花销。"

"你甭担心，奖金不够，我和徐钢往里添钱，不让你和妈掏腰包。"

"不，我决定不去了，我正式声明放弃。"

"为啥？亮亮可是早就盼着啦。"

"就因为你那篇小说写得太逼真，我看完后如陷庄周之梦，到今天一直恍恍惚惚不知道我究竟是谁，是肉身版的亮亮爷爷，还是那个中子脑袋的老祖宗。不，我得离你的美杜莎远一点儿，听都不要再听它。"

"爸爸你真逗！那篇小说没这么大的魔力吧。爸爸，把你的手给我，来，你摸摸，这是你的鼻子，这是眼，这是嘴巴，这是耳朵。现在知道自己是谁了吧，那个中子脑袋可是光溜溜的。"

"这不能算作证明，电子思维中完全可以编程出逼真的感觉。要知道，即便是真人也会有'幻肢症'，在截肢之后仍能感觉到那个肢体存在。"

"哈哈，越说你越来劲了。你信不过对自己的感觉，那就叫亮亮来。亮亮！过来，让爷爷摸摸你的小脸蛋，看是真的还是幻觉。"

"爷爷！爷爷你摸到了吗？我摸到你了，你的皱纹好深，胡子好扎人。"

"嗯，我也摸到你了，小脸蛋又嫩又光，滑溜溜肉乎乎的。爷爷最爱摸你的小脸蛋啦。"

"爸爸，你这会儿信了吧。"

"嗯，我信。这个亮亮绝不是电子版。"

"就是嘛。说正经事吧，定哪家酒店？"

"别慌。小白，你刚才说是哪年的银河奖？"

"去年的啊。"

"那你哪年和徐钢结的婚？你不是说工作太忙，三年不要小孩吗？"

"唉哟——我知道你是在琢磨啥了，爸爸你真要笑死我了！亮亮，你爷爷老糊涂了，他怀疑你还没生出来呢。哈哈，妈你快过来，我爸竟然怀疑亮亮还没有出生！"

"小白！别大喊大叫，我认输还不行吗？就算是我糊涂了——哼，糊涂也不是我糊涂，是你们设计的那个中子脑变混沌了——哼，我哪儿是糊涂，我刚才只是和你们开玩笑！来，亮亮过来，我知道你是真亮亮，我也是真爷爷。咱俩商量一下，到底挑哪家酒店？"

一生的故事

我的一生，作为女人的一生，实际是从30岁那年开始的，又在31年后结束。30岁那年是2007年，一个男人突然闯进我的生活，又同样突然地离去。又31年后，2038年的8月4日，是你离开人世的日子，白发人送黑发人，这是我早就预感的结局。

此后，我只靠咀嚼往日的记忆打发岁月。咀嚼你的一生，你父亲的一生，我的一生。

还有我们的一生。

那时我住在南都市城郊的一个独立院落。如果你死后有灵魂，或者说，你的思维场还能脱离肉体而存在，那么，你一定会回味这儿，你度过童年和少年的地方。院墙上爬满了爬墙虎，硕大的葡萄架撑起满院的荫凉，向阳处是一个小小的花圃，母狗灵灵领着它的狗崽在花丛中追逐蝴蝶。瓦房上长满了肥大的瓦棕，屋檐下的石板被滴水敲出了凹坑。阳光和月光在葡萄叶面上你来我往地交接，汇成时光的流淌。

这座院落是我爷奶你外曾祖父母留给我的，同时还留下一些存款和股票，足够维持我简朴自由的生活。我没跟父母去外地，独自在这儿过。一个30岁的老姑娘，坚持独身主义。喜欢安静，喜欢平淡。从不用口红和高跟鞋，偶尔逛逛时装店。爱看书，上网，听音乐。最喜欢看那些睿智尖锐的文章，体味"锋利得令人痛楚的真理"，透过时空与哲人们密语，梳理古往今来的岁月。兴致忽来时写几篇老气横秋的科幻小说，挣几两散碎银子，我常用的笔名是"女娲"，足见其老了。

与我相依为伴的只有灵灵。它可不是什么血统高贵的名犬，而是一只身世可怜的柴狗。我还是小姑娘时,一个大雪天,听见院门外有哀哀的狗叫,打开门,是一只年迈的母狗叼着一只狗崽,母狗企盼地看着我,那两道目光啊……我几乎忍不住流泪,赶忙把母子俩收留下来,让爷爷给它们铺了个窝。冰天雪地,狗妈妈在哪儿完成的分娩?到哪儿找食物?一窝生了几个?其他几只是否已经死了?还有,在它实在走投无路时,怎么知道这个门后的"两腿生物"是可以依赖的?我心疼地推想着,但没有答案。

狗妈妈后来老死了,留下灵灵。我在它身上倾注了全部的母爱,为它洗澡,哄它喝牛奶,为它建了一个漂亮的带尖顶的狗舍,专用的床褥和浴巾常换常洗,甚至配了一大堆玩具。父亲有一次回家探亲,对此大摇其头,直截了当地说:"陈影,你不能拿宠物代替自己的儿女。让你的独身主义见鬼去吧。"

我笑笑,照旧我行我素。

但后来灵灵的身边还是多了你的身影,一个蹒跚的小不点儿,然后变成一个精力过剩的小男孩,明朗的大男孩,倜傥的男人,离家,死亡。

岁月就这样水一般涌流,无始也无终。没有什么力量能使它驻足或改道。河流裹挟着亿万生灵一同前行,包括你,我,他,很可能还有"大妈妈",一种另类的生灵。

30岁那年,一个不速之客突然出现在我家院子里。真正意义上的不速之客。晚上我照例在上网,不是进聊天室,我认为那是少男少女们喜爱的消遣,而我从心理上说已经是千年老树精了。我爱浏览一些"锋利"的网上文章,即使它们有异端邪说之嫌。这天我看了一篇帖子,是对医学的反思,署名"菩提老祖",也够老了,和女娲有得一比。文章说:几千年的医学进步助人类无比强盛,谁不承认这一点就被看成疯子,可惜人们却忽略了最为显而易见的事实——

"……动物。所有动物社会中基本没有医学,某些动物偶尔能用植物或矿物治病,但它们都健康强壮地繁衍至今。有人说这没有可比性,人类处于进化最高端,越是精巧的身体越易受病原体的攻击;何况人类是密集居住,这大大降低了疫病暴发的阈值。这两点加起来就使医学成为必需。不过，自然界有强有力的反证：非洲的角马、瞪羚、野牛、鬣狗和大猩猩，北美驯鹿，南美的群居蝙蝠，澳洲野狗，各大洋中的海豚，等等。它们和人类一样属于哺乳动物，而且都是密集的群居生活。这些兽群中并非没有疫病，比如澳洲野狗中就有可怕的狂犬病，也有大量的个体死亡。但死亡之筛令动物种群迅速进行基因调整，提升了种群的抵抗力。最终，无医无药的它们战胜了疫病，生气勃勃地繁衍至今——还要繁衍到千秋万代呢，只要没有人类的戕害。"

文章奚落道："这么一想真让人类丧气。想想人类一万年来在医学上投入了多少智力和物力资源！想想我们对灿烂的医学明珠是多么自豪！但结果呢，若仅就种群的繁衍、种群的强壮而言，不说个体寿命，人类只是和傻傻的动物们跑了个并肩。大家说说，能否得出这样一个结论——医学能大大改善人类个体的生存质量，但对种群而言并无益处？！

"——或许还有害处呢。医学救助了病人，使许多遗传病患者也能生育后代，终老天年，也就使不良基因逃过了进化之筛；药物尤其是抗生素的滥用，又使人类免疫系统日渐衰弱。总的说来，医学干扰了人类种群的自然进化，为将来埋下淙淙作响的定时炸弹。所以，在上帝的课堂上，人类一定是个劣等生，因为那位老考官关注的恰恰是种群的强壮，从不关心个体寿命的长短。"

这些见解真真算得上异端邪说了，不过它确实锋利，让我身上起了寒栗。文章的结尾说：

"这么说，人类从神农氏尝药草时就选了一条错路？！——非常可惜，即使我们承认这个观点的正确，文明之河也不会改变流向。医学会照旧发展。药物广告继续充斥电视节目。你不会在孩子高烧时不找医生，我也不会扔掉口袋里的硝酸甘油。原因无它：基因的本性是自私的，对每个人而言，个体的生存比种群的延续分量更重。而对个体的救助必然干扰种群的进化，这是无法豁免的，是一枚硬币的两个面。所以——读到这篇文章的人只当我是放屁。人类还将沿着上帝划定之路前行，哪管什么淙淙作响的声音。"

我把这个帖子看了两遍，摇摇头——我佩服作者目光之锐利，但它充其量是一篇玄谈而已。我把它下载，归档，以便万一哪篇小说中用得上。

灵灵已经在腿边蹭了很久，它对每晚的洗澡习惯了，在催促我呢。我关了电脑，带灵灵洗了澡，再用吹风机吹干，然后把它放出浴室。灵灵惬意地抖抖皮毛，信步走出屋门。我自己开始洗澡。

不久我听到灵灵在门口惊慌地狂吠，我喊："灵灵！灵灵！你怎么啦？"灵灵仍狂吠不已。我披上浴巾，出屋门，拉开院中的电灯。灵灵对之吠叫的地方是一团混沌，似乎空气在那儿变得黏稠浑浊。浑浊的边缘部分逐渐澄清，凸显出中央一团形状不明的东西。那团东西越来越清晰，变得实体化，然后在两双眼睛的惊视中变成一个男人。

一个浑身赤裸的男人，或者说是大男孩，很年轻，二十一二岁。身体蜷曲着，犹如胎儿在子宫。身体实体化的过程也是他逐渐醒来的过程，他抬起头，慢慢睁开眼，目光迷蒙，眸子晶亮如水晶。

老实说，从看到这双目光的第一刻起我就被征服了，血液中激起如潮的母性。我想起灵灵的狗妈妈在大雪天叫开我家院门时就是这样的目光。我会像保护灵灵一样，保护这个从异相世界来的大男孩——他无疑是乘时间机器跨越时空而来，作为科幻作家，我对这一点有足够的心理准备。

他目光中的迷蒙逐渐消去，站起身。一具异常健美的身躯，是古希腊的塑像被吹入了生命。身高大约一米八九，筋腱清晰，皮肤光滑润泽，剑眉星目。他看见我了，没有说话，没有打招呼的意愿，也不因自己的裸体而窘迫，只是面无表情地看着我。刚才狂吠的灵灵立时变了态度，欢天喜地扑上去，闻来闻去，一蹿一蹦地撒欢儿。灵灵在我的过度宠爱下早把野性全磨没了，从不会与陌生人为敌，在它心目中，只要长着两条腿、有人味的都是主人，都应该眷恋和亲近。灵灵的态度加深了我对来客的好感——至少说，被狗鼻子认可的这位，不会是机器人或外星恶魔吧。

那时我并不知道，这个大男孩竟然是从300年后来的一个杀手，而目标恰恰是——我、我未来的丈夫和儿子。

我裹一下浴巾，笑着说："哟，这么赤身裸体可不符合做客的礼节。从哪来？过去还是未来？我猜一准是未来。"

来人只是简单地点点头，然后不等邀请就径直往屋里走，吩咐一声："给我找一身衣服。"

我和灵灵跟在他后边进屋，先请他在沙发坐下。我到储藏室去找衣服，心想这位客人可真是家常啊，真是宾至如归啊，吩咐我找衣服都不带一个"请"字。我找来爸爸的一身衣服，客人穿肯定太小，我说："你先将就穿吧，明天我到商店给你买合体的衣服。"来人穿好，衣服紧绷绷的，手臂和小腿都露出一截，显得很可笑。我笑着重复：

"先将就吧，明天买新的。你饿不饿？给你做晚饭吧。"

他仍然只点点头。我去厨房做饭，灵灵陪着他亲热，但来人对灵灵却异常冷淡，不理不睬，看样子没把它踢走已经是忍让了。我旁观着灵灵的一头热，很替它抱不平。等一大碗肉丝面做好，客人不见了，原来他在院中，躺在摇椅上，双手枕头，漠然地望着夜空。好脾气的灵灵仍毫不生分地陪着他。我喊他回来吃饭：

"不知道未来人的口味，要是不合口味你尽管说。"

他没有说，低头吃饭。这时电话响了，我拿起听筒，是一个陌生女人，声音很有教养，很悦耳，不大听得出年龄。她说：

"你好，是陈影女士吧。戈亮乘时间机器到你那儿，我想已经到了吧。"

这个电话让我很吃惊的，它是从"未来"打到我家的，它如何通过总机中转——又是通过哪个时代的总机中转，打死我也弄不明白。还有，这个女人知道我的名字，看来这次时间旅行开始就是以我家为目的地，并不是误打误撞地落在这儿。至于她的身份，我判定是戈亮的妈妈，而不是他的姐妹或恋人，因为声音中有一种只可意会的宽厚的慈爱，是长辈施于晚辈的那种。我说：

"对，已经到了，正在吃饭呢。"

"谢谢你的招待。能否请他来听电话？"

我把话机递过去："戈亮——这是你的名字吧。你的电话。"

我发现戈亮的脸色突然变了，身体在刹那间变得僵硬。他极勉强地过来，沉着脸接过电话。电话中说了一会儿，他一言不发，最后才不耐烦地嗯了两声。以我的眼光看来，他和那个女人肯定有什么不愉快，而且是相当严重的不愉快。电话中又说了一会儿，他生硬地说："知道了。我在这边的事你不用操心。"便把电话交回给我。

那个女人："陈女士——或者称陈小姐更好一些？"

我笑着说："如果你想让我满意，最好直呼名字。"

"好吧，陈影，请你关照好戈亮。他孤身一人，面对的又是300年前的陌生世界，要想在短时间内适应肯定相当困难。麻烦你了。拜托啦，我只有拜托你啦。"

我很高兴，因为一个300年后的妈妈把我当成可以信赖的人。"不必客气，我理解做母亲的心——哟，我太孟浪了，你是他母亲吗？"

我想自己的猜测不会错的，但对方朗声大笑："啊，不不，我只是……用你们时代的习惯说法，是机器人；用我们时代的习惯说法，是量子态非自然智能一体化网络。我负责照料人类的生活，我是戈亮、你和一切人的忠实仆人。"

我多少有些吃惊。当然，电脑的机器合成音在300年后发展到尽善尽美——这点不惊奇。我吃惊的是"她"尽善尽美的感情程序，对戈亮充满了母爱，这种疼爱发自内心，是做不得假的。那么，为什么戈亮对她如此生硬？是一个被惯坏的孩子的逆反心理？其后，等我和戈亮熟识后，他说，在300年后的时代，他们一般称她为"大妈妈"，"一个无所不在、无所不能、无所不管的大妈妈。她的母爱汪洋恣肆，钵满罐溢，想躲开片刻都难。"戈亮嘲讽地说。

大妈妈又向我嘱托一番，挂了电话。那边戈亮低下头吃饭，显然不想把大妈妈的来电作为话题。我看出他和大妈妈之间的生涩，很识相地躲开它，只问了一个纯技术性的问题：从300年后打来电话使用的是什么技术，靠什么来保证双方通话的"实时性"，而没有跨越时空的迟滞。没想到这个问题也把戈亮惹恼了，他恼怒地看我一眼，生硬地说：

"不知道！"

我冷冷地翻他一眼，不再问了。如果来客是这么一个性情乖张、在人情世故上狗屁不通的大爷，我也懒得伺候他。素不相识，凭什么容他在我家发横？只是碍于大妈妈的嘱托，还有……想想他刚现身时迷茫无助的目光！我的心又软了，柔声说：

"天不早了，你该休息了，刚刚经过300年的跋涉啊。"我笑着说，"不知道坐时间机器是否像坐汽车一样累人。我去给你收拾床铺，早点休息吧。"

但愿明早起来他会可爱一些吧，我揶揄地想。

过后，等我和戈亮熟悉后，我才知道那次问起跨时空联络的原理时他为啥发火。他说，他对这项技术确实一窍不通，作为时间机器的乘客，这让他实在脸红。我的问题刺伤了他的自尊心。这项技术牵涉到太多复杂的理论、复杂的数学，难以理解。他见我没能真正理解他的话意，又加了一句：

"其复杂性已经超过人类大脑的理解力。"

也就是说，并不是他一个人不懂，而是人类全体。所有长着天然脑瓜的自然人。

60年前，第二次世界大战中，美国在太平洋深处的某个小岛上修了临时机场。岛上有原住民，我忘了他们属于哪个民族，他们还处于蒙昧时代。自然了，美国大兵带来的20世纪的科技产品，尤其是那些小杂耍，像打火机啦，瓶装饮料啦，手电筒啦，让这些土人们眼花缭乱，更不用说那只能坐人的大鸟了。二战结束，临时机场撤销，这个小岛暂时又被文明社会遗忘。这些土人们呢？他们在酋长的带领下，每天排成两行守在废机场旁，虔诚地祈祷着，祈祷"白皮肤的神"再次乘着"喷火的大鸟"回来，赐给他们美味的饮食、能打出火的宝贝，等等。

无法让他们相信飞机不是神物，而是人像他们一样的人制造的。飞机升空的原理太复杂，牵涉到太多的物理和数学，超出了土人脑瓜的理解范围。

不到三岁时你就知道父亲死了，但你不能理解死亡。死亡太复杂，超出了你那个小脑瓜中已灌装的智慧。我努力向你解释，用你所能理解的词语。我说爸爸睡了，但是和我们不一样，我们呢是晚上睡觉早晨就醒，但他再也不会醒来了。你问："爸爸为什么不会醒来，他太困吗？他在哪儿睡？他那儿分不分白天黑夜？"这些问题让我难以招架。

等到你五岁时亲自经历了一次死亡，灵灵的死。那时灵灵已经15岁，相当于古稀老人了。它病了，不吃不喝，身体日渐衰弱。我们请来了兽医，但兽医也无能为力。那些天，灵灵基本不走出狗舍，你在外边唤它，它只是无力地抬起头，歉疚地看看小主人，又趴下去。一天晚上，它突然出来了，摇摇晃晃地走向我们。你高兴地喊："灵灵病好了，灵灵病好了！"我也很高兴，在碟子里倒了牛奶。灵灵只舔了两口，又过来在我俩的腿上蹭一会儿，摇摇晃晃地返回狗舍。

我想它第二天就会痊愈的。第二天，太阳升起了，你到狗舍前喊灵灵，灵灵不应。你说："妈妈，灵灵为啥不会醒？"我过来，见灵灵姿态自然地趴在窝里，伸手摸摸，立时一道寒意顺着我的手臂神经电射入心房：它已经完全冰凉了，僵硬了，再也见不到今天的太阳了。它昨天已经预知了死亡，挣扎着走出窝，是同主人告别的呀。

你从我表情中看到了答案，又不愿相信，胆怯地问我："妈妈，它是不是死了？再也不会醒了？"我沉重地点点头。心里很后悔没有把灵灵生的狗仔留下一两个。灵灵其实很孤独，终其一生，基本与自己的同类相隔绝。虽然它在主人这儿享尽宠爱，但它到底是幸运还是不幸呢？

我用纸盒装殓了灵灵，去院里的石榴树下挖坑。你一直跟在我身边，眼眶中盈着泪水。直到灵灵被掩埋，你才知道它"确实"再也不会醒了，于是号啕大哭。此后你才真正理解了死亡。

没有几天，你的问题就进了一步，你认真地问："妈妈，你会死吗？我也会死吗？"我不忍心告诉你真相，同样不忍心欺骗你。我说："会的，人人都会死的。不过爸妈死了有儿女，儿女死了有孙辈，就这么一代一代传下去，永远没有尽头。"

你苦恼地说："我不想你死，我也不想死。妈妈你想想办法吧，你一定有办法的。"

我只有叹息。在这件事上，连母亲也是无能为力的。

你的进步令我猝不及防。到十岁时你就告诉我："其实人类也会死。科学家说质子会衰变，宇宙会坍塌，人类也当然也逃不脱。人类从蒙昧中慢慢长大，慢慢认识了宇宙，然后就灭亡了，什么也留不下来，连知识也留不下来。至于以后有没有新宇宙，新宇宙中有没有新人类，我们永远不会知道了。妈妈，这都是书上说的，我想它说得不错。"说这话时你很平静，很达观，再不是那个在灵灵坟前号哭的小孩子了。

我能感受到你思维的锋利，就像奥卡姆剃刀的刀锋。从那时我就怀着隐隐的恐惧：你天生是科学家的胚子，长大后走上科研之路就像水往低处流一样自然。但那恰恰是我要尽力避免的结果呀，我对你父亲有过郑重的承诺。

在我的担忧中，你一天天长大了。

大妈妈说戈亮很难适应 300 年前的世界。其实，戈亮根本不想适应，或者说，他在片刻之间就完全适应了。从住进我家后，他不出门，不看书，不看电视，不上网，没有电话，他在 300 年前的世界里没有朋友和亲人，而且只要不是我挑起话头，他连一句话都懒得说，算得上惜言如金。每天就爱躺在院里的摇椅上，半眯着眼睛看天空，阴沉沉的样子，就像第一天到这儿的表现一样。这已经成了我家的固定风景。

他就这么心安理得地住下，而我也理所当然地接受。几天后我才意识到，其实我一直没有向这个客人发出过邀请，他也从没想过要征求主人的意见，而且住下后颇有些反客为主的架势。我想这是怎么了？我为什么会对这个陌生人如此错爱？一个被母亲惯坏的大男孩，没有礼貌，把我的殷勤服务当成天经地义，很吝啬地不愿吐出一个"谢"字。不过……我没法子不疼爱他，从他第一次睁开眼以迷茫无助的目光看世界时，我就把他揽在我的羽翼之下了。生物学家说家禽幼仔有"印刻效应"，比如小鹅出蛋壳后如果最先看见一只狗，它就会把这只狗看成至亲，它会一直跟在狗的后面，亦步亦趋，锲而不舍。看来我也有印刻效应，不过是反向的：戈亮第一次睁开眼看见的是我，于是我就把他当成我的崽崽了。

我一如既往，费尽心机给他做可口的饭菜，得到的评价却令我丧气，一般都是：可以吧，我不讲究，等等。我到成衣店挑选衣服，把他包装成一个相当帅气的男人。每晚催他洗澡，还要先调好水温，把洗发香波和沐浴液备好。

说到底，戈亮并不惹人生厌，他的坏脾气只是率真天性的流露，我是不会和他一般见识的。我真正不满的是他对灵灵的态度。不管灵灵如何亲近他，他始终是冷冰冰的。有一次我委婉地劝他，"不要冷了灵灵的心，看它对你多热乎！"戈亮生硬地说："我不喜欢任何宠物，见不得它们的奴才相。"

我被噎得倒吸一口气，再次领教了他的坏脾气。

时间长了我发现，他的自尊心太强，近于病态。他的坏脾气多半由此而来。那天我又同他讨论时间机器。我已经知道他并不懂时空旅行的技术，很怕这个话题触及他病态的自尊心；但我又抑制不住自己的好奇——作为唯一亲眼看见时空旅行的科幻作家，这种好奇心可以理解吧，至少同潘多拉那个女人相比，罪过要轻一些。

我小心翼翼地扯起这个话题。我说，我一向相信时间机器在技术上是可行的，因为理论已经确认了时空虫洞的存在。虽然虫洞里引力极强，所造成的潮汐力足以把任何生物体撕碎，没有哪个宇航员能够通过它。但这只是技术上的困难，而技术上的困难不管再艰巨，总归是可以解决的。比如：可以扫描宇航员的身体，把所得的全部信息送过虫洞，再根据信息进行人体的重组。这当然非常困难，但至少理论上可行。

想不通的是哲理。时空旅行无法绕过一个悖论：预知未来和自由意志的悖逆。你从 A 时间回到 B 时间,那么 AB 之间的历史是"已经发生"的,理论上说对于你来说是已知的,是确定的;但你有自由意志,你可以根据已知的信息,非要迫使这段历史发生某些改变,否则你干吗千日迢迢地跑回过去?那么 AB 之间的历史又不确定了,已经凝固的历史被搅动了。这种搅动会导致更典型的悖论:比如你回到过去,杀死了你的外祖父或妈妈、爸爸,当然是在生下你之前,那怎么会有未来的一个你来干这件事?

说不通。没有任何人能说通。

不管讲通讲不通,时空旅行我已经亲眼见过了。科学的信条之一是:理论与事实相悖时,以事实为准。我想,唯一可行的解释是:在时空旅行中,微观的悖论是允许存在的,就像数学曲线中的奇点。奇点也是违反逻辑的,但它们在无比坚实的数学现实中无处不在,也并没因此造成数学大厦的整体崩塌。在很多问题中,只要用某种数学技巧就可以绕过它。

我很想和阿亮讨论这件事,毕竟他是 300 年后的人,又亲身乘坐过时间机器,见识总比我强吧。阿亮却一直以沉默为回应。我对他提到了外祖父悖论,说:

"数学中的奇点可以通过某种技巧来绕过,那么在时空旅行中如何屏蔽这些'奇点'?是不是有某种法则,天然地令你回避你的父母、祖父母、曾祖父母……使你不可能杀死你的直系亲属,从而导致自己在时空中的湮灭?"

这只是纯哲理性的探讨,我也没注意到措辞是否合适。没想到又一次惹得阿亮勃然大怒:

"变态!你真是个变态的女人!干吗对我杀死父母这么感兴趣?你的天性喜欢血腥?"

我恼火地站起来,心想这家伙最好滚他妈的远远的,滚回到 300 年后去。我回到自己书房,沉着脸发呆。半个小时后戈亮来了,虽然装得若无其事,但眸子里藏着尴尬。他是来道歉的。我当然不会认真和他怄气,便笑笑,请他坐下。戈亮说:

"来儿大了,还不知道该怎么称呼你。你的生理年龄比我大九岁,实际年龄大了 309 岁,按说是我的曾曾祖辈了,可你这么年轻,我不能喊你老姑奶吧。"

我响应了这个笨拙的笑话:"我想你不用去查家谱排辈分了,就叫我陈姐吧。"

"陈姐,我想出门走走。"

"好的,我早劝你出去逛逛,看看300年前的市容。是你自己开车,还是我开车带你去?噢,对了,你会不会开现在的汽车?300年的技术差距一定不小吧。"

"开车?街上没有出租车吗?"

我说:"当然有,你想乘出租车吗?"他说是的。那时我不知道,他对出租车的理解与我不同。而且我犯了一个很笨的错误——他没朝我要钱,我也忘了给他。戈亮出门了,半个小时后,我听见一辆出租在大门口猛按喇叭。打开门,司机脸色阴沉,戈亮从后车窗里伸出手,恼怒地向我要钱。我忙说:"哟哟,真对不起,我把这事给忘了,实在对不起。"我急急跑回去,取出家中所有的现款。我问司机车费是多少,司机没个好脸色,抢白道:

"这位少爷是月亮上下来的?坐车不知道带钱,还说什么没听说坐出租车还要钱!原来天下还有不要钱的出租?我该白伺候你?"

阿亮忍着怒气,一副虎落平阳被犬欺的模样。我想,不要钱的出租肯定有的,在300年后的街上随处可见,无人驾驶,乘客一上车电脑自动激活,随客人的盼咐任意来去……我无法向司机解释,总不能对他公开阿亮的身份。司机接过钱,仍然不依不饶:

"又不知道家里住址,哪个区什么街多少号,一概不知道。二十大几的人了,看盘面蛮靓的,不像傻子啊。多亏我还记得是在这儿载的客,要不你家公子就成丧家犬啦。"他低声说一句:"废物。"

声音虽然小,我想戈亮肯定听见了,但他隐忍着。我想得赶紧把司机岔开,便问阿亮事情办完没有,他摇摇头。我问司机包租一天是多少钱:

"200?给你250。啊,不妥,这不是骂你二百五吗?干脆给300吧。你带我弟弟出去办事,他说上哪儿你就上哪儿,完了给我送回家。他是外地人,不识路,你要保证不出岔子。"

司机是个见钱眼开的家伙，立时喜动颜色，连说："好说，好说，保你弟弟丢不了。"我把家里地址、电话写纸上，塞到阿亮的口袋里，把剩余的钱也全塞给他。车开走了，我回到家，直劲儿地摇头。不知道阿亮在300年后是什么档次的角色，至少在现在的世界里真是废物。随之想起他此行的目的，从种种迹象看，似乎他此来准备得很仓促，没有什么周密的计划。到底是干什么来了？纯粹是阔少的游山玩水？为什么在300年后就认准了我家？

一会儿电话响了，是大妈妈的。我说："戈亮出门办事了，办什么事他没告诉我。"

那边担心地问："他一人？他可不一定认得路。"

如果这句话是在刚才那一幕之前说的，我会笑她闲操心，但这会儿我知道她的担心并不多余。我笑道："不仅不认路，还不知道付钱。不过你别担心，我已经安排好了。"

"谢谢，你费心啦。我了解他，没有一点儿生活自理能力，这几天里一定没少让你费心。脾气又格涩，你要多担待。"

"还用得着你说？我早就领教了。"当然这话我不会对大妈妈说。我好奇地问："客气话就不用说了，请问你如何从300年后给我打电话？能不能用最简单的话向我解释一下。"

大妈妈犹豫片刻，说："这项技术确实复杂，牵涉到很多高深的时空拓扑学理论、多维阿贝尔变换等，一会儿半会儿说不清。不知道会不会耽误你的时间。"

我明白了——她知道我听不懂，这是照顾我的面子。"那就以后再说吧。"

对方稍停，我感觉到她有重要的事要说。那边果然说："陈影，我想有些情况应该告诉你，否则对你是不公平的。不过请你不必太吃惊，事情并没有表面情况那样严重。"

我已经吃惊了："什么事？到底是什么事？"

"戈亮——回到300年前是去杀人的。"

"杀——人？"

"对。一共去了三个人，或者说三个杀手。你是戈亮的目标，这可能是针对你本人，或者是你的丈夫，你的儿子。"她补充道，"你未来的丈夫和儿子。"

我当然大为吃惊。杀手！目标就是我！这些天我一直与一个杀手住在一个独院内！如果让爹妈知道，还不把二老吓出心脏病。不过我不大相信，以我的眼光看，虽然戈亮是个被惯坏的、臭脾气的大男孩，但无论如何与"冷血杀手"沾不上边。说句刻薄话，以他的道行，当杀手远不够格。大妈妈忙安慰："我刚才已经说过，你不必太吃惊。这个跨时空暗杀计划实际只是三个孩子头脑发热的产物，不一定真能实行的。"

这会儿我忽然悟出，戈亮为什么对"外祖父悖论"那样反感。实际他才是变态，一个心理扭曲的家伙，本性上对血腥味很厌恶，却违背本性来当杀手。我冷冷地想，也许他行凶后，我的鲜血会使他到卫生间大呕一顿呢。

"我不吃惊，我这人一向晕胆大。说说根由吧，我，或者我的丈夫、我的儿女，为啥会值得300年后的杀手专程赶来动手。"

大妈妈轻叹一声："其实，真正目标是你未来的儿子。据历史记载，那个时代有三个最杰出的研究量子计算机的科学家，他是其中之一。这三个人解决了量子计算机的四大难题——量子隐性远程传态测量中的波包塌缩；多自由度系统环境中小系统的量子耗散；量子退相干效应；量子固体电路如何在常温、常压中运行量子态——从此量子计算机真正进入实用，得到非常迅猛的发展，直接导致了——'我'的诞生。现在一般称作量子态非自然智能一体化网络，这个名称包括了量子计算机、生物计算机、光子计算机等。"

"这是好事啊，我生出这么一个天才儿子，你们该赶到300年前为我颁发一个一吨重的勋章才对，干吗反而要杀我呢？"

大妈妈在苦笑："恐怕是因为非自然智能的发展太迅猛了。现在，我全心全意地照料着人们的生活。不过——人的自尊心是很强的。"

虽然她用词委婉，语焉不详，我立即明白了。在300年后，非自然智能已经成了实际的主人，而人类只落了个主人的名分。大妈妈不光照料着人类的生活，恐怕还要代替人类思考，因为，按戈亮透露出来的点滴情况看，人类智力对那个时代的科技已经无能为力了。

大妈妈实际上告诉了我两点：一，人脑不如计算机。不是偶然的落后，而是无法逆转的趋势。二，人类至少是某些人已经后悔了，不惜跨越时空，杀死300年前的三个科学家以阻止它。

在我的时代，人们有时会讨论一个小问题，即人脑和电脑的一个差别：行为可否预知。

电脑的行为是确定的，可以预知的。对于确定的程序、确定的输入参数、确定的边界条件来说，运行结果一定是确定的。所谓模糊数学，就其本质上说也是确定的。万能的电脑所难以办到的事情之一，就是产生真正的随机数字，电脑中只能产生伪随机数字。

人的行为则不能完全预知。当然，大部分是可以预知的：比如大多数男人见到裸体美女都会心跳加速；一个从小受仁爱熏陶的人不会成为杀人犯；如此等等。但是不能完全、精确地预知：一个姑娘参加舞会前决定挑哪件衣服；楚霸王在哪一刻决定自杀；爱因斯坦在哪一瞬间爆发灵感；等等。

两者之间的这个差别其实没什么复杂的原因，只取决于两个因素：一，组织的复杂化程度。人们已经知道，连最简单的牛顿运动，如果是三体以上，也是难以预知的。而人脑是自然界最复杂的组织。二，组织的精细化程度，人脑的精细足以显示出量子效应。总之，人脑组织的复杂化和精细化就能产生自由意志。

旧式计算机在复杂化和精细化上没达到临界点，而量子计算机达到了。戈亮后来对我说，量子计算机的诞生完全抹平了人脑和电脑的差别——不，只是抹去了电脑不如人脑的差别，它们从此也具备了直觉、灵感、感情、欲望、创造力、我识、自主意识等这类人类从来据为己有的东西。而人脑不如电脑的那些差别不但没抹平，相反被爆炸性地放大：比如非自然智能的规模可以无限拓展，思维的速度为光速，思维可以延续，没有生死接替，接口透明，等等。这些优点，自然智能根本无法企及。

量子计算机在初诞生时，只是被当作技术性的进步，并没被看作天翻地覆的大事件。但它的多米诺骨牌效应很快就显现。电脑成了大妈妈，完全操控着文明的航向。人类仍被毕恭毕敬地供在庙堂上，只不过成了傀儡或白痴皇帝。戈亮激愤地说："说白了，人类现在只是大妈妈的宠物，就像灵灵是你的宠物一样。"我知道戈亮为什么讨厌灵灵了！

所以，三个热血青年决定，宁可毁掉这一切，让历史倒退300年，至少人们可以做自己的主人。

我紧张地思索着，不敢完全相信大妈妈的话。像戈亮一样，我在大妈妈面前也有自卑感，对她的超智力有深深的畏惧。她说的一切都合情合理，对我坦诚以待，对戈克爱心深厚，毫无怨怼——但如果这都是假象？相信大妈妈的智力能轻易玩弄我于股掌之中。我尽量沉住气仔细探问：

"你说戈亮其实不是来杀我，而是杀我的儿子？"

"对，有多种方法，他可以杀掉将成为你丈夫的任何男人，可以破坏你的生育能力，可以杀掉你儿子，当然，最可靠的办法是现在就杀掉你。"

我尽量平淡地问："为什么不早告诉我？戈亮已经来了一星期，也许你的警告送来时我已经变成一具尸体了。"

"我想他不一定会真的付诸实施，至少在一个月内不会。我非常了解他：善良，无私，软心肠。他们三人是一时的冲动，其实并不知道自己在干什么。恐怕是300年前的美国科幻片看多了吧。"她笑着说，有意冲淡这件事的严重性。"我希望这最好是一场虚惊，他们到300年前逛一趟，想通了，再高高兴兴地回来。我不想让他在那个时代受到敌意的对待。不过——为你负责，我决定还是告诉你。"

一个疑点从我心里浮上来："戈亮他们乘时间机器来——他对时间机器一窍不通——机器是谁操纵的？他们瞒着你偷了时间机器？"

"当然不是。他们提出要求，是我安排的，是我送他们回去的。"

"你？送三个杀手回到300年前，杀掉量子计算机的奠基人，从而杀死你自己？"

"我永远是人类忠实的仆人，我会无条件地执行主人的一切命令。如果他们明说是返回过去杀人，我还有理由拒绝，但他们说只是一趟游玩。"她平静地说，"当然，我也知道自己不会被杀死。并不是我能精确预知未来，不，我只知道已经存在的历史，知道从你到我这300年的历史。但是，一旦有人去干涉历史，那个'过去'对我也成未来了，不可以预知。我只是相信一点：一两个人改变不了历史的大进程。个人有自由意志，人类没有。"

停一停，她说："据我所知，你在文章里表达过类似的观点，虽然你的看法还没有完全条理化。陈影，我很佩服你。"

我没有被杀，你爸爸没有被杀，也没人偷走我的子宫，摘除我的卵巢。你平安降生了，你不知道那一刻我心中是多么欣慰。

一个丑陋的小家伙，不睁眼，哭声理直气壮，嘹亮如歌。只要抱你到怀里，你就急切地四处拱奶头，拱到了就吧唧，如同贪婪的蚕宝宝。你的啜吸让我腋窝中的血管发困，有一种特殊的快感。我能感到你的神经和我是相通的。

你是小崽崽，不是小囡囡。这没有什么好奇怪的，本来生男生女有对等的几率，男女在科学研究中的才智也没有高下之分。但我对这一点一直不安——戈亮和大妈妈都曾明确预言我将生儿子，这么说，历史并没有改变？

不，不会再有人杀你了，因为我已经对杀手做出了承诺：让你终生远离科学研究。人是有自由意志的，我能做到这点。

但我始终不能完全剜掉心中的惧意。我的直觉是对的，30年后，死神最终追上了你，就在你做出那个科学突破之前。

大妈妈通报的情况让我心乱如麻。心乱的核心原因是：我不知道拿那个宝货怎么办。如果他是一个完全冷血的杀手倒好办了，我可以打110，或者在他的茶饭里加上氰化钾。偏偏他不是。他只是一个想扮演人类英雄的没有经验的演员，第一次上舞台，很有点手足失措，刻薄一点说是志大才疏。但他不失为一个令人疼爱的大孩子，他的动机是纯洁的。我拿他怎么办？

我和大妈妈道别，挂断电话，站在电话机旁发愣。眼前就像立着戈亮的妈妈，真正的人类妈妈，50岁左右的妇女，很亲切，很精干，相当操劳，非常溺爱孩子，对孩子的乖张无可奈何。我从直觉上相信大妈妈说的一切，但内心深处仍有一个声音在警告：不能这么轻信。毕竟，甘心送戈亮他们回到过去从而杀死自己，即使是当妈妈的，做到这个份儿上也太离奇。至于我自诩的直觉——少吹嘘什么直觉吧，那是对人类而言，对人类的思维速度而言。现在你面对的是超智力，她能在一微秒内筛选一百亿种选择，在一纳秒内做出正确的表情，在和你谈话的同一瞬间并行处理十万件其他事件。在她面前还奢谈什么直觉？

我忽然惊醒：戈亮快回来了，我至少得做一点准备吧。报警？我想还没到那份儿上，派出所的警察大叔们恐怕也不相信什么时空杀手的神话。准备武器？屋里只有一把维吾尔族的匕首，是我去新疆英吉沙旅游时买的，很漂亮，锃亮的刀身，透明有机玻璃的刀把，刀把端部镶着吉尔吉斯的金属币——只是一个玩具嘛，我从来都是把它当玩具，今天它要暂时改行回归本职了。我把它从柜中取出，压在枕头下，心中摆脱不了一种怪怪的感觉：游戏，好笑。我不相信它能用到戈亮身上。

好，武器准备好了，现在该给杀手做饭去了，今天给他做什么改样的饭菜？——想到这里，我忍不住神经质地大笑起来。

门口有喇叭声。这回司机像换了一个人，非常亲热地和我打招呼，送我名片，说以后用车尽管呼他。看他前倨后恭的样子，就知道他这趟肯定没少赚。戈亮手中多了一个皮包，进门后吩咐我调好热水，他要马上洗澡。他皱着眉头说外边太脏，21世纪怎么这么脏？这会儿我似乎完全忘了他是杀手，像听话的女佣一样，为他调好温水，备好换洗衣服。戈亮进去了，隔着浴室门听见哗哗的水声。皮包随随便便留在客厅。我忽然想到，应该检查一下皮包，这不是卑鄙，完全是必要的自卫。

我一边为自己做着宽解，一边侧耳听着浴室的动静，悄悄打开皮包。里面的东西让我吃一惊：一把锋利的匕首，一把仿五四手枪！他真的搞到了凶器，这个杀手真要进入角色啦！不清楚凶器是从什么地方买的，听说有卖枪的黑市，一定是那个贪财的司机领他去的。

我数数包里的钱，只剩下200多元。走时塞给他3000多元呢。不知道一只手枪的黑市价是多少，估计司机没少揩油。这是一定的，那么个财迷，碰见这样的呆鹅还不趁机猛宰。

瞪着两把凶器，我不得不开始认真对待大妈妈的警告。想想这事也够"他妈妈的"的了，这个凶手太有福气，一个被害人大妈妈亲自送他回来，远隔300年还在关心他的起居；另一个被害人我与他非亲非故，却要管他吃管他住，还掏钱帮他买凶器。而凶手呢，心安理得地照单全收。一句话，我们有些贱气，而他未免厚颜。

但是很奇怪，不管心中怎么想，我没有想到报警，更没打算冷不防捅他一刀，我好像被魇住了。过后我对此找到了解释：我内心认为这个大男孩当杀手是角色反串，非常吃力的反串，不会付诸实施。这两件刀枪不是武器，只是道具。连道具也算不上，只是玩具。

你很小就在玩具上表现出过人的天才。反应敏锐，思维清晰，对事物的深层联系有天然的直觉和全局观。五岁那年，你从我的旧书箱中扒出一件智力玩具：华容道。很简单的玩具，一个方框内挤着曹操，个头最大，是2×2的方块，四员大将张飞、赵云、马超、黄忠，都是2×1的竖条，关羽是1×2的横条。六个人把华容道基本挤满了，只剩下1×2的空格，要求你想法借着这点空格把棋子挪来倒去，从华容道里救曹操出来。这个玩具看起来简单玩起来难，非常难，当年曾经难煞我了，主要是关羽难对付，横刀而立，怎么挪他都挡着曹操的马蹄。半月后我最终走通了，走通的一刻曾欣喜若狂。

你拿来问我该怎么玩，我想了一会儿，发现已经把走法忘得干干净净。我只是告诉你规矩，说你自己试着来吧。我知道，对于一个五岁的孩子，这个玩具的难度是大了一些。你拿起华容道窝在墙角，开始认真摆弄。那时我还在暗笑，心想这个玩具能让你安静几天吧。但20分钟后你来了，说："妈妈，我走通了。"我根本不信，不过没把怀疑露出来，说："真的吗？给妈妈再走一遍，妈妈还不会呢。"你走起来，各步走法记得清清楚楚，挪子如飞，大块头的曹操很快从下方的缺口中漏出来。

你那会儿当然欣喜，但并不是我当年的狂喜。看来，这件玩具对你而言并不太难，你也没把它看成多大的胜利。

我看着你稚气的笑容，心中涌出深沉的惧意。我当然高兴儿子是天才，但"天才"难免和"科学研究"有天然的关联。可我对杀手发过重誓：决不让你研究科学，尤其是量子计算机。我会信守诺言，尽自己的最大能力来引导你。但——也许我拗不过你？我的自由意志改变不了你的自由意志？

在那之后有一段时间，你对智力玩具入了迷，催着我、求着我为你买来很多，魔方、七连环、九连环、八宝疙瘩、魔球、魔得乐，等等，没有哪一种能难倒你。我一向对智力玩具的发明者由衷钦佩，智力玩具不像那些系统科学，如解析几何、光学、有机化学，它们是系统的，是多少代才智的累积，后来者可以站在巨人的肩上去攀摘果实。所以，即使是中等才智，只要非常努力，也能达到足够的深度。而发明智力玩具纯粹是天才之光的偶然迸射，没有这份才气，再努力也白搭。或者是零，或者是一百分，没有中流成绩。玩智力玩具也多少类似，我甚至建议拿它做标准来考察一个人的本底智力，我想那是最准确的。所以，你的每次成功都使我的惧意增加一分。

那些天我常常做一个相同的梦：你在攀登峭壁，峭壁是由千万件智力玩具垒成的，摇摇欲坠。但你全然不顾，一阶一阶向上攀爬。每爬上一阶，就会回头对我得意地笑。我害怕，我想唤你、劝你、求你下来。但我喊不出声音，手脚也不能稍动，只能眼睁睁地看着你往高处爬，爬呀，爬呀，你的身影缩成了芥子，而峭壁的重心已经超出了底面的范围，很快就要訇然坍塌……然后我突然惊醒，嘴里发苦，额上冷汗涔涔。我摸黑来到隔壁房间，你在小床里睡得正香。

亲眼看到戈亮备好的凶器后，我还是一如既往地照料他，做饭，为他收拾床铺，同他闲聊。我问他，"300年后究竟是怎样的生活？如果对时空旅行者没有什么职业道德的要求，请你对我讲一讲，我很好奇。"科幻小说中常常设定：时空旅行者不得向"过去"的人们泄露"未来"的细节。他没说什么"职业道德"，却也不讲，只是懒懒地应了一句："没什么好讲的。"

我问："你妈妈呢？不是指大妈妈，是说你真正的妈妈。她知道你这趟旅行吗？"

我悄悄观察他对这个问题的反应。没有反应。他极简单地答："我没妈妈。"

不知道他是孤儿，还是那时已经是机械化生殖了。我没敢问下去，怕再戳着他的痛处。

后来两人道过晚安，回去睡觉。睡在床上我揶揄自己："你真的走火入魔了啊！竟然同杀手言笑晏晏，和平共处。"而且，我竟然很快入睡了，并没有紧张得失眠。

不过夜里我醒了。屋里有轻微的鼻息声，我屏住呼吸仔细辨听，没错。我镇静地微微睁开眼，透过睫毛的疏影，看见戈亮站在夜色中，就在我的头顶，一动不动，如一张黑色的剪影。他要动手了！一只手慢慢伸过来，几乎触到我的脸，停住，近得能感觉到他手指的热度。我想，该不该摸出枕下的匕首，大吼一声捅过去？我没有，因为屋子的氛围中感觉不到丝毫杀气，相反倒是一片温馨。很久之后，他的手指慢慢缩回去，轻步后退，轻轻地出门，关门。他走了。

留下我一人发呆。他来干什么？下手前的踩盘子？似乎用不着吧，可以肯定的是，他这次没有带凶器。我十分惊诧于自己的镇定，临大事有静气，泰山崩于前而色不变。这份胆气，便是去做职业杀手也绰绰有余了。怎么也比戈亮强。

替天行道

我苦笑着摸摸自己的脸颊，似乎感到那个手指所留下的温暖和滑润。

一个人照料孩子非常吃力，特别是你两三岁时，常常闹病，高烧，打吊针。你又白又胖，额头的血管不好找，总是扎几次才能扎上。护士见你来住院就紧张，越紧张越扎不准。扎针时你哭得像头凶猛的小豹子，手脚猛烈地弹动。别的妈妈遇到这种场合就躲到远处，让爸爸或爷爷来摁住孩子的手脚，男人们心硬一些。我不能躲，我只有含泪摁着你，长长的针头就像扎在我心里。

一场肺炎终于过去了，我也累得散了架。晚上和你同榻，大病初愈的你特别亢奋，不睡觉，也不让我睡，缠着我给你讲故事。我实在太困了，说话都不连贯，讲着讲着你就会喊起来："妈妈你讲错啦！你讲错啦！你咋乱讲嘛！"我实在支撑不住，因极度困乏而暴躁易怒，凶狠地命令你住嘴，不许再搅混妈妈。你扁着嘴巴要哭，我恶狠狠地吼："不许哭！哭一声我捶死你！"

你被吓住了，缩起小身体不敢动。我于心不忍，但瞌睡战胜了我，很快入睡了。不知道睡了多长时间，似睡非睡中有东西在摩挲我的脸。我勉强睁开眼，是你的小手指——那么娇嫩柔软的手指，胆怯地摸我的脸，摸我的乳房。摸一下，缩回去，再摸。在那一瞬间我回到了三年前，感受到戈亮的手指在我脸颊上留下的温暖和滑润。

看来你是不甘心自己睡不着而妈妈呼呼大睡，想把我搅醒又有点儿胆怯。我又好气又好笑，决定不睬你，转身自顾睡觉。不过，你的胆子慢慢大起来，摸了一会儿见我没动静，竟然大声唱起来！用催眠曲的曲调唱着："小明妈妈睡着喽！太阳晒着屁股喽！"

我终于憋不住了，突然翻过身，抱着你猛亲一通："小坏蛋，我叫你唱，我叫你搅我瞌睡！"你开始时很害怕，但很快知道我不是发怒，于是搂着我脖子，咯咯地笑起来，笑得喘不过气。

真是天使般的笑声啊。我的心醉了，困顿也被赶跑了。我搂住你，絮絮地讲着故事，直到你睡熟。

第二天早饭，戈亮向我要钱。我揶揄地想：进步了啊，出门知道要钱了。我问他到哪儿去，他说看两个同伴，时空旅行的同伴。

两个同谋，同案犯。我在心里为他校正。嘴里却在问："在哪儿？我得估计需要多少费用。"他说一个在以色列的特拉维夫，一个在越南的海防市。我皱起眉头："那怎么去得了？出国得申请办护照，很麻烦，关键是你没有身份证。"

"我有，身份识别卡，在这儿。"他指着右肩头。

我在那儿摸到一粒谷子大小的硬物，摇摇头："不行，那是300年后的识别卡，在这个时代没有相应的底档。而且，现在使用纸质身份证。"

我与他面面相觑。我怕伤了他的自尊心，小心地问："难道你一点也不知道300年前的情况？你们来前没做一点准备？"舌头下压着一句话："就凭这点道行，还想完成你们的崇高使命？总不能指靠被杀对象事事为你想办法。"

戈亮脸红了："我们走得太仓促，是临时决定的，随即找大妈妈，催着她立即启动了时间机器。"

我沉默了，生怕说出什么话来刺伤他。过了一会儿，他闷闷地说："真的没办法？"

"去以色列真的没办法，除非公开你的身份，再申请特别护照。那是不现实的。去越南可以吧，那儿边界不严，旅游团队很多。我给你借一张身份证，大样不差就能混过去。你可以随团出去，再自由活动，只要在日程之内随团回国，是可以通融的。我找昆明的朋友安排。"

他闷闷地说："谢谢。"扭头回自己屋。

我心中莞尔：这孩子进步了，知道道谢了。自从他到我家，这是第一次啊。

我很快安排妥当，戈亮第二天就走了。让这个家伙搅了几天，乍一走，屋里空落落的，我反倒不习惯了。现在，我可以静下心来想想，该如何妥善处理这件事。我一直在为他辩解：他的决定是一时冲动，是不切实际的空想，很可能不会付诸实施。而且——也要考虑到动机是高尚的，说句自私的话吧，如果不是牵涉到我的儿子，说不定我会和他同仇敌忾、帮他完成使命。毕竟我和他是同类，而大妈妈是异类。即使现在，我相信也可以用爱心感化他，把杀手变成朋友。

但晚上看到的一则网上消息打破了我的自信：以色列特拉维夫市的一名天才少年莫名其妙地被杀害，他今年13岁，已经是耶路撒冷大学的学生，主攻量子计算机的研究。凶手随即饮弹自毙，身份不明，显然不是以色列人，但高效率的以色列警方至今查不到他进入国境的任何记录。

网上还有凶手的照片，一眼看去，我就判定他是戈亮的同伴或同谋。极健美的身躯，落难王孙般的高贵和寡合，懒散的目光。我不知道大妈妈是否警告过被杀的少年或其父母，但看来，无所不能的大妈妈并不能掌控一切。

现在我真正感到了威胁。

七天后戈亮返回，变得更加阴沉寡言。我想他肯定知道了在以色列发生的事。那位同伴以自己的行为、自己的牺牲树立了榜样，催促他赶快履行自己的责任。这会儿他正在沉默中淬硬自己的感情，排除本性的干扰，准备对我下手了。我像个局外人而非凶杀的目标，冷静地观察着他。

我问他有什么打算，是不是要多住一段时间。如果他决心融入"现在"，那就要早做打算。戈亮又发怒了："你是要赶我走吗？"

我冷冷地说："你已经不是孩子了，话说出口前要掂量一下，看是否会伤害别人。你应该记住，别人和你一样也有自尊心。"

我撇下他，回到书房。半个小时后他来了，认真地向我道歉。我并没有打算认真同他怄气，也就把这一页掀过去了。午饭时他直夸我做的饭香，真是美味。我忍住笑说："我叫你学礼貌，可不要学虚伪，我的饭真的比300年后的饭好吃？"他说："真的，一点不是虚伪，我真想天天吃你做的饭。"我笑道："那我就受宠若惊啦。"

就在那天下午，他突然对我敞开心扉，说了很多很多。他讲述着，我静静地听。他说："300年后世界上到处是大妈妈的大能和大爱，弥天漫地，万物浸泡其中。大妈妈掌控着一切，包括推进科学，因为人类的自然智力同她相比早就不值一提了；大妈妈以无限的爱心为人类服务，从生到死，无微不至。人类是大妈妈心爱的宠物，比你宠灵灵更甚。你如果心情不好，可以踢灵灵一脚。大妈妈绝对不会的，她对每个人都恭谨有加。她以自己的高尚衬托出人的卑琐。生活在那个时代真幸福啊，什么事都不用干，什么心都不用操。"

"所以我们三个人再也忍不住了，决定返回300年前杀死几个科学家，宁可历史倒退300年。"他突兀地说。

他只是没明说，要杀的人包括我儿子。

我想再落实一下大妈妈说过的话。我问："大妈妈知道你们此行的目的吗？"

"我们没说，但她肯定知道，瞒不过她的。没有什么事能瞒过她。"

"既然知道，她还为你们安排时空旅行？"

戈亮冷笑："她的誓言是绝对服从人类嘛。"

那么，大妈妈说的是实情。那么，三个大男孩是利用她的服从来谋害她，这种做法——好像不大地道吧，虽然我似乎应该站在戈亮的立场上。

还有，不要忘了，他们杀死大妈妈，是通过杀我儿子来实现呢。

很奇怪，从这次谈话之后，戈亮那个行动计划的时钟完全停摆了。他把凶器顺手扔到墙角，从此不再看一眼。他平心静气地住下来，什么也不做，真像到表姐家度假的男孩。我巴不得他这样，也就不再打问。春天，小草长肥了，柳絮在空中飘荡，还有看不见的春天花粉。戈亮的过敏性鼻炎很厉害地发作了，一连串的喷嚏，止不住的鼻涕眼泪，眼结膜红红的，鼻黏膜和上呼吸道痒得令他发疯，最厉害时晚上还要哮喘，弄得他萎靡不振。

他看似健美的身体实际中看不中用。戈亮说，"300年后85%以上的人都过敏，无疑人们太娇贵了。当然，那时不用你担心，大妈妈会为你提供净化过的空气，提醒你服用高效的激素药物。还是有妈的孩子幸福啊。"

我很心疼他，带他去变态反应科看病，打了针，又用伯克宁喷鼻剂每天喷着，总算把病情控制住了。这天北京来电话，北大和清华的科幻节定在两天后举办。我是特邀嘉宾之一，答应过要出席，现在该出发了。灵灵我已安排好，让邻居代养着。现在的问题是戈亮怎么办。像他这样没有一点自理能力，留家里怕是要饿死的，烙个大饼套在脖子里也只知道啃前边那块。只好带他一块去了。当然我没说饿死不饿死的话，只是说："跟我去吧，你想，带一个未来人参加科幻节多有意义啊。不过你放心，我会把这意义埋在心底，绝不会透露你未来人的身份。"阿亮无可无不可地说，"行啊，跟你去。"

两校科幻节的日程安排得很紧，本来可以合在一起开的，但接待的肖苏说北大和清华都很牛，会场放在哪家，另一家就会觉得没面子。这么着只好设两个会场。国内有名的科幻作家都来了，A老师，B老师，C老师，我都很熟。共三个女作者，其他两人家在北京，所以给我安排了一个单间，带套间的，于是我让戈亮也住这儿了。我是想省点儿住宿费，也方便就近照顾他。戈亮来我家后，已经让我的花销大大超支。我知道这么安排肯定有人用暧昧的眼光看我们，但我不在乎。

晚上，我照例为戈亮调好水温，他进去洗澡。学生们来了，有北大科幻协会会长刘度，清华科幻协会会长董明，负责此次会务的姑娘肖苏。刘度进来就笑："久仰久仰，没想到陈老师这么年轻漂亮。读你的小说，我总以为你是80岁的老人，男的，白须飘飘，目光苍凉，麻衣草履，在蒲团上瞑目打坐。"

我说："你是骂我呢，我的小说一定非常沉闷、乏味、老气横秋，对吧。"

刘度笑："不不，哪能呢，绝对说不上沉闷乏味，老气横秋倒是有一点。不过还是换个褒义词吧：沧桑感。"

正说着，戈亮出来了，只穿着三角裤，一身漂亮的肌肉，对客人不理不睬的，径直回他的套间里去穿衣服。几个学生看看他，互相交换着目光，肯定是各有想法，屋里的谈话因此有片刻的迟滞。我忙说：

"我的表弟。非要跟我来看看北大、清华。这是所有年轻人心中的圣地。你们是天之骄子啊，13亿人优中选优的精英。刘度，听说你考上北大前，高考期间还写了部10万字的科幻小说？董明，听说你在高中就精通两门外语？"他们笑着点头，董明纠正说只是粗通而已，"非常佩服你们的精力和才气。和你们比，我已经是老朽了。真的，到你们这里办讲座，我很自卑。"

肖苏笑了："我们才自卑呢。我们既勇敢又自卑：克服了自卑，勇敢地参加科幻协会。你知道，在大学里，尤其是在北大清华，科幻被认为是小毛头们才干的事。不过，我们舍不下从中学里就种下的科幻情结。"

我呻吟着："天哪，北大清华学生说自卑，还让我活吗？我这就自杀，你们别拦着。"

他们都笑了。不过，第二天在会场上，我对他们的自卑倒是有了验证。那天是在北大的一个学术报告厅，参加的学生有近300人，北京各高校的科幻协会都派了代表。A、B、C等作家全到场，在讲台上坐了一排。戈亮被安排到下边第一排坐下。可能是赴京途中受了刺激，他的过敏鼻炎又犯了，满大厅不时响起旁若无人的响亮的啊嚏声。

我们没料到，讲座刚开始就有一个"反科幻"的学生搅场，他第一个发言，说：

"我今天是看到你们的海报顺便进来听听的。我从来不看科幻作品，我认为科幻就是胡说八道。"

满场默然，没有一个科幻迷起来反驳。科幻作家们也不好表态，只有A老师回了两句，但也过于温和了。我不知道满座的沉默是什么原因：是绅士风度，还是真的自卑？我忍不住要过话筒：

"对这位同学的话，我想说几句。王朔曾在一篇文章中说，他从来不看金庸的武侠小说，因为金庸的武侠小说如何如何糟糕。在此我奉劝王朔大师，还有这位同学：你们完全可以决定不看什么作品，可以讨厌它，拿这些书覆瓮擦腚，那是你们的自由，没人会干涉。但如果你们想在文章中，或在大庭广众中，公开指责这些作品，那就必须先看过再批驳，否则就是对读者和听众的不尊重，也恰恰显露了你们的浅薄。"

会场中有轻微的笑声。没人鼓掌。我又在想那个问题：宽容还是自卑，也许两者都有吧。我看看戈亮，他在用目光对我表示支持，那一刻我真想把他的身份公布于众！不过那个搅场者还是有羞耻心的，几分钟后悄悄溜出了会场。

会场的气氛慢慢活跃了，学生们提了很多问题，不外是问各人的创作经历，软硬科幻的分别，等等，台上的作家轮流作答。有这几位大腕作家挡阵，我相对清闲一些。后来一个女生——是负责会务的肖苏——点了我的将：

"我有一个问题请陈影老师回答。杨振宁先生曾说过，科学发展的极致是宗教。请问你如何理解这句话？"

我有点慌乱，咽口唾沫："这个问题太大，天地都包含其中了，换个人回答行不？我想请A老师或B老师回答，比较合适。"

那两人促狭地说："啊不，不，你回答最合适，忘了你的笔名是女娲？补天的女娲肯定能回答这个问题。大家欢迎她，给她一点掌声！"

在掌声中，我只好鸭子上架。理一理思路，我说：

"杨振宁先生的原话是：科学发展的终点是哲学，哲学发展的终点是宗教。不过肖苏同学已经做了简化，那我也把哲学抛一边吧。我想，科学和宗教的内在联系，第一当然是对大自然的敬畏。科学已经解答了'世界是什么样子'，但还没有解决'为什么世界是这个样子'。我们面对的宇宙有着非常严格、非常简洁、非常优美的规律——为什么是这样？为什么不是一个乱七八糟毫无秩序的世界？谁是宇宙的管理者？在宇宙大爆炸之前，是谁事先定出宇宙演化必须遵循的规律？不知道。所以，科学越是昌明，我们对大自然越是敬畏，类同于信徒对上帝的敬畏。关于这一点有很多科学家诠释过，我不想多说了。"

我喝口水，继续："我想说的倒是另一点，人们不常说的，那就是：科学在另一种意义上复活了宿命论。不对吧，科学就是最大限度地释放人的能动性，怎么能和宿命扯到一块儿？别急，听我慢慢道来。当科学的矛头对外变革客观世界时，没有宿命的问题。科学已经帮助人类无比强大，逐渐进入自由王国。当然也让人们知道了一些终生的禁行线，比如不能超越光速，不能有永动机，粒子的测不准，熵增不可逆，不能避免宇宙灭亡，这一点已经有点宿命论的味道了，等等。但一般来说，这些禁行线对人类心理没有什么伤害。

"如果把科学的矛头对内，对着人类自己，麻烦就来了。自指就会产生悖论，客观规律与能动性的悖论。我们常说：随着科学的发展，人类终将完全认识人类文明的发展规律——这句话是什么意思？翻译过来就是：人类殚精竭虑，胼手胝足，劈开荆棘，推开浮沙，终于找到了正确的文明之路，它平坦，坚实，用整块花岗岩铺成。上面镌着上帝的圣谕：'此路往达自由王国，令尔等沿此路前行，不得越雷池半步。'这就是我们追求的自由？一个和宇宙一样大的玩笑。"

下面熙熙攘攘，嘈杂声中夹着响亮的啊嚏。我忽然想到，这次带戈亮来，带对了，我正可把这个问题回答透彻，也许能解开他的心结。我笑着说：

"听下边的动静是不服？我继续说。以上是纯逻辑性的玄谈，下面说实证。实证太多，举不胜举。比如克隆人，大家都知道，克隆人的出现将极大地冲击人类的道德伦理体系。国际社会一致反对克隆人，联合国最近还通过了一个公约，虽然没有约束力。但克隆人能挡得住吗？我敢打赌，绝对挡不住，人类意志之外的某种力量必将使我们走上'上帝划定之路'。其实有没有克隆人还是个癣疥，如果对医学来个整体的反思，我们会发现一些根本性的悖逆。"我介绍了网上那位菩提老祖很异端的观点，"……这么说，医学实际上只对人类个体的生存质量有利，而对整个人类种族的繁衍无益，甚至有害。不过，即使我们承认这一点，文明之路也绝不会改变，我们'命定'要走这条路，靠医学而不是靠自然选择来保障种群的繁衍。

"再说战争。战争是人类社会的怪胎，兽性随着文明的进步而同步强化。在这点上我们比野兽可强多了，兽类也有同性相残，偶尔有过杀行为，但哪里比得上人类这样专业，这样波澜壮阔！我是个和平主义者，我相信人类中的智者都憎恶战争。但是，人类意志之外的某种东西推着我们往这条路上走。作为个人，你尽可以反战、拒服兵役甚至自焚抗议越南战争。但作为整体，人类文明必然和战争密不可分。现在，假定有了时间机器——顺便宣布一则消息，人类在2307年前将发明时间机器，这是确实消息，请在场的人做好记录。说不定已经有人乘坐它今天来这儿开会呢。"

大家以为我是幽默，哄堂大笑。我看看戈亮，他很得意。

"假如有了时间机器，坚定的和平主义者作为强者回到过去，回到人类先祖走出非洲那一刻，对那些蒙昧人严加管束，谆谆教导，把战争两个字从他们头脑中完全挖出去，然后，一万年的人类历史便是一万年的和平史——可能吗？我想在座没人会相信吧。

"战争也许有一天终能消灭，但其他罪行，如强奸、谋杀、盗窃、暴力、自杀等，就更不能根除了，它们将相伴人类终生。为什么会这样？如果人类没有原罪，一片光明，那该多么令人向往！不过，那只能是完美主义者的幻想。"

我停了片刻，"再说人工智能的发展。"我有意把这个话题放在最后。我看看第一排的阿亮，这番话主要是对他说的：

"我历来不认为人类智能比人工智能高贵。它们都是物质自组织的产物，当自组织的复杂化程度和精细化程度达到临界点，就会产生智慧，没有也不需要有一个外在的上帝为它吹入灵魂。所以，总有一天，非自然智能会赶上和超过人类，我对这一点毫不惊奇。当然，大多数人接受不了这一点，不愿意非自然智能代替人类成为地球的主人，这种看法算不上顽固保守，这是我们的生存本能决定的。那我们赶紧行动起来，来个全球大串联，就定在今年中秋节砸碎全世界所有电脑，彻底根除后患，解放全人类——可能吗？你们说可能吗？谁都知道答案的。个人有自由意志，人类就整体而言并无自由意志。我们得沿着'客观规律'所决定的或者说上帝所划定的路前行。所谓'人类的自由意志'只是一个完美的骗局。"

学生们显然不信服我的话，这从他们的目光中就能看到。不过我不在乎，我只在乎阿亮的反应。如果这番话多少能纾解他的心结，我就满意了。

命定之路是不能改变的，不管阿亮他们三位做出怎样的牺牲。但个人有自由意志。我可以让你远离科学。

这样做很难。你天生是科学家的胚子。记得童年到少年时你就常常提一些怪问题，让我难以回答。你问："妈妈，我眼里看到的山啦，云啦，大海啦，和你看到的是不是完全一样？"你问："光线从上百亿光年远的星星跑到这儿，会不会疲劳？"你问："男女的性染色体是XX和XY，为什么不是XX和YY呢，因为从常理推断，那才是最简洁的设计。"

初中你迷恋上了音乐,但即使如此,你也是从"物理角度"上迷恋。你问:"为什么各民族的音乐都是八度和音?这里有什么物理原因?外星人的音乐会不会是九度和音、十度和音?人和动物甚至植物都喜欢听音乐,能产生快感,这里有没有什么深层面上的联系?"

不管怎么说,我终于发现了音乐可以拴住你的心。我因势利导,为你请了出色的老师,把你领进音乐的殿堂。高考时你考上了中国音乐学院的作曲系。你在这儿如鱼得水,大二时的作品就已经有全国性的影响。音乐评论界说你的《时间与终点》有"超越年龄的深沉和苍凉",说它像《命运交响曲》一样,旋律中能听到命运的敲门声。

我总算吁了一口气。

从北大到宾馆路不远,我们步行回去,刘度他们同我告别,让肖苏送我俩。一路上阿亮仍没话,有点发呆,也许我在会场上说的话对他有所触动。肖苏一直好奇地观察着他,悄悄对我说:"你表弟有一种很特殊的气质。"我说:"什么气质?"她说:"不好说,很高贵那种,就像是英国皇族成员落到非洲土人堆里那种感觉。"又说:"他比你小七八岁吧,这不算缺点。"我有些发窘,说:"你瞎想什么嘛,他真是我表弟。"肖苏咯咯地笑了:"你不必辩白,我不打听个人隐私。"

平心而论,我带着这么一个大男孩出门,又同居一室,难免令人生疑。我认真说:"真不是你想象的姐弟恋。如果是,我会爽快承认的,我又不是歌星影星,要捂着自己的婚事或恋情,怕冷了异性歌迷的心。"我笑着说,"实话说吧,他是300年后来的未来人,乘时间机器来的。"

"那好啊,未来人先生,让我们握握手。"

阿亮同她握手,问她:"今天会场上,我陈姐答出你的问题了吗?"

肖苏笑道:"非常有说服力,我决定退出科幻协会,正考虑皈依哪种宗教呢。"她转回头向我："陈老师。"

我说："喊陈姐，我听着'老师'别扭。"

"陈姐，你今天说：个人有自由意志，人类整体没有自由意志，让我想起了量子效应的坍缩。微观粒子的行为不可预测，它们可以通过量子隧道到达任何地方，可以从真空中凭空出现虚粒子，等等。有时想想都害怕，原来我们眼前所有硬邦邦的实体，都是由四处逃逸的幽灵组成的！但大量粒子集合之后，这些'自由意志'就突然消失了，只能老老实实地遵照宏观物体的行为规则，一个弹子不会从真空中突然出现，我们的身体也不会穿过墙壁。你看，这和你说的人类行为是不是很类似？我知道量子行为和人类行为风马牛不相及，但两者确实相像。"

我说："没什么难理解的，一点也不高深，都不过是一个几率问题。大量个体的集合，把几率较小的可能性抵消了，只有几率最大的可能性才能表现出来。"

"不过陈姐，我总觉得你的看法太消极，如果人类走的是'命定'之路，那我们都可以无所作为了，反正是命定的嘛。"

"恰恰相反。这条路'命定'了大多数的人会积极进取，呕心沥血地寻找那条命定之路。看破红尘而自杀的只会是少数，就算它们是有'自由意志'的'量子'吧。"

"又一个悖论。一个怪圈。"

我们都笑。我说："打住吧，不要浪费良辰美景了，这种讨论最终会陷入玄谈。"阿亮停下来，仰面向天，一连串响亮的喷嚏喷薄而出。我担心地说："哟，鼻炎又犯了吧，今天不该让你出来活动的。快用伯克宁。"

阿亮眼泪汪汪，说："在宾馆里，忘带了。"

我暗自摇头，他连自己的事也不知道操心："怪我忘了提醒你。快回去吧。"

肖苏奇怪地看着阿亮，小声对我说："陈姐，也许他真是300年后来的人呢。你听他的口音，有一股特殊的味儿，特别字正腔圆，比齐越、赵忠祥的播音腔还地道。我是在北京长大的，也从没听过这么高贵的口音。"

我用玩笑搪塞："是嘛？我明天推荐他到央视，把老赵和罗京的饭碗抢过来。"

晚上我悉心照料他，先关闭了窗户。手边没有喷雾器，我就用嘴含水把屋里喷遍以降低空气中的花粉含量，又催着他使用伯克宁喷鼻剂。去宾馆医务室为他讨来地塞米松。到11点，他的发作势头总算止住了。阿亮半倚在床上，看着我跑前跑后为他忙碌，真心地说："陈姐，谢谢你。"

我甜甜地笑："不用客气嘛。"心想自己算得上教导有方，才半个多月，就把一个被惯坏的大男孩教会了礼貌，想想很有成就感。

阿亮还有些喘，睡不着觉，我陪着他闲聊。他说："没想到你对大妈妈篡位的前景看得这么平淡。"我说："我当然不愿意看到，但有些事非人力所能扭转。再说，人类也不是天生贵胄，不是上帝的嫡长子，都是物质自组织的一种形式罢了。非自然智能和我们的唯一区别是，我们的智能从零起步，而大妈妈是从一百起步，人类为她准备了比较高的智力基础。也许还有一个区别：我们最终能达到高度一千，而它能达到一万亿。"阿亮沉重地说：

"那么我回来错了？我们只能无所作为？"

"不，该干嘛你还干嘛。生物进化史上大多数物种都注定要灭绝，但这并不妨碍该种族最后的个体仍要挣扎求生，奏完最后一段悲壮的乐曲。"我握住他的手，决定把话说透，"不过不一定非要杀人。阿亮，我已经知道了你返回300年前的目的。你有两个同伴，其中在以色列的那位已经动手了，杀了一位少年天才。"

阿亮苦涩地摇头："我不会再干那件事了，越南那位也不会干了。其实我早就动摇了，你今晚那些话是压垮毛驴的最后一根稻草。你说个人有自由意志，很对。我那时决定回来杀你的儿子——是自由意志，现在改变决定——也是自由意志。不杀人了，不杀你，不杀你丈夫。不过，我只是决定了不干什么，还不知道该干什么。"

"我丈夫还不知道在哪儿哪，我儿子还在外婆的大腿上转筋呢。"我笑，"不过我向你承诺，如果我有了儿子或女儿，我会让他远离科学研究。我这么做并不是指认科学有罪,我只是为了你,为了你的苦心。还有,我也不敢保证一定能做到——我的儿女也有自由意志啊——但我一定尽力去做。"

阿亮笑着说:"谢谢。这样我总算没有白忙活一场,也算多多少少改变了历史。我不再是废物了,对吧。"

他用的是玩笑口吻,不过玩笑后是浓酽的酸苦。我心中作疼,再次郑重承诺:"你放心,我会尽力去做。"

你在大三时突然来了那个电话,让我异常震惊。震惊之余心中泛起一种恍惚感,似乎这是注定要发生的,而且似乎是我早就预知的。你说:经过两个月的思索,你决定改行搞物理,要背弃阿波罗去皈依缪斯。我尽力劝你慎重。你在作曲界已经有了相当名气,前途无量,这么突兀地转到一个全新领域,很可能会失败,弄得两头全耽搁。

你说:"这些理由我全都考虑过了,但说服不了自己。我一直站在科学的殿堂之外看它的内部,越是这样,越觉得科学神秘、迷人,令我生出宗教般的敬畏。两个月前我听了科学院周院士的报告,对量子力学特别入迷。比如孪生光子的超距作用,比如人的观察将导致量子效应的坍缩,比如在量子状态中的因果逆动。我觉得它们已经越出了科学的疆界,达到哲学的领域,甚至到了宗教的天地……"

我不由想起杨振宁先生关于科学、哲学和宗教的那段话,觉得相隔20年的时空在这儿接合了。我摇摇头,打断你的话:"你是否打算主攻量子计算机?"

"对呀,妈妈你怎么知道?"

我苦笑:"你已经决定了吗?不可更改?"

"是的,其实这些年我一直在自学物理专业的基础课和专业基础课。我和周院士有过一次长谈,他是一位不蹈旧规的长者,竟然答应收我这个门外汉做研究生。他说我有悟性,有时候悟性比学业基础更重要。我的研究方向是量子计算机的退相干,你对这个课题了解吗?"

我了解。我不了解细节,但了解它的意义,深知它将导致什么,比你的导师还清楚。科学家都是很睿智的,他们能看到50年后的世界,也许能到100年——而戈亮已经让我看到300年后了。我仍坚持着不答应你,不是一定要改变结局,而是为了对戈亮的承诺,我说:"小明,你听我讲一个故事,好吗?这个故事我已经零零碎碎、旁敲侧击地对你说过,但今天我想完整地、清晰地讲给你。"

我讲了戈亮的一生,你爸爸的一生。你一直沉默地听着,偶尔对时空旅行或"大妈妈"提一些问题。也许是我多年来的潜移默化,你看来对这个故事很有心理准备。最后我说:"妈妈只有一个要求:你把这个决定的实施向后推迟一年,如果一年后你的热情还没有熄灭,我不再拦你。不要怪妈妈自私,我只是不想让你爸爸的牺牲显得毫无价值。行吗?"

你在犹豫。你已经心急如焚,要向科学要塞发起强攻,一切牺牲早已置之度外。探索欲是人类最顽固的本性之一,一如人们的食欲和性欲。即使某一天,某个发现笃定将导致人类的灭亡,仍会有数不清的科学家们争先恐后、奋不顾身地向它扑过去,其中就有你。

你总算答应了:"好吧,一年后我再和妈妈谈这件事。"

我很宽慰:"谢谢你,儿子,我很抱歉,让你去还父母的债。"

你平静地说:"干吗对儿子客气,是我应该做的,不管是对你,还是对我从没见面的爸爸。妈妈再见。"

我就是在那个晚上从戈亮那儿接受了生命的种子,俗话说这是撞门喜。那晚我们长谈到两点,然后分别洗浴。等我洗浴后,候在客厅的戈亮把我从后边抱住,我温和地推开他,说:"不要这样,我们两个不合适的,年龄相差太悬殊。"

戈亮笑道:"相差309岁,对不?但我们的生理年龄只差九岁,我不会把这点差别看到眼里。"

我说："不，不是生理年龄，而是心理年龄。咱们的交往从一开始就把你我的角色都固定了，我一直是长姊甚至是母亲的角色。我无法完成从长辈到情人的角色转换，单是想想都有犯罪感。"

戈亮仍是笑："没关系，你说过我们相差309岁呢，别说咱们没有血缘，即使你是我的长辈，也早出五服、十服了。"

没想到他又拐回去在这儿等我，我被他的诡辩逗笑了："你可真是，正说反说都有理。"我发现，走出心理阴影的阿亮笑起来灿烂明亮，非常迷人。最终我屈服于他强势的爱情，我的独身主义在他的一招攻势前就溃不成军。然后是一夜欢愉，戈亮表现得又体贴又激情。事后我说："糟糕，我可能会怀孕。今天正好是我的受孕期，咱们又没采取措施。"

戈亮不在乎地说："那不正好嘛，那就把儿子生下来呗。"

我纠正他："你干吗老说儿子，也可能是女儿。"

戈亮没有同我争，但并不改变他的提法："我决定不走了，不返回300年后了。留在这儿，同你一块儿操持家庭，像一对鸟夫妻，每天飞出窝为黄口小儿找虫子。"

我想起一件事："噢，我想咱们的儿子一定很聪明，你想，300年的时空距离，一定有充分的远缘杂交优势。你说对不对？"

戈亮苦笑："让他像你吧，可别像我这个废物。"

我恼火地说："听着，你如果想留下来和我生活，就得收起他妈的这些自卑，活得像个男人。"

阿亮没有说话，搂紧我，当作他的道歉。忽然我的身体僵硬了，一个念头电光般闪过脑际。阿亮感觉到我的异常，问我怎么了，我说没事，然后用热吻堵住他的嘴巴。再度缠绵后阿亮乏了，搂着我入睡。我不敢稍动，在暮色中大睁两眼，心中思潮翻滚。也许——这一切恰恰是大妈妈的阴谋？她巧借几个幼稚青年的跨时空杀人计划，把戈亮送到我的身边，让我们相爱，把一颗优良的种子种到我的子宫里，然后——由戈亮的儿子去完成那个使命，完成大妈妈所需要的科学突破。

让戈亮父子成为敌人，道义上的敌人。

我想自己是走火入魔了。这种想法太迂曲，太钻牛角尖，也会陷进"何为因何为果"这样逻辑上的悖论，大妈妈的阴谋成功前她是否存在？这样的胡思乱想不符合我的思维惯性。但我无法完全排除它。关键是我惧怕大妈妈的智力，它和我们的智慧不是一个数量级的。所以——也许她会变不可能为可能。

阿亮睡得很熟，像婴儿一样毫无心事。我怜悯地轻抚他的背部，决心不把我的疑问告诉他。如果他知道自己竟然成为大妈妈阴谋的执行者，一定会在自责和自我怀疑中发疯。我要一生一世守住这个秘密，把十字架自己扛起来。

第二天我俩返回南都市我的家——应该是我们的家了。第一件事当然是到邻居家里接回灵灵。灵灵立起身来围着我们蹦，狂吠不止，那意思是我们竟然忍心把它一丢五天，实在不可原谅。我们用抚摸和美食安抚住它。看得出戈亮对灵灵的态度起了大变化，不再讨厌它了。

戈亮一连几天在沉思，还是躺在院子里的摇椅中，一只手捋着身边灵灵的脊毛。我问他想什么，他说："我在想怎样融入现在，怎样尽当爸的责任，可惜到现在还没有发现自己有什么生存技能。"我笑着安慰："不着急，不着急，把蜜月度完再操心也不迟。"

戈亮没等蜜月过完就出门了，我想他是去找工作，没有说破，也没有拦他。我很欣喜，做了丈夫和准爸爸的阿亮在一夜间长大了，成熟了，有了责任感。我没陪他出去，留在家里等大妈妈的电话，我估计该打来了，结果正如我所料。大妈妈问戈亮的情况。我说他的过敏性鼻炎犯了，很难受，不过这些天已经控制住。她歉然道：

"怪我没把他照看好。你知道，把2307年的抗过敏药，还有衣服，带回到2007年有技术上的困难。"

"不必担心，我已经用21世纪的药物把病情控制住了。"

我本不想说出我对大妈妈的怀疑，但不知道为什么没能管住舌头。我冷笑着想也许我说不说都是一回事，以大妈妈的智力，一定已经发明了读脑术，可以隔着300年的时空，清楚地读出我的思维。我说：

"大妈妈，有一个消息我想你已经知道了吧。我同戈亮相爱了，并且很可能我已经受孕。可能是男孩，一个具有远缘杂交优势的天才，能够完成你所说的科学突破。我说得对吗大妈妈？"

我隔着300年的时空仔细辨听着她的心声。大妈妈沉默片刻——以她光速的思维速度，不需要这个缓冲时间吧，我疑虑地想——叹息道："陈影，你怎么会有这样的怪想法。你在心底还是把我当成异类，是不是？你我之间的沟通和互信真的这么难吗？陈影，没有你暗示的那些阴谋。你把我当成妖怪了，或是万能的上帝了。要知道既仁慈又万能的上帝绝不存在，那也是一个自由意志和客观存在之间的悖论。"她笑着说，显然想用笑话调节我们之间的氛围。

也许我错把她妖魔化了，或者我在斗智中根本不是她的对手。在她明朗的笑声中，我的疑虑很快消融，觉得难为情。大妈妈接着说：

"我确实不知道你们已经相爱，更不知道你将生男还是生女。我说过，自从有人去干涉历史，自那之后的变化就非我所能预知。我和你处在同样的时间坐标上。我只能肯定一点：不管戈亮他们去做了什么，变化都将是很小的，属于'微扰动'，不会改变历史的大趋势。"她又开了一个玩笑，"有我的存在就是一个铁证。我思故我在，我在故我对。"

我和解地说："大妈妈，我是开玩笑。别放在心里。"

我告诉她，戈亮很可能不再返回，打算定居在"现在"。她说："我也有这样的估计。那就有劳你啦，劳你好好照顾他。我把一副担子交给你了。"

"错！这话可是大大的错误。现在他是我的丈夫，男子汉大丈夫，我准备小鸟依人般靠在他肩膀上，让他照顾哩。"

我们都笑了，大妈妈有些尴尬地说："在母亲心里，孩子永远长不大——请原谅我以他的母亲自居。我只是他的仆人，不过多年的老女仆已经熬成妈了。你说对吗？"

我想她说的对。至少在我心里，这个非自然智能已经有了性别和身份：

女性。戈亮的妈妈。

大妈妈说她以后还会常来电话的，我们亲切地道别。

我为戈亮找到一份最合适的工作：科幻创作。虽然他说自己"不学无术"，远离300年后那个时代的科学主流和思想主流，但至少说，耳濡目染，他肯定知道未来社会的很多细节。在我的科幻创作中，最头疼的恰恰是细节的建造。所以，如果我们俩优势互补，比翼双飞，什么"银河奖""雨果奖""星云奖"都不在话下。

对我的如簧巧舌，他平静地内含苦涩地说："你说的不是创作，只是记录。"

"那也行啊，不当科幻作家，去当史学家。写《三百年未来史》，更是盖了帽了，能写"未来史"的历史学家是前无古人，后无来者。"

他在我的嬉笑中轻松了，说："好吧，听你的。"

那个蜜月中我们真是如胶似漆。关上院门，天地都归我俩独有。每隔一会儿，两人的嘴巴就会自动凑到一起，像是电脑的自动程序——其实男女的亲吻确实是程序控制的，是上帝设计的程序，通过荷尔蒙和神经通路来实现。我以前很有些老气横秋的，自认为是千年老树精了，已经参透了色即是空空即是色。没想到，戈亮让我变成了初涉爱河的小女孩。

我们都没有料到诀别在即，我想大妈妈也没料到。像上次的突然到来一样，阿亮又突然走了，而灵灵照例充当了唯一的目击者。一次痛快淋漓的做爱后，我们去冲澡。阿亮先出浴室，围着浴巾。我正在浴室内用毛巾擦拭，忽然听到灵灵的惊吠，一如戈亮出现那天。侧耳听听，外边没有戈亮的声音。这些天，戈亮已经同灵灵非常亲昵了，他不该对灵灵的惊吠这样毫无反应……忽然，不祥的念头如电光划过黑夜，我急忙推开浴室门。一股气浪扑面而来，带着那个男人熟悉的味道，他刚才裹的浴巾蝉蜕在客厅的地板上，灵灵还在对着空中惊吠。我跑到客厅，跑到卧室，跑到院里。到处没有阿亮的身影，清冷的月光无声地落在我的肩头。

他就这样突兀地消失，一去不返。

他能到哪儿去？这个世界上他没有一个熟人，除了越南那位同行者，但他不会赤身裸体跑越南去吧。我已经猜到了他的不幸，但强迫自己不相信它。我想一定是大妈妈用时间机器把他强招回去了。虽然很可能那也意味着永别，意味着时空永隔，毕竟心理上好承受一些。其实我知道这是在欺骗自己，阿亮怎么可能这么决绝地离开我，一句告别都不说？不可能的，绝对不可能。

我盼着大妈妈的电话。恼人的是，我与她的联系是单向的，我没法主动打过去。在令人揪心的等待中，更加阴暗的念头也悄悄浮上来。也许，大妈妈并不是把他招回去，而是干脆把他"抹去"了。她有作案动机啊，她借着三个热血青年的冲动，把他们送到现在，也为我送来了优秀的基因源。现在，"交配"已经完成，该把戈亮除去了，否则他一旦醒悟，也许会狠心除去自己的天才儿子……

我肯定是疯了。我知道这些完全是胡思乱想。但不管怎样，阿亮彻底失踪，如同滴在火炉上的一滴水。灵灵也觉察到了家中的不幸，先是没头没脑地四处寻找，吠叫，而后是垂头丧气。我坐卧不宁，饭吃不下觉睡不好，抱着渺茫的希望，一心等大妈妈的电话。60天过去了，我的怀孕反应已经很重，嗜酸，呕吐，困乏无力。那粒种子发芽了，长出根须茎叶了，而我的悲伤已经快熬干。每一次电话铃响我都会扑过去，连灵灵也会陪着我跑向电话，但都不是大妈妈打来的。有一次是肖苏的电话，我涕泪满面，第一句话就问："你有戈亮的消息吗？"

她当然没有，阿亮怎么可能上她那儿去呢。她连声安慰我，要在网络上帮我查。我想起曾对她矢口否认同阿亮的关系，便哽咽着解释："他已经是我的丈夫了。他突然失踪了。"

肖苏只有尽力安慰我，但我和她都知道，这些安慰非常苍白无力。

大妈妈的电话终于来了，接电话时我竟然很冷静，连自己都感到意外。大妈妈一开口照例先问阿亮的情形，我冷静地说：

"他失踪了，在64天前突然失踪了。你对他的失踪一点也不知情，是不是？大妈妈，我已经怀孕两个月，阿亮非常疼爱他的儿子，绝不会拿儿子去交换什么历史使命……"

大妈妈当然听懂了我的话中话，打断我："等一下，我立即在历史中查询，过一会儿再把电话打回来。不过，按说他不会回到300年后或其他时间的，任何时间机器都在我的掌控中。"

她挂了电话，几分钟后又打过来："陈影，如我所料，在新的历史中没有他的踪影。请你相信，他的失踪和我无关，我真的毫不知情。陈影，我知道你的心境，但请你相信我。难道你信不过一个妈妈？"

她的声音非常真诚，不由我不信。我悲伤地说："那他究竟到哪儿去了？他绝不会丢下妻子和胎儿一去不返的。"

"陈影你要挺住。我想，他可能已经不在人世了。时间旅行中旅行者要经过时空虫洞再行重组，个别情况下重组的个体会失稳，在瞬间解体并粒子化。历史中有这样的例子，但很少，我还没来得及把这项技术完善。请你想想，他突然消失时周围有什么异常吗？"

"我似乎觉察到一股气浪。"

"那就是了，我想阿亮已经遭遇不幸。绝不是谋害，只是技术上的失误。我很痛心，很内疚。但那已经不可挽回，除非用他的信息备份再次重组，但这是违禁的。陈影，你愿意这样做吗？你如果愿意，我可以提申请为你破例。"

我默然良久，最终拒绝了这种诱惑。我不想看到另一个阿亮，那是对原阿亮的亵渎。当然，重组的阿亮会和原来的阿亮时空旅行前的阿亮一模一样，但我能接受他吗？这个阿亮没有来到我家之后的经历，那么，把我和他之间的一切重来一遍？我怀着他的骨肉再和他初恋？

不。和阿亮的爱情只能有一次，即使是绝对完美的技术也不能让它复演。他不是三个月后的他，而我也不是三个月前的我了。

大妈妈对戈亮之死的解释合情合理。我想，用奥卡姆剃刀来评判，这应该是最简约最合逻辑的解释，而不是我那些阴暗的怀疑。即使如此，我也不敢完全相信她的话。因为……还是那句话，同这样的超智力说什么奥卡姆剃刀，就如一头毛驴同苏东坡谈禅打机锋。但我又没有任何根据来怀疑，最多是把怀疑深埋心底。我客气地同她道别，希望她在"冥冥中"保佑我的孩子，免遭他父亲的噩运。另外，如果有阿亮的消息一定尽早通知我——这是我唯一的希望了。

一直没有阿亮的消息，看来他确实已经悄然回归虚空，不带走一片云彩，不留下一丝涟漪。大妈妈倒是常打电话来，和我保持了30年的联系，一直到你去世后才中断。倒不是说你的死亡同大妈妈有什么关联，也不是我对她再度生疑，都不是的。不过从你去世之后，我再没有兴趣同她交谈了。和她再谈话，只能唤起痛苦的记忆，把伤口上的痂皮揭开。

舞台上的两个主角都过早下场，我扮演的角色也该结束了。

你很听我的话，又在音乐学院待了一年。一年后你仍坚持转行，我叹息着，没有再阻拦。10年后，也就是你30岁那年，八月盛夏是科学界的喜日，量子计算机技术的那四个重要突破相继完成，成功者的名单中却没有你。听到这个消息后，我不由想起那个心酸的老掉牙的笑话：恋人结婚了，新郎不是我。

历史的结局没有变，变的是细节。但毕竟变了一点，我想阿亮九泉之下也该瞑目了——毕竟他阻止了自己的儿子去犯罪，他心目中的犯罪。上帝挑选了另一个天才去完成"注定"要完成的突破，就像是在蜂房中，蜂群会在适当的时候在蜂巢中搭上两个王台，用蜂王浆喂王台中的幼虫，谁先爬出王台谁就是新王，晚出生者则被咬死。蜂群可以说是无意识的，但你放心，它们绝不会忘记搭筑王台；正像集体无意识的人群，绝不会让"应该出生"的科学家空缺。科学发现也像蜂王之争一样残忍，成者王侯败者成灰。历史只记得成功者，不记得失败者，尽管失败者也是智力超绝的天才，也曾为科学呕心沥血，燃尽智慧。

我犹豫着没打电话，不知道该如何安慰你。这是我心中终生的痛，因为那样也许能改变你的命运。不过也说不准，命运可能比一个电话的力量更强大吧。晚上，你的电话打来了，声音听不太清，里面夹杂着呼呼的风声，也许还夹带着酒气。你冲动地告诉妈妈：

你的研究已经取得突破，正在整理，最多一个月后就会发表！是和那位成功者同样的结论！

我说："孩子你要想开一点。你还年轻，以后还有机会。"

你苦涩地说："没有机会了，至少是很难了！我起步太晚，感觉上已经穷尽心智。今后恐怕很难做出突破，至少是难以做出这样重大的突破。"那晚你第一次对我敞开心扉，说出了久藏心中的话。你激愤地说："我恨爸爸，那个从未睹面的爸爸。他的什么承诺扭曲了我的一生！"

我黯然无语，实际上你该恨妈妈才对呀。不怪你爸，那完全是我对他的承诺。而且，如果我没有强劝你推迟一年转行，你已经走在所有人的前面了——但那又恰恰是你父亲的完全失败，他的努力和献身将变得毫无意义。一个两难选择，一个解不开的结。

我意识到你是在狂奔的车上打电话时已经太晚了，我焦急地说："你是不是在开着车打电话？立即停下，停下，停在路边冷静半个小时，停下来咱娘儿俩再好好聊。听见了吗？"

你没有停下，话筒中仍是呼呼的风声，和车轮高速行走的沙沙声。然后是一声惊呼。猛烈的撞击声。你的手机一定撞坏了，听筒中一片沉寂。

我没有目睹你的死亡，但我亲耳听见了。2000千米外的死亡，就像发生在异相时空中。在你流着血走向死亡时，当你的灵魂向虚空中飞散时，我只能徒劳地按电话键，打北京的110，催促他们尽快找到失事的汽车。我的心已经碎了，再也不能修复，因为我那一刻已经看见了你一生的结局。

新安魂曲

一、夸父号飞船

"各位观众，现在是地球纪年 2083 年 12 月 15 日，北京时间早上 7 点 30 分，"中央电视台最著名的主持人叶知秋用富有磁力的男中音沉缓地解说着，"人类历史上最伟大的探险活动——环宇航行马上就要开始了。屏幕上这艘形状奇特的飞船就是将进行环宇航行的夸父号。"

叶知秋是在一艘新闻飞船上做报道的，现在镜头对准了地球同步轨道上的夸父号，它像一枚球果嵌在广袤的天幕上。镜头拉近，显示出夸父号的详细面貌。它的形状确实很奇特，端部是一个直径 300 千米、用高强度钨晶须编织成的收集网，形状与手电筒的反光镜类似，它用来搜集太空中的游离氢原子，作为冲压式飞船的燃料。收集网后是一个巨大的球状容器，里面装着一万吨重水。它是飞船的屏蔽罩，因为对于近光速飞船来说，宇宙中到处都有的 3K 微波辐射会发生紫移，从而在行进前方形成对人有害的高能辐射。同时，重水又是飞船减速时——那当然是回程中的事了——所必需的能源，因为那时冲压式飞船收集氢燃料的能力要大大减弱。再往后是扁圆柱状的乘员舱，形状和棋子相近，乘员舱能绕中轴线旋转，以产生乘员们生活必需的 1g 重力。乘员舱外是一个异常巨大的圆环，那是太阳帆的桅杆，不过这会儿太阳帆还未张开。再往后就是尾喷管和侧喷管了。夸父号飞船是在同步轨道上组装的，也就是说，它不需要飞过大气层，因此不需要严格的流线型机身，这使它的外形看起来显得笨拙和粗糙。

叶知秋继续说："众所周知，这将是最悲壮的一次人类探险。50 年来，从夸父计划开始立项，到飞船投入制造，时刻牵动着 60 亿地球人的心。大部分人对计划的详情已十分了解，但我今天还想重复一下。夸父号飞船的使命是为了证实爱因斯坦的宇宙超圆体假说,这个假说认为宇宙是多维的,三维宇宙空间通过更高维数的折叠形成一个超圆体,如果我们在三维的宇宙中一直向外走,最终会通过超三维的空间而返回地球。"

"各种理论上的验证都倾向于承认超圆体假说,现在人类将对它进行实践上的验证。当然,这趟旅行是十分漫长的。目前人类可观测的宇宙已达150亿光年,沿超圆体运行一周的路程将达数百亿光年。即使飞船一直以光速行进,它回到地球也已经是数百亿年后了。那时,地球和太阳系肯定已不复存在,连宇宙本身也可能已经死亡,要知道,宇宙诞生至今也不过150亿年啊。"

全世界都在收看中国中央电视台的实况转播,全世界到处响着叶知秋苍凉深沉的声音。不少人热泪盈眶。

叶知秋是位老练的主持人,很快扭转了过于悲凉的气氛,笑着说:

"至于光速飞船上的乘员,按照相对论,他们的时间速率将大大减慢,因此,当他们返回这儿时,可能还不到40岁呢。我真羡慕他们,他们比天地更长寿!"他转回头指着夸父号继续介绍:

"夸父号在临时乘员组的操纵下,在同步轨道上已停留了15天,所有部件已组装完毕,所有设施和货物也都就位。现在它的巨大身躯旁有一艘服务飞船,夸父号正式乘员组就在服务飞船上。两艘飞船已开始对接,乘员组将登上夸父号飞船,然后它就要点火启程。"

服务飞船已开到夸父号的中部,缓缓伸出对接舱口,与夸父号的对接口密合,又打开密封门,建立起一条甬道。趁这当儿,叶知秋向国外观众介绍了"夸父"这个名字的含义:

"夸父是中国神话中的一位英雄,一位失败的英雄,可能因为这个原因,神话中关于他的记载也很简短:'夸父与日逐走,入日;渴,欲得饮,饮于河、渭;河、渭不足,北饮大泽。未至,道渴而死。弃其杖,化为邓林。'"他提高嗓音说:"失败的夸父一直是华夏民族探索精神的象征。把这艘飞船命名为夸父号,表达了乘员们视死如归的精神,但我们希望他们能平安归来!"

小小的服务飞船内其实十分宽敞，近百名人类代表在为英雄们送行。这儿有中国国家主席的代表，联合国秘书长的代表，各国驻华使节，还有乘员的家属。服务飞船内鸦雀无声，在这个时刻，什么话语都嫌分量太轻。他们默默地看着通道尽头。

第一位乘员在通道口出现了。没有穿太空服，是一位十几岁的男孩子，额头很高，面容未脱稚气，表情则是超出年龄的庄重。叶知秋介绍道，这一位是船长谢晓东，今年16岁——为了尽可能延长乘员在飞船上的生活年限，乘员的年龄要尽量年轻。谢晓东身高1.78米，体重60千克，智商170，获得过哲学、语言学、数学、天文学、天文物理学、天文化学、医学、心理学等14个博士学位。听众中爆发出热烈的欢呼声。他们中有不少是环宇探险的铁杆支持者，夸父号乘员简直是他们心中的神灵。飞船上的气氛十分凝重，谢晓东首先同家人拥别，他的爷奶和父母都热泪盈眶，但克制着没有哭出声。谢晓东同他们依依相别，继续同送行人默默拥抱，满头银发的国家主席代表、联合国秘书长代表、俄罗斯驻华大使、美国驻华大使……拥抱后，他们都致以简短的祝福。

第二位乘员出现在通道口。是一位同样年龄的女孩，大眼睛，眼窝较深，穿着无袖连衣裙。叶知秋介绍说，她叫狄小星，16岁，身高1.65米，体重52千克，智商170，也获得了14个博士学位。她还是谢晓东的未婚妻，人类之脉将在夸父号飞船里延续。

狄小星也同送行人默默拥抱。她的母亲克制不住，痛哭起来，泪珠凝成圆圆的珠子，缓缓向下沉落。这儿重力已很微弱，每个人的动作都轻飘飘的，给人以虚幻感。狄小星同母亲多拥抱了一会儿，在她耳边低声劝说着，然后继续前行，默默拥抱。

两名乘员走过送行人群，在对接舱口处停下等待着。叶知秋提高声音说：

"下面是戏剧性的一幕，经过有关方面反复磋商，迟至昨天才同意了谢晓东和狄小星的提议，决定让此次环宇探险的创意者——88岁高龄的周涵宇先生作为夸父号的第三名乘员，周先生走过来了！"

一个羸瘦的老人出现在通道口。

听众沸腾了。"让周先生上飞船"早就成了一个口号，不少人为他大声疾呼。他们说，周先生14岁即提出环宇探险的动议，74年矢志不渝，呕心沥血，终于使它成了现实。他完全有权在飞船上占一个位置。反对的人也不少，他们主要从人道主义考虑，说把88岁的老人送上一条不归路，恐怕过于狠心。周涵宇本人从未表态，他当然乐意上飞船，如果能死在太空，那是他最大的荣幸，但他不愿意成为年轻人的累赘。这个争论到现在才有了结果。

地球上的听众都欢呼着，甚至包括这件事的反对派。

老人步履蹒跚地走向送行者。他的脸上皱纹纵横，长有不少老人斑，胳膊上的皮肤枯黄松弛，但他的脸上洋溢着何等的光辉！眼睛中燃烧着怎样的激情！他先同儿子拥抱，两人的拥抱多少有些生硬，因为他和儿子的关系一直是比较冷漠的，他怀着歉意加大了拥抱的力度。

送行者依次同他拥抱，在深深的敬意中多少带着悲凉，毕竟他已经是88岁的老人了！昨天，在决定做出之后，太空署还匆忙为飞船准备了太空葬的器具。不过，从他本人近乎陶醉的幸福感来看，这个决定是正确的，让一个以环宇探险为终极目标的人死在太空是最好的归宿。

三名乘员向大家挥手告别，进入对接甬道。送行者也频频挥手，但没有说再见。不可能同他们再见了！这一点没有任何疑问。

夸父号的临时船长在甬道口迎接，他们互致军礼后紧紧拥抱，临时船长做了简单的交接，目送三名临时船员走进甬道，对接舱口缓缓关闭。服务飞船驶离夸父号，停留在50千米外，等待夸父号点火。

谢晓东坐上船长位，开始操作，尾喷管喷出橘黄色的火焰，夸父号缓缓脱离同步轨道，向外太空飞去。在尾喷管点火的刹那，地球上响起几十种语言的欢呼声，礼炮齐鸣，焰火照彻大地。夸父号很快脱离了地球重力。这时船上的太阳帆张开了，几百块巨大的帆页组成一个更为巨大的环形船帆，由电脑自动控制着角度。太阳光的压力经船帆汇聚，变成飞船的动力。从远处看去，飞船就像一只巨大的半透明的水母。

飞船又沿地球轨道飞了一圈，熟悉的地球景色从舷窗外闪过——蔚蓝的海洋，白雪皑皑的高山，黄色的沙漠。当飞船背向太阳时，则是璀璨的万家灯火，不少城市在飞船经过的瞬间燃放了艳丽的礼花，姹紫嫣红，把城市装扮成童话的世界。

三人在心中喊着：永别了，亲爱的老地球！生机盎然的老地球！

飞船沿切线向月球飞去，在那儿要做一次小小的重力加速。尽管月球上已建立了几个地面站，但总的来说仍是蛮荒一片。环形山和月球尘占据了整个视野，没有一点宜人的绿色和天蓝色。乘员们默默看着月球的地貌，从今天起，就要终生与这样的蛮荒相伴了。飞船沿月球飞出一个很陡的抛物线，飞过月球的白天和黑夜。小谢从船长位回过头，指着左前方，简短地说：

"万户山。"

这是以中国人命名的一座环形山。万户，世界上第一个试图离开地球的人。他曾在一张椅子上绑上数百支爆仗，同时点燃，想借火药的反冲力上天。结果爆仗爆炸，他不幸身亡。想来他在当时肯定被看作疯子，遭人耻笑，不过正是这样的疯子推动了历史的发展。

飞船正式开始了太空之旅，太阳帆已经产生了 $1g$ 的加速度，所以飞船内恢复了正常的重力环境。电脑图林接过飞船的指挥，晓东和小星离开驾驶舱，跑过来簇拥在周老的身边。这会儿他们都卸去了"大任在肩"的庄重，又变成了 16 岁的少男少女。他们喊着："周先生，周爷爷，我们总算把你拽到飞船上了！"

老人衷心地说："谢谢，谢谢，孩子们，我要给你们添麻烦了。"

"不要这样说嘛，周爷爷，你是夸父行动的创始人，完全有权做它的乘员。你也是我们俩的心理依靠，有你在身边，我们就放心啦。"

老人笑着说："我只是一个老废物。我没有拿到一个博士学位，而你们却拿到了 14 个！不过，我真的高兴能来到夸父号飞船，这是我毕生的梦想。"

"你努力了 74 年，才把它变成现实。"

"是啊，74 年的梦想，74 年的努力啊！"

窗外是暗淡的天幕，飞船尾喷管的火焰熄灭了，冲压发动机还未启动，只有太阳帆在起作用。飞船的速度很低，衬着广袤荒漠的天幕，飞船显得很小、很缓慢，就像一只生命力脆弱的小甲虫。74 年了，环宇航行是他一生唯一的信仰支撑点,他为此耗尽了心血,曾被世人讥为"异想天开"的疯子。今天设想终于变成了现实,即使他立刻倒地死去,他也会含笑九泉的。

二、少年激情

74 年前,即 2009 年,北京奥运会刚刚结束不久,奥运燃起的激情还在人们心中燃烧。这一年里,国际科幻大会又在北京开幕,这同样是一个燃烧激情的会议。

大会在中国科技会堂召开,中国科协副主席、航天专家曾郁参加了大会。会议结束后,他在记者的簇拥下走出会议室,不时停下来,同熟人交谈几句。这时,一个黑瘦的男孩子在门口拦住他。

男孩子就是 74 年前的少年周涵宇,生于河南南阳镇平,一个多山的小县城,家境贫寒。他不是会议代表,但他凑够路费,自费来参加会议。小涵宇衣着朴实,肩膀瘦削,一双眼睛像燃烧的煤块。他不善于和大人物打交道,略带口吃,急迫地说:"曾爷爷,耽误你一点时间,可以吗?我有一份最伟大的构思要同您探讨。"

最伟大的构思?曾郁好奇地看着这个窘迫的但说话极为自信的孩子,慈爱地说:"好,你说吧。"

孩子皱皱眉头:"这个构思不是一两分钟就能说完的,恐怕得一个半小时。"

曾郁看看秘书,秘书立即插进来委婉地解释:"曾主席很忙,这样吧,把你的构思写成书面材料交给我,好吗?"男孩子不说话,倔强地看着曾郁。曾郁心中忽然一动。他担任科协副主席已三年了,这纯粹是一个礼仪性的工作,不过是迎来送往,开会时戳那儿装装门面,哪儿能忙得抽不出一个半钟头呢?秘书的阻挡不过是官场的规矩。曾郁拦住秘书爽快地说:

"好,我们谈它一个半小时。"

这次谈话不在会议安排之中,秘书匆忙安排了一个小会议室。屋内的沙发庄重典雅,黑漆桌面光可鉴人,周围墙上挂着达·芬奇、伽利略等几位科学伟人的画像。小涵宇还没有进过这么高级的房间,他小心翼翼地把自己安顿在沙发里。服务员送来咖啡和水果,曾郁笑着问了他的名字,说:"开始吧。"

谈话一开始,小涵宇就找回了自信,他开门见山地说:"曾爷爷,我认为环宇探险该提上议事日程了,该提上中国领导人的议事日程了。"

"什么探险?"

"环宇探险,环绕宇宙的探险。"

曾郁惊奇地看看他,在这一刹那,他甚至想对方是不是神经病。不过显然不是,孩子言谈极有条理,双目炯炯发光,那儿燃烧的是理智的激情而不是疯狂。小涵宇早料到听话者的反应,为了这次谈话,他整整准备了一年,现在,他立即展开话题,滔滔不绝地说下去。他的雄辩慢慢地打动了曾郁。当然他不会信服这个荒诞的设想,但至少要听他谈完,听他究竟说些什么。

这正是小涵宇要达到的初步目的。

他抓紧时间,一层一层地展开自己的阐述。他的阐述条理清晰,可以分为以下几层内容:

爱因斯坦的"宇宙超圆体假说"是环宇探险的理论基础,早在20世纪30年代,爱因斯坦就提出了这个假说。他认为,宇宙三维空间在更高的维度中翘曲、封闭,形成一个超圆体。你的目光如果能超越数百亿光年,那么,你一直向宇宙外面看去——就会看见自己的后脑勺。同理,一艘一直向外宇宙飞的飞船,最终将返回起点。这种高维度空间不大好理解,但如果做个类比就清楚了:人类曾认为地球是平坦的,一直向前走就会走到天尽头,绝不会返回原处。但实际上,平的地面在超二维的空间翘曲、封闭,形成球面。现在谁都知道,一架一直向东飞的飞机,最终会回到自己的起点。

他说:"宇宙超圆体"假说在理论研究中已基本被认可,现在需要做的是去证实它,就像麦哲伦去证实"地球是一个球体"那样!

曾郁看看秘书,秘书不安地扭动着——他认为这个孩子简直在说梦话,神经不大正常。如果这次会见传出去,曾主席会被人讥笑的。他低声咳嗽着,暗示曾主席该抽身了。曾郁知道秘书的用意,但他犹豫着没有发话。无疑,这个男孩子是个痴狂的科幻迷,他把对科幻的激情错用到实际生活中啦!但那个男孩目光中有某种东西使他不忍心结束谈话，那是信念，是强烈的信念。有了这样的信念，再平庸的人也会变得亮光闪闪。

曾郁是个航天专家，但他是技术性的专家，对于"宇宙超圆体"之类比较玄虚的理论，只是在青少年时期接触过。他想干脆今天一直听到底，看看这个男孩还能说些什么！他拍拍秘书的肩膀，示意他少安毋躁，然后饶有兴趣地说：

"嗯，说下去。"

男孩受到鼓舞，阐述也更有激情。他说："一般人即使承认宇宙超圆体假说，也把环宇航行看成是十分遥远的事，要几万年、几十万年后才能实现。实际上，空间技术的发展已经非常接近这道门槛啦！"

曾郁不免失笑，如果说到具体的空间技术，这正是他的专业，他可从没意识到这道什么门槛。且听他怎么阐述吧！男孩子说：

"目前的宇宙飞船不能进行远程航行，主要是因为全部燃料要自带，燃料量毕竟是有限的，而且，绝大多数能量浪费在对燃料本身的加速上。不过，目前已经有了三种不带燃料的飞行方式，它们从技术上都已经接近于突破。如果从现在努力，百十年内就能达到实用。它们就是光帆式飞船、冲压式飞船和借星体进行重力加速。曾老，你是专家，我说得不错吧？"

曾郁当然知道这几种方法，不过，除了第三种，前两种基本还属于科幻范畴，他不想破坏孩子的兴致，点点头说："嗯，说下去。"

"光帆式飞船就是利用光压产生动力，太空中基本没有重力，没有阻力，所以即使非常微弱的光压，只要永远作用，也能使飞船达到极高的速度。从目前材料工业的水平看，制造既轻又薄又结实的光帆已没有问题。"

"嗯，冲压式呢？"

"冲压式飞船是利用收集网收集太空中极稀薄的氢原子——大约每立方厘米一个，把它作为氢聚变的燃料。受控核聚变技术估计在50年内就会出现突破，正好来得及用到冲压式飞船上。当然，这个收集网十分庞大，其直径至少要数千千米。不过科学家已想出办法，即用电离炮先把前方的氢原子电离，再用直径300千米的磁力罩去收集，这在技术上已经可以达到了。冲压式飞行有一个好处：飞船速度越高，收集效率也就越高，它基本可保证飞船达到1g的加速度。"

"嗯，第三种呢？"

"第三种就是从恒星体的重力场内窃取能量，这已在多艘飞船，如先锋13号飞船上使用了。而且，飞船的速度越高，旅途中出现的星体就越频繁，可借用的机会越多。特别是一些密近双星，像中子星，白矮星，它们的重力场极强，可使飞船达到数万g的加速度。而且和别的加速方法不同，重力加速过程中，乘员处于自由落体状态，即乘员本身并不承受加速度，不会因数万g的加速度而丧命！还有一点优势呢：随着飞船趋近于光速，飞船的质量会急剧增大，这时其他的加速方式效率都会大大降低，但重力加速方式会'水涨船高'，因为它的加速效应本身就和质量有关。"

男孩子说累了，稍稍停顿一下。他一直很拘谨，没有动面前的咖啡，这会儿忘了客气，抓住咖啡杯一饮而尽。曾郁示意秘书唤来服务小姐，又倒了一杯。男孩子红着脸，低声说了一句"谢谢"。曾郁对他十分感兴趣，显然，这个从县城来的男孩性格拘谨，不善交际，没有北京男孩的从容大度。但只要一说起环宇飞行，他立马换了一个人，意态飞扬，妙语连珠！曾郁是个过来人，他想小涵宇将来是要成大事的，因为他已具备了最重要的条件：对某个目标的痴迷。

而且，男孩的分析不无道理，尽管一般人常把远距离宇宙航行看成十分遥远的事，但静下心来分析，技术上的难点确实可望在百年内解决——只要从现在起就把它定为必须实现的目标。男孩子没提到长途旅行中的生命保障系统，即物质的封闭循环系统，这个问题也接近突破了。但是，长途太空旅行和环宇航行毕竟还不是一回事，几百亿光年的旅程啊！这个男孩子的野心未免太大了。

男孩子喝了咖啡，静静气，继续他的分析："还有一条是人的寿命限制——几百亿光年的旅程，人的寿命却只有几十年！实际上，这却是最容易解决的问题。根据相对论，近光速飞船上的时间要大大减慢。我已做过计算，如果飞船能基本维持在0.5g～1g的加速度范围内，飞船在10～15年就会非常逼近光速，这时，飞船上的时间速率只有正常时间的十五亿分之一。所以，飞船上的乘员绝对可以在30年内完成数百亿光年的旅行！喏，这是我的计算。"

他从书包里掏出一张纸，上面密密麻麻地打印着计算过程。曾郁接过来，大致扫了几眼。他的计算没错，对于计算前提的假设也基本合理。曾郁又一次受到震动。他当然清楚爱因斯坦的相对论，但他从未认真想过，相对论能导出这样一个结果——30年环游宇宙！这与人们的直观有太大的反差。

小涵宇很高兴，自己的发言看来已征服了曾郁老人，他一年的准备总算没有白费。下面他的阐述就属于"扫尾"性质了。他说：环宇航行还有一个最大的技术难点就是飞行的定向——怎样才能一直向"外"飞，而不会在中途转向，以保证飞船精确地返回起点，回到地球。但是，相信100年后的计算机能根据星座图处理这件事。再一个难点是经费，据他估计，环宇航行的实现要投入5000亿元。这当然是一笔十分庞大的投入。"但是，"他诚恳地说，"这笔钱值得！中国的国力已经很强盛，百年之后，国民经济总产值估计要达到100万亿元。而且，5000亿元是在百年之内逐次投入，每年开支只占当年国民经济总产值很小的一部分。曾爷爷，我总觉得中国人对世界文明的贡献太小了，很大程度上要怪我们的民族素质。汉民族是一个陆地民族，不崇尚冒险，我们在历史上错过了很多机遇。我想，这次该中华民族带头了！"

他结束了他的布道式发言，急迫地盯着曾老，等待他的回答。曾郁确实很感动，一个来自县城的十几岁男孩竟有这么博大宽广的胸怀，这么宏伟的设想！从某种意义上说，这也代表一个民族向上的心态。不过，作为一个严谨的技术专家，他不会这么轻易被说服。只能说，孩子的大体构思是正确的，但其中还有不少粗疏之处，而任何一处忽略的难点都有可能耽误上百年的进程。比如飞船舱内大气的漏泄。再好的密封也会有轻微的漏泄，去月球完全可以忽略这一点，但对于长期飞行的飞船来说，这是个很严重的问题，因为飞船一旦离开地球，就不会再有氧气的补给。他思索了一会儿，单刀直入，点出了最关键的问题：

"孩子，你的构思很宏伟，设想也比较全面，不过……你已说过，这是一个长达数百亿光年的旅程,即使是光速飞船也要耗费数百亿年。你也说过,光速飞船的乘员可以在30年内完成环宇航行——但飞船外的人呢?他们仍过着正常的时间。几百亿年后,我想太阳系和地球肯定已毁灭了吧,估计宇宙也灭亡了。那时,探索飞船如何'回来'?回到哪儿?如果他们只能回到正在走向热寂的宇宙,这样的航行有什么意义呢?"

小涵宇对这个诘问胸有成竹,目光炯炯地看着曾老,答道:

"我研究过麦哲伦环球旅行的历史。据史书记载,麦哲伦的决心和信念完全基于一份错误的地图,那张地图在南纬52度画了一条根本不存在的海峡。他原想经过这道海峡完成环球航行的,后来才知道那只是一条大河的入海口。但麦哲伦很幸运,他终于找到了一条真正的海峡,越过美洲,进入太平洋,完成了环球航行。纵观人类历史,理论常常落在探险和探索之后。现在去说宇宙的热寂还为时过早,不如横下心来去干这件事,再观察它到底带来什么后果。而且,即使宇宙热寂说是正确的——为什么不放一条光速飞船去逃生呢?宇宙中有各种各样的星体,有主序星、行星、白矮星、中子星、类星体、黑洞,但没有一个实体能达到光速。能达到光速的只有光子和中微子,它们的寿命是无限的。如果我们能用人工的方法造出一个非常接近光速的实体,也就赋予了它几乎无限的寿命。说不定它能活过宇宙热寂,把文明传播到下一个宇宙呢。想想看,即使不考虑环宇航行,单单'光速飞船'本身,也值得我们做下去。"

曾郁再次对他另眼看待,这个貌不惊人的男孩,心胸竟这样开阔,甚至可以说他已经超越了"人类"的功利,立足于宇宙文明之上了。当然他不是赞同他的观点,至少说,要谈光速实体,在21世纪恐怕太早了。他爽朗地笑着:

"与君一席谈,胜读十年书,我很高兴今天能认识你这位小朋友,聆听了一段不寻常的见解。不过,花5000亿元去造一只环宇飞船,恐怕不大现实。我们国家还很穷,百废待兴,有很多更需要钱的地方。比如,西北沙漠化的根治,黄河这条'悬河'的治理,环境污染……你说的应该是下一个世纪的计划了。"

小涵宇有点着急了:"不,不,曾爷爷,我认为时机已经成熟了。美国20世纪60年代搞登月计划时,国力还不及我们现在的国力;那时,登月车所用的电脑,还不如早已淘汰的386呢。一个民族只要具备一种信念,定出一个共同的目标,造出一种气势,就能转化成巨大的物质力量。您说对吗,曾爷爷?"

曾郁无奈地说:"很好,孩子,你的热情已经快把我说服了,但5000亿的开支不是我能决定的,连总理也不能单独决定。这样吧,你可以把你的建议写成书面材料,我负责把它转交给有关方面。"

小涵宇马上从书包里掏出一叠材料,恭恭敬敬地交给曾郁。材料打印得很整齐,封面上写着"关于立即着手开始环宇探险的建议"。他认真地说:

"曾爷爷,我相信您,您一定会把我的建议转给国家领导人的!"

"我一定会的,再见。"

从把建议书交给曾爷爷,周涵宇就急迫地等着回音,但建议书从此石沉大海。多少年后他才知道了原因,并不是曾爷爷轻诺寡信,但他年事已高,第二天就突患中风,虽然被抢救过来,但神志已经不清楚了。从此他就与轮椅结伴,用茫然的目光看着这个他已不能理解的世界。有时他会紧皱眉头努力回想,回想似乎有一件未了之事,一件他许诺过的事,一件不该忘记的事,但他终于没能回想起来。这使他十分烦躁,他一直口齿不清地向亲人诉说、发脾气,但亲人们不能理解他的意思。

只有他的前秘书猜到了他的心理,但一直没有说破。在秘书看来,那份建议纯粹是白日梦话,是神经不大正常的人写的,他不理解曾主席竟然答应替男孩子转交!秘书相信,一旦这份建议真的转交给有关方面,那些人肯定会表面恭敬、内心怜悯地看着曾老:是不是这人已老糊涂了。

秘书不愿曾老的名誉受损,所以,他把这份建议悄悄送进了碎纸机。一直到40多年后,秘书也变成一位耄耋老人时,他才向周涵宇说出了自己的忏悔。那时,"环宇探险"事业已经在全国深入人心了。

三、航程

飞船里仍保持着 24 小时的节律，保持着北京时间。早上 6 点钟，当地球上的太阳开始升起时，飞船天幕灯开启并缓缓加强，在飞船内营造出白天的气氛。三名乘员都按时起来锻炼，有时晓东比较贪睡，他毕竟是一个 16 岁的孩子，小星就会敲着他的门喊："太阳出来了！"白天是两个孩子学习的时间，晚上六点半，天幕灯缓缓变弱并熄灭，乘员们把居室灯打开。这样的灯光转换实际上毫无意义，但飞船上的人认真地做着，就像是执行某种宗教仪式。

他们以此来保存对地球生活的记忆。

飞船一直是背对太阳而行，现在离太阳已有 0.23 光年，阳光微弱多了，但太阳光仍不屈不挠地推动着巨大的光帆，给飞船提供 $0.4g$ 的加速度。这个加速度在飞船内造成了较弱的重力环境，在他们的感觉中，飞船一直是向上飞，太阳却永远藏在地板之下。

飞船速度已经达到 0.2 倍光速。这个速度还太低，冲压式动力系统还不能起作用。由于速度远低于光速，由速度引起的时间缩短效应也不显著，所以，这一段航行将是整个环宇航行中最难熬的一段。按预定的航向，飞船将直奔小犬星座的 α 星（又名南河三，星等 0.37，距地球 11.3 光年），在那里做第二次重力加速，并借助于南河三的强光驱动光帆。之后开向双子座的 β 星（又名北河三，星等 1.16，距地球 35 光年），然后奔向猎犬座的 α 星（又名参宿四，星等 0.41，距地球 520 光年，它是一座变光星），在双子 β 星、猎犬 α 星附近再来两次重力加速。其后要穿越猎户座大星云（距地球 1500 光年），因为对于冲压式飞船来说，含氢的星云是最好的燃料补给站。穿过猎户座星云后，飞船的速度就非常接近于光速了，此后飞船不会再走曲线，而是直奔 150 亿光年外的一个类星体而去。

那时，飞船上的时间速率将非常接近于零，乘员们将在眨眼之间穿越一个星系，将在一呼一吸之间目睹一个星系的诞生、成熟和灭亡。那时，他们将具有上帝的视野。

但目前，他们只有耐着性子，任凭夸父号飞船在茫茫宇宙中缓缓地"爬行"。窗外永远是暗淡的天幕、不变的星空，各个星体都安静地待在自己的原位，似乎一万年都不准备挪动。这个一成不变的航程太乏味了。地球上修高速公路时，在过长的直路上有意加几个转弯，为的是防止驾驶员在一成不变的环境下打瞌睡，现在，晓东和小星真切地认识到，这个规定太对了。

尽管两个高智商的孩子都拿了 14 个博士学位，但他们对学习仍然抓得很紧，光盘里有学不尽的知识，如果对于纯粹的学习厌烦，还有希尔伯特的几个经典数学难题在等着哪。他们学得很自觉，因为当他们在航程上面临什么突变，需要做出抉择的话，什么知识都是有用的。何况，这也是克服旅途烦闷症的最好办法。想想中国的学生从小学、中学、大学到研究生，在长达 20 年的学习生涯中不也是基本与世隔绝吗？想想这些，两个孩子的心理就平衡了。

飞船的操纵反倒无事可做，是由电脑图林先生直接操纵。飞船的航行基本是固定程序，不可能停靠，不可能减速，尤其是速度接近光速后不能减速，因为那时的减速要耗费巨额能量，而飞船上储存的重水只够一次减速之用，也就是在返回地球时用。"如果途中遇到外星人怎么办？"两个孩子在接受培训时曾问教师，答案是："只有对外星人的存在确认无疑，而且确认外星人的科技水平可以向飞船补充燃料，这时才能下达飞船减速的命令。"

对于光速飞船来说，要迅速做出准确的判断不是一件容易的事。

晚上 7 点钟是与地球通话的时间，谢晓东打开了通话器，另外两人围在旁边。估计与地球的联系很快就要中断了，至少是单向中断，因飞船上的电台功率较小，无法飞越几千亿千米的距离。现在，三个人都珍惜与地球的每一次通话。

电波中传来老地球的声音，虽然已比较微弱，但还相当清晰：

"地球北京天文台向夸父号呼唤，你们 2087 年 6 月 8 日发回的电波已收悉，现在是地球时间 2087 年 10 月 10 日 19 时 3 分 20 秒。据我们测定，你们离地球已有 0.23 光年的距离，并精确保持着预定的行进方向……"

谢晓东迅速计算了一下，扣除回电所耗费的时间，截至地球发出这封回电时，飞船的时间已比地球上少了三天，他简短地告诉周爷爷：

"我们比地球人已年轻了三天！"

接着，电波中介绍了地球上昨天的要闻：以色列和巴勒斯坦终于捐弃世仇，共同成立耶路撒冷合众国，中国大陆和中国台湾的海底隧道昨日正式通车，南极冰山发生大面积塌方……

谢晓东向地球汇报了今天的航程和飞船上的生活情况。下面是与家属通话时间，这是三个人最为珍视的时刻。可惜，由于距离的遥远，一方的通话，对方要在四个月后才能收到。所以，这不是通话，而是互不相关的陈述。双方都意识到，连这种打了折扣的联系也很快就要中断了，永远地中断了，所以，说话中难免涌动着悲凉的潜流。狄小星的妈妈说，家里一切都好，小星最喜欢的小猫白点子昨天下了四只猫崽，当然这已是半年前的事了。谢晓东的父亲说，他和晓东妈刚刚庆祝了25年银婚纪念，家宴中还特意为晓东摆了一副碗筷。最后通话的是周涵宇的儿子。这是儿子的第一次通话，所以老人很激动，手指微微颤动着。儿子的话很简单，仍多少透着生疏，但他以尽量亲切的语调向爸爸问了好，祝爸爸长寿。还说老人的重孙子昨天刚刚出生，为了纪念曾祖爷爷，特意取名为环宇。

周涵宇的眼眶中涌出热泪。两个孩子在旁悄悄观察着，既为老人高兴也为他可怜。老人与妻儿的不和是众人皆知的，他妻子早已去世，离开地球这么多天，儿孙们竟然没人与他通话。所以，每次同家人通话时，晓东、小星都生怕刺激了老人。谢天谢地，今天他的儿子总算良心发现了！晓东把话筒递给老人，轻声说：

"爷爷，您给家人说几句吧！"

老人嗓音颤抖地说："儿子，谢谢你的通话。爸爸这一生亏欠你们太多，请你们原谅我吧。问全家好，替我亲亲我的重孙子。"

他把话筒递给狄小星，小星说："以下是狄小星同家人的通话。爸、妈，我们这儿一切都好，请转告我的心理老师雷英，他所担心的心理幽闭效应并没有出现。因为飞船上现在有一个亲切的老祖父，他每天都给我们讲地球的风土人情、历史掌故，冲淡了旅程的寂寞。我们真庆幸他能上飞船，我们希望他能活一百岁、两百岁,永远陪着我们!"

听着这些孩子气的话,周涵宇笑了,把狄小星揽到怀里。

通话完毕,两个孩子立即围坐在老人身边,"爷爷,今晚讲什么?"

老人抚摸着他们的脑袋:"你们说呢?"

"讲各地的小吃!""讲各处的景点!""讲地球上的笑话!"

"行啊,行啊。"老人既欣慰,也对孩子们心生怜悯。为了承担环宇航行的大任,几百个孩子从八岁起就过着基本封闭的生活,进行强化学习和锻炼。经过一轮又一轮残酷的淘汰,只剩下小星和晓东两人。这两个孩子没享受到童年欢趣,他愿意为他们补上这一课。

"今天讲讲地球上的野草,你们愿意听吗?好,我就介绍几种中国北方常见的野草。有一种叫节节草,茎是一节一节的,细叶,附地生长,其根部是白色的,和茎部一样成节状,有甜味。这种草生命力很强,你把它连根刨掉再埋进土里,它的茎部就会变成根,顽强地探出头来,活下去。还有一种野草叫马齿苋,叶子肥厚,像马的牙齿,可以做蒸菜吃,略带一点酸味儿,但味道很可口。这种菜的生命力也很顽强,把它拔下来晒上四五天,叶片的绿色都不会变,种下去照样能活。另一种叫酸豆秧,十字形的叶片……"

虽然他讲的是平淡无奇的乡间杂草,但两个孩子也听得津津有味。

深夜,铃声突然刺耳地响起,电脑图林先生自动打开屏幕,用合成声音高声喊:

"谢晓东先生,狄小星小姐,快起来,周先生心脏病发作!"

狄小星第一个跳下床,另一间屋子里,谢晓东也跳下床。他们赶到周涵宇的卧室,见周涵宇面孔苍白,呼吸急促,心电监视仪上显示着极不规则的搏动。两人都经过严格的医务训练,立即投入紧张的抢救,为老人注射了强心针。少顷,老人慢慢地睁开眼睛,看到晓东正在寻找血管为他打吊针,便虚弱地说:

"晓东……不必为这具破躯壳浪费药物了,飞船上药物有限……这辈子能死在飞船上我已经很满意了……"

谢晓东止住他:"不要说话!——请服从医生,配合治疗。"

这会儿,两个孩子已完全脱去孩子气,行动干练自信。周涵宇喜悦地想:不愧是经过严格训练的宇航员啊,自己即使死去也放心了。

他在药物的催眠下沉沉睡去。

第二天早上醒来,见小星在房间里值班,她伏在床边睡得很甜。周涵宇怕惊醒她,小心翼翼不敢稍动。但狄小星还是立即醒来,俯身问:"爷爷醒了,您感觉怎么样?"

"我已经完全恢复了,小星,快点休息吧!"

"不,我不困,我现在给你拿早饭。"

两个孩子围在他的病床边吃了早饭,仍是千篇一律的太空流食。在飞船的食物封闭循环中,如果想实现地球上的多种多样的美食,则机器的结构过于复杂。为了环宇飞船早日上天,乘员们不得不放弃了口腹享受。在早年的宇航训练中,晓东和小星早已习惯了这样的食品,所以他们吃起饭来并不觉得是吃苦。老人看着他们,泪珠悄悄溢出来。

"爷爷,您怎么啦?"

"没什么。"老人掩饰着,"大病之后一时的感情脆弱。孩子,你们选择了这条人生之路,不后悔吗?"

"不!"两人同声回答,谢晓东看看小星,笑着说:"爷爷,知道我是怎么走上这条路的吗?说来和您直接有关呢。"

"是吗?"

"我早就想把这件事告诉您了,我要完成我爷爷谢大成的嘱托——亲口向您道歉。"

老人困惑地说:"你说的什么呀,为什么要道歉?"

收拾了餐具,两人围在老人床边,晓东说:"爷爷,您为了环宇飞船,从25岁起就在全国演讲募捐,整整奔波了50年。还记得第一次募捐是在什么地方吗?"

"当然记得,是在我家乡附近的一所小学,菩提寺小学。"

"您还记得第一个捐款的学生吗?"

老人坐直了身子,急急地说:"记得!我不知道他的名字,但我还记得他的样子,是个又黑又瘦的男孩子,额门特别高,他……"

晓东笑了:"难道您没有发现我的大额门吗?他是我爷爷,谢大成,飞船上天前他已经去世了。"

老人定定地看着他,百感交集,喃喃地说:"对,你跟他很相像,这已经是60多年前的事了。"

"我爷爷是环宇事业的铁杆支持者,我爸爸妈妈也是。如果可能,他们都乐意当夸父号的船员。他们都没赶上,我赶上了。我这辈子是在环宇之梦中长大的,您想我会后悔吗?"

小星说:"我也是一样,爷爷,我从小就是您的崇拜者,能和您在一艘飞船上,您不知道我们有多高兴!昨天晚上您把我们吓坏了,以后您可不许再犯病,要陪我俩一直走完整个航程!"

老人发自内心地笑了:"好的,好的。放心吧,咱们的飞船越飞越快,死神追不上啦。"

四、第一名捐款者

菩提寺小学在一片浅山区,当25岁的周涵宇把它选为募捐第一站时,他自己也不知道是如何选中的,是天意,还是偶然?小学比较贫穷,教学楼虽然刚刚翻盖过,但建筑粗糙简朴,学生们衣着式样也比较陈旧。他硬着头皮找到校长,一个刚过30岁的瘦削男子,戴一副近视镜,面相很和善。周涵宇红着面孔讲完来意。他知道自己的设想对一般人来说过于玄妙,很可能会被人当成骗子。王校长耐心地听完,仰着头思索片刻,又盯着周涵宇看了一会儿,忽然出人意料地说:

"行啊,给你一个小时。"他补充一句,"中国孩子还是要有一点梦想的!"

周涵宇猛然拉住校长的手,热泪唰唰地流下来,他哽咽着,仅仅说出两个字:

"谢谢。"

替天行道

下午课外活动时，100多名小学生集合在操场上，主席台是一张课桌，上面放了一个粗糙的捐款箱，是用硬纸箱临时糊成的。周涵宇望着100多个人头，100多双眼睛，口里发干，心中扑通扑通地跳着。自从14岁那年他把倡议书交给曾郁爷爷后，就一直盼着回信，但倡议书石沉大海。此后，他把一封一封的倡议书寄给有关单位，仍如泥牛入海。他并不怪罪有关单位的掌权者，毕竟"环宇探险"的想法太超前、太胆大包天，与现实生活的反差太大。曾郁老人说得对，中国百废待兴，要花钱的地方太多了！但他没有停止努力，他决定改变方法，从下面开始，先感动老百姓，再去推动上层。今天，是他进行募捐的头一次讲演，但愿它能成功。

他终于镇定了自己："同学们，"他开门见山地说，"人类具有探索与探险的天性。人类是在东非诞生的，在25万~30万年前，他们开始沿非洲东部向北迁徙，经过西奈半岛、中东，进入亚洲；又向北扩展，大约在35000年前，进入欧洲，并在各地区进化出黑人、黄种人、白人等各个人种。在4000~20000年前，几支属于蒙古人种的部落，一说是日本岛的绳纹人和阿伊努人，先后跨过辽阔蛮荒的西伯利亚，经过串珠似的阿留申群岛，进入北美洲。随后迅速向南蔓延，在美洲大陆上留下了爱斯基摩人、印第安人和玛雅人的足迹。大致在同样的时代，马来半岛上的土著民族也向大洋洲扩张，使人类的足迹遍布大洋洲的各个群岛、新西兰和澳大利亚，形成了众多的岛屿土著民族。你们在历史书上知道，是哥伦布发现了美洲，库克发现了澳洲。但实际上这只是人类的第二次发现，早在数万年前，人类就发现了非洲、亚洲、欧洲、美洲和大洋洲，这些发现都是由不知名的英雄们完成的！"

操场上鸦雀无声，100多双黑黑的瞳仁紧盯着他，他益发进入状态，把心中萦绕十几年的激情倾倒给听众：

"这些史前探险家的探险生涯是无比艰难无比危险的，不妨设想一下，一支蒙古人种的部落沿水草丰饶的西伯利亚草原逐年北上，进入冻土带，进入冰天雪地的北极圈。他们根本不知道白令海峡另一边有一个广袤的大陆，他们很可能认为这个酷寒的世界就是地狱的入口，那么，是什么信念支撑他们毅然跨过白令海峡的？再看看大洋洲，不少岛屿，比如复活节岛、夏威夷群岛都孤悬大洋深处，离最近的陆地也有数千千米。那时，人们没有地图，没有指南针和六分仪，没有能长期保存的罐头食品和瓶装淡水，没有设施齐全的越洋木船，尤其是，他们根本不知道浩瀚大洋的对面有没有大陆或岛屿。那么，他们为什么有勇气开始孤注一掷的探险？每每想到这里，我都由衷地佩服这些无名的探险家，包括无数在探险中牺牲的失败者！"

听众中有了轻微的骚动，随即安静下来。

"刚才说过，对这些新大陆的探险都发生过两次，两次的情况不同。第二次探险的成功者都在历史上留下了名字，推动了世界范围的移民，促进了本国的富强。但第一次探险，即史前探险，却是'一去不复返式'的。他们在新大陆撒播了人类的种子，但他们的信息丝毫没有传回自己的母族母国。比如说，我们中国人从来不知道蒙古人种一支后裔或侧支，竟跨越半个地球到了北美洲和南美洲。他们的探险也没有为母族带来任何的利益。但我们能因此就抹杀他们的功劳吗？"

下面，一个男孩子脱口喊了一句："不能！"那孩子看到周围的人们都入神地静听，忙捂住嘴巴。周涵宇不由绽出一丝微笑，提高嗓音说：

"我们不必去羡慕古人，羡慕那些大无畏的史前探险家，因为，一项空前伟大的探险在等着我们，那就是——环宇宙探险！"

在听众的震惊中，他尽量简明地介绍了爱因斯坦的宇宙超圆体假说，并说明，一般人认为是"科幻性"的行动，实际上已能提上人类的议事日程，因为环宇飞船的技术已接近于突破。他说，这也是一种"史前式"的探险，探险者很可能再也回不到地球，连他们成功与否的信息也传不回来。即使如此，这项探险仍值得做下去，原因无他，就因为探险是人类与生俱来的天性，它超越了狭隘的功利目的。

他讲得激情飞扬。有人走上讲台为他倒了杯水，是校长，校长的目光分明是带着鼓励的。他感激地向校长点点头，端起杯喝了一大口。入口才知道茶水太烫，校长想阻止已慢了半拍。这个小插曲在听众中激起一片笑声，但笑声马上停止了。

"中华民族是一个陆地民族，实事求是地讲，我们比较欠缺探险精神，除了郑和下西洋值得大书一笔外，其他探险活动乏善可陈。现在机遇摆到了我们面前，如果努力去做的话，环宇航行有可能在一个世纪内实现。我呼吁全体中国人从现在起就来做这件事，来推动这件事，使环宇探险成为这个世纪中国人的精神凝聚点。当然，组织这次探险耗资巨大，难度很高，但只要13亿人立志去做，天底下还有克服不了的困难吗？想想20世纪60年代的美国登月计划吧。"

他郑重地指指捐款箱，"所以，我今天为环宇探险向少年朋友募捐。我谨在此发誓，你们捐的每一分钱都会用到环宇探险事业上，决不会变成酒宴上的饭菜，不会中饱私囊。此心昭昭，可对日月！现在，请大家踊跃捐款，数量不拘。"

下面是一片静默。周涵宇心中忐忑不安，毕竟这是他的第一次，毕竟他说的"环宇探险"是过于超前的事。如果没有一个人捐款，他也会高贵地接受失败。但他的担心是多余的，台下的静默只是因为听众太投入了，片刻之后，刚才曾脱口高喊的那个男孩高喊着："我捐！"

他急急跑上讲台，把两张一元钱投进捐款箱。在他身后，100多名学生蜂拥而来，100多只小手在空中挥舞着，争着向箱内投下自己的钱。周涵宇的眼泪不由得流下来，声音嘶哑地说："谢谢，谢谢！"

第一个捐款的男孩子跑过来——他就是谢晓东的祖父，他拉拉周涵宇的衣襟，认真地说："我明天还要捐，我到哪儿找你？"

"我明天在学校门前等你，谢谢你，小兄弟！"

最后捐款的是校长，他向箱内投了一张50元钞票，笑嘻嘻地说："周先生，我不相信你说的——环宇航行会在一百年内实现，但我仍感谢你为孩子们编了一个美妙的梦。"

"谢谢校长，谢谢！"

第二天，周涵宇怀抱着捐款箱立在校门口，那个男孩子果然又捐了20元钱，还有几十个学生再次捐了款。一个30岁左右的路人不知道这儿是在干什么，走过来，歪着脑袋观察捐款箱，听了孩子们的话，他讥诮地说：

"什么狗屁探险？骗钱呗！这些娃儿全是傻蛋！"

周涵宇直视着他,忽然咬破手指,在捐款箱上写了一行血字:"如有一分钱未用到环宇探险上,天诛地灭!"年轻人读过这行血字,脸红了,讪讪地离开了。一群孩子围着他七嘴八舌地说:

"不要听他的,大哥哥,我们信得过你!"

就这样,从这所小学开始的涓涓细流,最终汇成了大江大海。50年后,他和伙伴们募得了数百亿元的资金,启动了环宇探险事业。在这个世纪中,环宇探险始终是中国社会的主旋律,它凝聚了一个民族的意志,一代一代坚持下去。

晓东和小星依偎着坐在对面,老人想,他们是一对恋人,可惜他们的恋爱没有花前月下、水光山色。他们要在广袤酷寒的太空中度过一生,而这一切都是从那两元钱捐款开始的。周涵宇一直不知道那个男孩的姓名,因为所有捐款者都没留下名字,但他清楚地记得男孩的模样。他说:

"晓东,你爷爷那两元捐款,可以说是环宇事业的奠基石,我永远忘不了他,在我心目中,那两元钱一直安放在祭坛上——可是,你说什么道歉?我对他只有感激。"

晓东和小星相视一笑,显然连小星也清楚这件事的根根梢梢,她问:"爷爷,在您开始募捐的六年后,曾有过很轰动的'非法集资案',您肯定不会忘记吧?"

"当然,这件事的起因全怪我。"老人愧疚地说,"那时我是凭一腔热情去搞募捐,但几乎是个法盲,不知道金融机关对集资有严格的规定。开始时,我大多是在小县城募捐,社会影响比较小,也没有人来管我。六年后,等我筹到了4000万元,在社会上有一点影响了,忽然法院封了我的账号,把我也拘捕了。那时,我觉得天塌了,在拘留所的两天两夜里,我的头发成把成把地往下掉,嗓子哑得几乎失音。"

"舆论界那时也对您大加挞伐,'世纪骗子''拙劣的科学骗局'……对吧?"

老人宽厚地说:"那只是因为他们不了解真相,不怪他们。"

"可是,您知道这场讨伐对我爷爷的影响吗?他是您的狂热支持者,他省吃俭用把微薄的积蓄捐出来,一次又一次;他到处向人宣讲环宇探险……可是忽然间别人告诉他,他信仰的那个人是个大骗子!我爷爷的精神世界一下子崩坍了。如果果真如此,他被骗走的可不仅仅是钱财,而是一生的信仰!他甚至准备了匕首,想找您去复仇。"

老人肃然起敬:"真的吗?他是个真正的血性汉子,即使他把匕首捅到我的心窝里,我也会敬佩他。"

"幸亏他还没有完全失去理智,决定在复仇前亲自了解一下,于是他单枪匹马开始了调查。他询问过您的募捐事务所的义务员工,也询问过您的妻子,那时,您还没有离婚。"

晓东小心翼翼地说出最后一句话,知道这是老人心中永远不会痊愈的伤疤。果然,老人的脸色阴下来,苦涩地说:"我们是在两年之后离的婚,怨我对他们母子太寡情。"

"我爷爷谢大成访问了您的妻子,在那儿,他看到了真实的您。"

谢大成几经周折找到了周涵宇的家。主妇穿着围裙开了门,冷冷地盯着他,一副拒人于门外的表情,不过她总算让他进了屋,指了指沙发让他坐下。屋内摆着一辆婴儿车,一个大约两岁的男孩正在熟睡。屋里摆设很简单,也相当凌乱,到处是小孩的玩具,几件脏衣服扔在地上,主妇的脸色透着疲惫。谢大成自称是某师院校刊的编辑,想来采访周先生,主妇愤怒地说:

"他死了!他不在这儿!"

看到来访者的困窘,她多少缓和了语调:"我让他从这儿搬走了,我们已经分手了。我是被逼无奈,你看看这个狗窝!"她的怒气又渐渐高涨:"他从不顾家,一天到晚念叨着环宇探险,来一群狐朋狗友一侃就是半夜。他每个月的工资只交给我 200 元,剩下的全填到那个无底洞中,迎来送往,出门演讲,花起钱来大方得很,只是对家里一毛不拔!"

她的声音太大,把孩子惊醒了,撇着嘴哭泣,她忙把孩子抱起来悠着,孩子从她怀里胆怯地看着生人。女人的嗓音放低了:"他是个神经病!走火入魔，信的是邪教！"

谢大成环顾着屋内的贫穷景象，喃喃地说："听说他已募集了4000万，也有人说他中饱私囊，他怎么不给家里留点钱呢？"

"放屁！"女人粗鲁地说，"我已经不打算和他过下去，犯不着为他辩护，不过人说话得凭良心。他哪里中饱私囊？他要是知道中饱私囊，也算得上是个人了。我这里像个狗窝，他自己的日子更是连狗都不如，每天省吃俭用，破衣烂衫，省下的钱都塞到那个无底洞中去。他迷上什么不行，偏要迷上环宇探险？这种玄天虚地的事情……"

谢大成觉得，该为周涵宇进行辩解了："大嫂，环宇探险并不是玄天虚地的事情，19世纪末，俄国的齐奥尔科夫斯基就梦想火箭上天，那时他也被社会看成是疯子。现在，人类不是已经在月球和火星上登陆了吗？人类的科学进步都是从疯子开始的……"

女人不耐烦地打断了他的话："你和他是一路货。"她非常精当地评价着："谁当你的女人，谁也倒霉。走吧，你走吧！"

从周妻那儿回来后，谢大成又恢复了对周涵宇的崇拜。其后在对周涵宇的声援队伍中，谢大成是奔走最卖力的一个。半年后，对这起非法集资案的审判结束了。毫无疑问，周涵宇的行为触犯了法律，但他的赤子之情打动了法官，对他的处罚之轻是前所未有的：责令补办登记，查封的捐款全部解冻。法庭宣判过后，周涵宇含泪对法官鞠躬，对听众席鞠躬。只是，他不知道声援人群中有一个叫谢大成的人。

经过这一番折腾，环宇探险事业的名声更大了。此后44年，他们共募集到5000亿元的捐款，政府将环宇飞船的建造纳入了国家科技进步计划，三万名科技精英为之日夜奋斗。一直到2083年，集结了数代人心血和智慧的环宇飞船终于踏上茫茫的宇宙之旅。

"晓东，不要提什么道歉的话，感谢你的爷爷，感谢你们！"

五、太空婚礼

"夸父号向地球呼唤,夸父号向地球呼唤。"狄小星对着报话器说。地球的电波早已中断了,但他们仍坚持每天的通话。"现在是飞船时间2092年7月24日18时20分32秒,夸父号飞船刚刚掠过小犬α星,获得了又一次重力加速,现在飞船速度已达0.999倍光速,距地球22.3光年。"

0.999倍光速,相应的时间速率为地球的1/22。他们已离开地球32年,但飞船上的时间只过了九年。总的来说航行十分顺利,光帆式动力和冲压式动力不屈不挠地推动飞船加速。再加上小犬α星的重力加速,飞船的速度已相当接近光速。不过,由于飞船质量的迅速增大,加速度的绝对值已经只有0.08g了。飞船开启了旋转系统,以离心力来模拟重力。所以,飞船上的生活环境变了,船舱的环形舱壁变成了地板,人们的头顶指向环形的中心,而飞船的前进方向正与这个环形垂直。

也可能是太空环境有利于健康,在心脏病发作过一次之后,周涵宇的身体状况很好。按地球年龄算,他已经120岁了;即使按飞船年龄算,他也97岁了,但他一直活得很好。他对两个孩子开玩笑地说:

"我那次没说错,飞船的速度太快,死神肯定追不上我了。"

25岁的晓东和小星快活地说:"是啊,死神肯定没有能力配备光速飞船!爷爷,陪我们把这趟旅行走完吧。"

"好啊,我会尽量做到这一点。"

舱外已不再是枯燥沉闷的暗淡太空。飞船的高速造就了从来没有人欣赏过的美景。由于多普勒效应,飞船正前方的星光发生了紫移,而后方的星光则发生了红移,它们都外移到人眼看不到的波段,在人的视野中一个接一个地消失。只有与飞行方向垂直的星空,星光的频率即颜色才保持不变。结果,前后两方形成了黑渊,黑渊向船的中央扩展,直到只剩下环绕船中央的一条星带。赤橙黄绿青蓝紫,形成一个美丽的彩虹星环。

不过,这只是多普勒效应产生的结果,实际上还存在着光行差效应,它使彩虹星环逐步向运动前方靠拢，就像在雨中奔跑时雨柱会向前方倾斜。于是，彩虹星环便逐渐爬到飞船的正前方。

飞船每天向着这道璀璨壮丽的星环飞去，但永远追不上它。

这样的美景令人百看不厌，闲暇无事，周涵宇会仰靠在床上，透过飞船前方的舷窗，透过一万吨重冰重水结成的冰所凝成的巨大透镜，透过直径300千米的磁力收集罩，欣赏着这个美丽的圆形彩虹。这时，他觉得一生的辛劳都得到了报偿。

电脑把变形的星空扯平，在屏幕上显示出它的原貌。太阳在飞船的后方，早就变成了一颗普通的星星，不过仍是较亮的一颗。月亮、金星、火星之类当然早已看不见了。刚刚飞过的南河三（小犬 α 星）变成了榛子大小的一颗亮星，闪着耀眼的白光；前方则是北河三（双子座 β 星），它离飞船只有12光年的距离，也有榛子般大小，强光耀眼夺目。因为前后都有强光源，光帆无法起作用，所以光帆已收起来了。不过，冲压式动力十分有效，再加上频繁的重力加速，所以飞船的速度仍在快速向光速逼近。

晓东和小星都过了25岁生日，晓东肩膀宽阔，喉结凸出，上唇已长出了浓密的胡须。小星也长成了胸脯丰满的大姑娘。这天，两人手挽手走到老人面前，郑重地说，他们要结婚了。

"好啊，"老人喜悦地说，"我总算盼到这一天了。什么时候举行婚礼？"

"就在明天吧。"

"该做些什么准备呢？我希望你们举行一个中国式的婚礼，不过飞船上没有红烛、喜宴和爆竹。"

"一切都准备好了，不用您老操心。不过，您的工作也很繁重。您要担任主婚人、证婚人、司仪和双方家长。"

"没问题，我会扮好所有的角色！"

飞船上天前，宇航局就彩排了婚礼上的场景，把它储存在光盘里。现在，隆重豪华的婚宴在船舱里进行着。身披婚纱的小星挽着丈夫走上前台，政府代表、宇航局代表、国外来宾依次同他们拥抱。天穹上撒下漫天花雨，七彩的激光在空间闪烁。双方的家长幸福满面,人们觥筹交错。

当然这只是虚拟场景。在真实的飞船里,一对新人按照司仪的礼赞,向父母的位置鞠躬,向主婚人鞠躬,夫妻对拜,然后三人坐在餐桌前。今天的宴席仍是太空流食,只是多了三副酒杯和两瓶茅台酒,那是特意为今天准备的。三人举杯相碰,一饮而尽。一瓶茅台很快见底,三人都醉意陶陶。老人说:"我太高兴了,太高兴了,我能活着看到你们成家立业。祝你们婚姻美满,早日生下儿女。我的身板儿还硬朗,还能为你们抱孩子呢。"

小星也有了七八分醉意,脱口说:"可惜我们的孩子永远不会有同龄伙伴,也不会有游乐场、游泳池和绿草地。"晓东忙制止她,说,"不过他仍然会非常幸福的,他会有一个非常独特的经历。再说,这也是人类为了探索必须付出的牺牲。想想那支跨越白令海峡的蒙古人种部落吧,他们在冰天雪地里不知失去了多少孩子,才变成了不怕冷的爱斯基摩人?"

老人机敏地扭转了这过于沉重的谈话,笑哈哈地说:"时候不早了,你们两位该入洞房了。我呢,我还要留在这儿慢慢品尝茅台酒。我这一生从没像今天这样喝得这么痛快。"

一对新人站起来向老人告辞,小星说:"爷爷,不要喝过量了。"然后两人进入洞房。虚拟场景结束了,周涵宇老人握着酒杯,但并没有喝酒。有时他向星环举起酒杯,喃喃地说着什么。

六、远古的梦

这也许是发生在 3000 年前的场景。在地球上,在浩瀚的南太平洋海面上,有七八只独木舟在海面上漂流。船上没有帆,那时的土人还没有学会使用船帆的技术;也没有人划桨,因为船上的人早已没有力气了。只有海流不停息地推着独木舟向西飘去。

船上的人有男有女,也有一两个幸存的小孩儿。他们都半裸着身体,古铜色的皮肤,黑色的头发。前边一只独木舟上是巫师萨摩和他的家人,他是这次探险的倡议者。半年前,在篝火前的祭神傩舞中,在嚼食古柯叶造成的虚幻中,他忽然得到了神谕。神说,"集合你的族人,驾上你们的独木舟,向太阳落山的方向行驶，在遥远的海洋深处有一处肥美之地，树上挂着美味的水果，山上有甘美的泉水，鱼儿会自己跳进你的网中。"

于是，萨摩率领全族人离开了他们居住的陆地，即被后人称作南美洲的地方。经过两个多月艰难的航行，他们什么也没发现。船上的淡水早已发臭，连这些发臭的淡水也已被喝完；早就没有了食物，他们只能靠夜里蹦上船的飞鱼略略充饥。人们一个一个得病死去，不少船只落后了，失踪了，只剩下最后七八条船和 20 余人在做最后的挣扎。

萨摩的孩子病了 10 天，今天咽下最后一口气。萨摩的女人把孩子小心地抛到水里，尸体很快在船后消失了。女人抬起头虚弱地说："我也要走了，我要跟儿子一块儿走了。男人啊，你说的肥美之地在哪儿呢？"

萨摩大声说："大神说那片土地就在前边，大神不会骗我们！"他挣扎起来，跪在地上向大神祷告。这次他没有听到神谕，他失望地回转身，忽然瞪大了眼睛：在他们的侧后方，天空中似乎有一只飞鸟！飞鸟离他们很远，在天空与凸形水面连接处飞着。他揉揉眼再看，飞鸟已消失了。

萨摩愣了很久，不知道自己是否看花了眼。但不管怎样，这是他们最后的机会了，于是，他站起身，对后边的独木舟高声喊：

"看啊，大神派飞鸟来迎接我们了！"

他掉转航向，向飞鸟消失的地方划去，船上的人早已奄奄待毙，但生的希望激发了强大的力量。他们顽强地划着桨，向着那最后的希望划过去。在太阳落山前，他们再一次看到了天空的飞鸟，然后他们看到了一个小岛，看到了岛上的绿树。萨摩喃喃地祷告着，他想肯定是他的虔诚感动了大神，否则他们就会与这座岛屿擦肩而过，葬身在无垠的海洋里。

这也许就是南太平洋某个珊瑚礁岛上土著民族的来历。一条血脉之河脱离了主流，在一个蛮荒之地保存下来。

七、双子星湮灭

飞船的速度又向光速逼近了万分之一，现在，飞船上的一天已经等于船外的一年，换句话说，飞船每一天都能轻松地跨越一光年的距离。路遇的恒星不再是稀罕物，每隔几天、几十天，就会有一颗恒星在飞船的近距离内掠过。

三个人常常饶有兴趣地观察窗外的奇景，当然是通过电脑屏幕的校正。有时他们遇见了一只刚从星云中诞生的原始恒星，它以红色的光芒烧烤着围绕它的星云；有时他们会遇见一对互相旋转的双子星，因为离得太近，在引力的作用下，其中一只气态星球变成梨形，梨形的尖嘴对着白矮星伴星，恒星的气态物质正通过这个尖嘴被伴星吞食；有时他们遇见红色的饼状星云，它是一颗暗弱的恒星抛撒出来的，旋转的星云中已能看出几只行星的轮廓。最常见到的是旋涡状的星云，随着飞船的迅速逼近，淡薄的星云逐渐拉开，变成一颗颗发着强光的星体。

这种视野是地球人不可能具有的，正像那些从未坐过飞机的土著人不可能从上面俯视云层。坐在近光速飞船上，宇宙的变化被浓缩了，可以说他们已具有了上帝的目光。

算来地球上的时间已过去1200年了，他们所有的熟人都早已作古。1200年来地球科技又有了什么发展？他们是不是又向太空派遣了更先进的光速飞船？这些问题无法得到答案，仅供他们遐想。

20天前，他们在前方的星空里发现了一对双子星。这对双子星个头很小，只有几百千米，发光也比较微弱，所以地球上的星图中从没有标出过它们。

但电脑图林先生的计算说明，这是密度极大、相距很近的一对中子星，它们周围的重力场是已知星体中最强的。图林先生提示说，这种重力场极强的双子星是进行重力加速的最好场所，如果能在那儿加速，飞船的速度又将提高万分之一。这个速度与光速是那样贴近，以至于飞船上的一天可以变成船外的一千万年。所以，可以说他们已经进入与天地同寿的境界，在一二十年内完成环绕宇宙的航行，同时，目睹宇宙飞速地走向死亡。

他们当然不会放过这次机会。

从发现这对无名双子星的那天起，晓东、小星和电脑图林先生就开始了紧张的计算。前边既是一个机会，也是一个陷阱，弄不好飞船会被强重力场的潮汐作用撕碎，乘员也会死于中子星的强辐射。他们详细计算了飞船切入的角度和距离，计算了飞船重水的屏蔽效果和屏蔽角度。时间过得太快了，每过一天，飞船就向双子星靠近一光年。有时他们甚至祈盼飞船的速度减慢一些。

周涵宇在这些事上没办法帮忙，他毕竟没受过系统的高等教育，70多年来他也曾如饥似渴地学习太空飞行知识，但充其量只能做一个内行的旁观者。在距无名双子星还有一天路程时，他们的计算终于得出了结果。

双子星在电脑屏幕上迅速增大，快速旋转着，既有自转也有公转，每当其中一个星体的转轴指向飞船，便有强 X 光辐射从飞船上扫过。双子星已经变成月亮大小，谢晓东启动了飞船上的备用动力，调整着飞船姿态，飞船极其迅速地插入它们之间，沿着其中一个星体转了半个圈，被离心力沿着抛物线方向甩出去。

这个过程延续了两个小时，但在飞船上只是几秒钟。在这几秒钟里，三个人都失去了重力，随着飞船在做自由飘浮。等飞船重新恢复直线飞行时，晓东和小星互相拥抱着大声欢呼起来：

"成功了！爷爷，我们成功了！"

经过这次加速，飞船上的时间已接近了静止，所以，几乎在眨眼之间，飞船已飞离双子星 10 光年。他们静下心，从屏幕上观察双子星的运动。

与他们的预测一样，在飞船飞离之后，双子星的公转速度明显减慢了。因为近光速飞船具有极大的质量，在这次加速中，飞船从中子星重力场窃走了巨大的能量，导致了中子星转速的明显降低。于是，两颗中子星沿着两条螺线互相靠近。这个过程拖了几十年的时间，但在飞船上仅仅是一刹那。刹那之后，两颗中子星相撞，激起一场骇人的爆炸，这儿霎时间成了宇宙中最亮的地方。白光以不可阻挡之势向四周扩散，也从后边凶猛地追赶着夸父号飞船。

按照爱因斯坦相对论所揭示的奇特规律，对于近光速飞行的飞船来说，这波强光风暴仍然以光速向它逼近，在 60 光年后追上了夸父号。尽管由于极端的红移效应，强光变成不可见光，但它的能量仍是实实在在的。夸父号的太阳帆被彻底摧毁了，好在飞船本身并没有受伤。

三名乘员紧张地看着屏幕，通过电脑的校正，红移光线在屏幕上恢复了原状，于是他们看到了铺天而来的强光的洪流，把飞船整个沐浴在白光之中。白光撕裂了光帆，又裹着光帆飞速向前飞去。

很快，强光洪流掠过飞船，消失在飞船前方。

八、弥留

双子星湮灭之后，周涵宇也进入了慢性死亡。这次他不是心脏病发作，他没有得任何病症，只是，他的生命力已经燃烧净尽了。他不再进食，不再离开床铺，身躯迅速消瘦，只有思维还很清晰，一双眼睛像是冬夜的火炉，似乎他全身仅存的生命力都在瞳孔中燃烧。

晓东和小星终日守候在床前，耐心地柔声细语地劝他，"爷爷吃一点饭吧，您说过要陪我们走完环宇航行，您还说要帮我们带孩子，爷爷，您不能失信啊。"

老人内疚地说，"恐怕我要失信了，我已经累了，想休息了。按飞船年龄，我已经103岁了；若按地球年龄呢，应该是多少？"

晓东说，"现在飞船速度与光速非常非常接近，接近得飞船上的测速系统失去了意义，所以无法得出准确的时间速率。按估计，现在飞船上的一天已相当于飞船外的1100万年。累计起来，从飞船升空到现在，地球已过去34亿年了。"

老人说："你看，我已经是34亿零103岁的老怪物了，我真的该休息了。"小星机敏地反驳："这可不是理由，我和晓东也都是34亿零30岁的老怪物了，您看，咱们基本上是同龄人哩。还有我腹中的小宝宝，他只有四个月大，但也相当于飞船外的12亿岁老人，也是个老怪物呢。"

虽然身体已很虚弱，但老人仍不禁莞尔一笑。的确，生活在近光速飞船上，日子仍按正常节律那样度过，这时很难真正地想象飞船外那个比蜗牛还慢的世界。现在，飞船上的人几乎已达到了永生，但他已无福消受了，他就像战争结束前牺牲的最后一个军人。

不过他不后悔，一点也不后悔，他侧过目光看看屏幕，一颗接一颗恒星在屏幕上闪过，就像火车线旁的电杆，因为，在飞船上的一声"滴答"中，飞船已飞过了几百光年啊，他问孩子们：

"34亿年了，太阳是否已变成红巨星？地球是否已被红巨星吞没？"

晓东安慰他："不，太阳还不到变成红巨星的时刻。再说，34亿年后的人类谁知道发展到什么程度？真是难以想象，也许他们派的后续部队已在前边的路上等着我们哩。"

老人不再说话，闭上了眼睛，思绪已经飞回地球。晓东和小星不愿打扰他，轻手轻脚地离开老人的房间，两人低声商量着，该为老人准备后事了。

正在这时，飞船内响起刺耳的警铃，飞船的侧喷管突然自动点火，向左侧喷出赤热的火焰。飞船陡然向右急转，两人措手不及，全都跌倒在地。晓东立即爬起来，四肢着地向老人的房间爬过去。老人果然也被甩到地板上，幸而没有受伤，他把老人揽到怀里，老人睁开眼，声音微弱地问：

"怎么了？"

电脑图林先生急促的声音："船长！航程正前方一万光年处发现了一个黑洞，我已让飞船紧急转向！"

"做得好，谢谢你。"

晓东和小星都暗自庆幸，一万光年，飞船要一万年后才能到达——但在近光速飞船中，这只是8.7秒的时间。飞船内外的时间差使得飞船内的人，甚至电脑都变成了反应奇慢的树懒，对航程中的陷阱很难及时做出反应。这会儿，飞船勉强绕了一个弯，从黑洞旁掠过。飞船的观测系统在近距离内观察到了这个黑洞，它和一颗白热的恒星形成双星系统，并被恒星所照亮。黑洞吞噬着周围的物质，形成巨大的吸积盘。由于黑洞造成的强烈的空间畸变，使得盘的上下面都能被一个观察者同时观察到！这种多重成像的堆积，使得吸积盘看起来像一个奇特的草帽。草帽的前部非常明亮，草帽突起部则隐藏着一个半球形的黑体。

图林的声音："飞船已绕过黑洞，请问是否转回原航向？"它解释道，"如果再次点火，飞船的重氢存量将无法满足今后的减速。"

这也就是说，如果以后能回到地球身边，他们也不能停下，而只能从地球旁边飞速掠过了。晓东看看小星，没有犹豫：

"点火吧。首先我们要保证能回到正确的航线。"

另一侧喷管点火，飞船缓缓地向左转弯，回到原来的航向。

老人已陷入昏迷，脉搏极为微弱。两人轮流守在床边，轻声呼唤着他。夜里，老人忽然睁开眼睛，清晰地说：

"孩子们，我要走了。"

晓东和小星知道他的生命已不可挽回，便轻声告诉他：飞船上已准备了一具棺木，他的遗体将密封在棺木里，系缆在飞船外壳上。在飞船外零下270℃的寒冷中，遗体将被妥善冷冻，直到飞船返回地球。老人很欣慰，一波笑纹从脸上漾过：

"谢谢你们的安排。我先回去了。"

他永远闭上了眼睛。

九、童话

周涵宇的灵魂已脱离了躯壳，离开飞船，逆着来路向前摸索，就像一只循着气味寻找旧宅的老猎犬。

灵魂的旅行大概不受光速的限制吧。

他生长在内陆的小县城，17岁前没见过大海，所以不像海洋民族的孩子那样对大海有强烈的向往：无垠的海面，水天连接处的轮船，海鸥在天空搏击，招潮蟹在沙滩上横行，就连小小海贝那闪着珍珠光泽的内壳里都蕴藏着大海的无数秘密……他没有对大海的直观感受，但他另有地方寄托遐思、激情和幻想，那就是比大海更为浩瀚深邃的天空。

他曾躺在家乡的小山包上唱儿歌"青石板上钉银钉，千颗万颗数不清"，也曾在葡萄架下听老人讲牛郎织女的故事。小学二年级时，一位去北京天文馆参观的同学给了他一张活动星座图，这份价值一元的制作粗糙的礼物成了他的最爱。活动星座图是可以旋转的两个同心圆盘，上面一张留有一个椭圆形的透明窗口，旋转这个窗口，你就能看到冬夜、春夜、夏夜和秋夜的星座。他对这张图十分入迷。夜里只要闲暇，他就把图举过头顶，逐个寻找天上的星星：天鹰座 α 星（牛郎星），天琴座 α 星（织女星），大熊星座（勺星），小熊星座（北极星），天顶处美丽的北冕星座，蜿蜒绵亘的长蛇星座，还有猎户星座的三星，半人马座的南门二（离地球最近的恒星）……等到星座图用坏，他已经把所有的星座烂熟于心。

童年一份偶然的礼物能影响一个人的一生，从此他和宇宙星空建立了深深的恋情，而且从没中断或减弱过。中学时代他了解了爱因斯坦的超圆体宇宙论，这奇妙的理论令他心醉——只是，为什么没有人像麦哲伦那样，以亲身的旅行来证实它呢？

他为这个少年的奇想耗尽了人生。"夸父号"正在环绕宇宙飞行，航行还没有结束，只是他的力量已用尽了，他该休息了。他曾那么急切地盼望着飞出地球，现在他以同样的急切盼着飞回去。

人的思维恐怕也是一个超圆体吧。

十、天葬

周涵宇老人平静地去世了，他脸上凝着恬然的微笑。

尽管早有心理准备，晓东和小星仍然很悲伤。三人世界倒塌了，那个激情的、阅历丰富的老人走了，再不能给他们讲述老地球的故事了。

两个人细心地操办了老人的丧事。他们为老人净身，换上寿衣，把老人的遗体放在棺木里，垫上元宝枕。飞船里没有备香烛，两人便在灵前装上两颗灯泡做长明灯。在晚上的例行通话中，他们向地球通报了老人的死亡，当然这些通话不可能被几十亿光年之外的地球收到。停灵三天后，两人最后一次向老人告别，然后扣紧了棺盖。

晓东穿上太空服，推着棺木进了气密室。外门打开了，由于旋转船舱的离心力，棺木自己沿切线飞了出去，一根保险索飘飘摇摇地扯在棺木之后。晓东追上去，把棺木牢牢地连在船舱外壁上。零下270℃的酷寒将很好地保护着这具遗体，直到飞船返回地球。

替天行道

晓东抚摸着棺木,轻轻叹了口气。他没有告诉老人,由于躲避黑洞耗尽了能源,飞船已经无法减速,也就是说,即使他们能返回地球,而且地球仍安然无恙,他们也只能与地球擦身而过,永远无法叶落归根了。

这是他的第一次太空行走。对于无法取得补充的光速飞船,船上的氧气是十分宝贵的,由于太空行走必然造成气体的漏泄,又容易使太空人遭受辐射,所以在一般情况下,他们从未打开飞船的舱门。今天是特殊情况。他是以光速在太空中行走的第一人,也可能是唯一的一人。

他贪婪地观察着飞船外的太空。

经过昨天黑洞的重力加速,飞船的速度又向光速逼近了。他看着飞船前方的彩虹星环,忽然发现彩虹星环的光度大大减弱了。这可能是几天前就发生的事,但他们忙于躲避黑洞和为老人送葬,忽略了这一点。

这是怎么回事?星环的亮度仍然在显著地减弱,一分钟一分钟地减弱,他猛然想到了这种变化的原因。他不敢多停留,在心中同老人告别,迅速返回气密门。

狄小星正坐在驾驶椅上观看屏幕,也发现了舱外的异常。她看了看丈夫,在无言的交流中两人都明白了一切。屏幕上是经电脑复原的太空,飞速掠过的恒星形成不间断的光流,但现在光流逐渐暗淡。这一切都是在逃离黑洞后的 30 天内发生的,在这 30 天内,舱外的宇宙走完了最后的几亿年里程,宇宙之光开始熄灭了。狄小星捧着肚子中八个月的胎儿,偎依在丈夫怀里,忧伤地观察着屏幕。

他们使屏幕暂停,一帧一帧地走。光流复原成恒星,一个个互相逃离,并暗淡下去,在发出最后一道闪亮之后归于熄灭。不过恒星全部熄灭之后,宇宙背景并没有变成漆黑一团,因为不会衰老的光速粒子——光子和中微子脱离光源之后还在超圆体宇宙中永不停息地奔波,照亮了宇宙消亡后留下的太空尘粒。谢晓东说:

"小星,我们看到的是正在灭亡的宇宙,一个无限膨胀的热寂宇宙。"

"是的。"

"我们是从一个静止的时间码头去观察宇宙的飞速流逝。"

"是的。"

"我们是这个宇宙唯一的幸存者,因为我们是宇宙唯一的光速实体。"

"是的。"

"小星,我在想,如果真有上帝,那么他最可怜,因为他太寂寞了啊。"

小星仰起头吻吻丈夫,"晓东,不要太感伤了,孩子快出生了,我们陪着孩子等待宇宙的再生。它一定是很快的,等恒星重新闪亮时,也许孩子还没满月哩。"

谢晓东笑了:"你说得对,这倒使我想到了一个好名字,咱们的儿子就叫——耶和华吧。"

小星马上接道:"耶和华说,'要有光',就有了光。"

晓东也背诵着圣经上的语句:"耶和华说,'天上要有光体,在天上发光,普照大地。'这事就成了。"

两人笑着拥在一起,额头顶着额头。

十一、永远的老地球

两个月之后,一个男孩呱呱坠地。夫妻两人按照那一天的玩笑,真的把他命名为耶和华。不过这位"耶和华"与圣经上那位高鼻深目、长发披肩的老人可没有丝毫相似之处,他脸蛋皱巴巴的,皮肤粉红,小手小脚,不过哭声倒是凶猛而嘹亮。

晓东和小星都忙于照护孩子,已顾不上注意飞船外的情景。又是几亿年过去了,宇宙丝毫没有复苏的迹象。光速粒子仍在不知疲倦地奔波,但随着宇宙的膨胀,这锅粒子汤越来越淡薄,舱外越来越黑暗。宇宙的黑夜已降临,只是不知道是否有明天的日出。

小星的奶水很好,耶和华吃饱了,香甜地打着呵欠。当妈妈的心醉神迷地看着他,逗弄着他的小耳垂、小鼻子,有时喜悦地喊:"晓东,你看他在吮我的手指头呢。"晓东也在品尝着初为人父的喜悦,但喜悦之中难免有些苍凉。很可能他们三个是浩瀚宇宙中仅存的生命体。虽然飞船上的能量在躲避黑洞时用去大半,但剩余能量用以应付飞船所需还是绰绰有余的,至少可用

100年。那相当于飞船外的万亿年，时间真是不可思议的漫长——可是，在100年后呢？再说，难道他们一家就这样孤零零地永远活下去？

那恐怕会让人发疯。

每天晚上，谢晓东依然同地球通话，报告近况，包括儿子的近况。当然这纯粹是象征性的。现在已不是地球收到收不到电波的问题，而是根本没有这么一个老地球了。

但小谢依然每天如故。他绝对想不到，自己的努力会感动上帝，给他送来一份丰厚的回报。

耶和华可不管舱外的天翻地覆，照样慢条斯理地皱眉，哭泣，吃奶，撒尿——在他撒完一泡尿的期间，千百万年又过去啦！幸亏有了小耶和华，夫妻两人忙着照顾他，忘了对宇宙灭亡的感伤。既然感伤也无用，那就索性抛开它，全力倾注在耶和华身上吧。

这天，耶和华第一次睁开眼睛，向这个世界投去茫然的一瞥。年轻的父母很兴奋。晚上通话时没忘记把这个喜讯告诉地球。很奇怪，谢晓东忽然听到了微弱的呼唤：

"地球呼唤夸父号！地球呼唤夸父号！"

声音酷似周爷爷的声音。谢晓东真像是白日撞见鬼，惊得几乎跳起来。正在逗弄孩子的狄小星也听见了这两声呼唤，惊讶地转过脸。

呼唤声仍在继续："地球呼唤夸父号！你们2098年10月14日18时4分30秒发来的通话我们已收到。"

他们收到的是10天前的电波，按飞船上的时间推算，两者相距不足一亿光年。就像是久居暗室者不敢见阳光，两个人不敢相信这个喜讯。舱外的宇宙已进入茫茫黑夜，万物皆已消亡，难道唯有地球长存么？看来对方也十分了解这边的心理，开始做出解释：

"夸父号乘员，我们仍使用古人类语言与你们通话。我们在模仿周涵宇老人的口音，根据时间估计老人肯定已去世。我们谨以此表达对他深深的敬意。

"可能你们会奇怪，何以宇宙热寂后地球还会存在，其实这多半得益于你们的伟大创举。夸父号升空 10 年后，就有人提出了'光速地球'的设想；又经过漫长的 180 万年，这个设想终于实现。所以地球和夸父号一样，也变成了几乎不会衰老的光速实体……"

"光速地球！"两人惊喜得大叫起来。耶和华受到惊动，响亮地哭起来。那边继续说：

"六个月前，也就是宇宙时间 18 亿年前，地球曾偶然接收到你们的信号，不过信号随即中断。从那时起，地球就投入全力寻找你们……"

晓东和小星互相望望，紧紧拥抱，酸甜苦辣涌上心头。他们在明知无望的情况下坚持通话，这种宗教般的热诚终于有了回报。看来，上帝是存在的！

那边说："现在请立即改变方向，向地球方向靠拢！"

谢晓东迅速测定了电波的方向，向图林先生下了转向的命令："飞船只留下三天的能量，其余全部用于转向！"

飞船侧喷管喷出绚丽的火舌，飞船缓缓转弯，在黑暗的宇宙中向地球方向靠拢。那边的声音忽然提高：

"夸父号飞船，我们刚刚收到了你们 10 月 15 日晚 7 点 30 分的通话。地球与夸父号只有两个小时——当然指飞船时间——的距离了！"

地球的通话者十分激动，飞船上的人更不用说了。他们这会儿最感谢的是爱因斯坦，因为他的相对论所造成的时间速率减慢，使远隔几千万光年的人可以在两个小时相逢。狄小星频频亲着耶和华，"孩子，孩子。地球马上来了，我们马上要回地球了！"

亲爱的老地球啊！

地球和飞船的距离正在迅速缩短，现在，尽管回电仍有延迟，但双方已能艰难地对话了。那边忽然笑道：

"我听到了孩子的哭声，是耶和华的哭声！我还忘了恭喜你们呢！"

"谢谢！谢谢！"

在此后的对话中，谢晓东迫不及待地询问着有关地球的一切。地球告诉他，飞船现在所在的方位实际上离太阳系的原位置已经不远了。虽然恒星消亡后宇宙失去了定位的标志，但地球已发展出新式的空间定位技术。"顺便告诉你，宇宙超圆体理论早已得到验证，在夸父号升空 10 万年后，地球派出了性能更为优异的夸父 2 号，并早于你们返回地球。很可惜夸父 2 号没有遇到你们。"

谢晓东和狄小星苦笑着说："那我们的努力不是白费了吗？"

"没有白费，怎么能说白费呢。你们难道认为蒙古人种对美洲的史前探险是没有意义的吗？"

"谢谢你的安慰，我们不会沮丧的。至少，能返回地球这件事就足以补偿一切。对了，还没请教你的姓名呢。"

对方略微迟疑一下："你不妨称我周先生。我想应该告诉你，比你们多进化了 180 万年的地球人类早已不是原来的概念了。我们的外形、智力型式、婚姻生殖方式、进食方式乃至姓名、衣着，都是你们无法想象的。现在的人类处于共生态，你们所熟悉的单独的个体已不存在了。所以，"他半开玩笑地说，"在你们走下飞船前，请预先做好思想准备。"

谢晓东看看妻子，多少带点勉强地笑道："即使你们变成多足蠕虫，我们也会很快习惯的，反正我们知道你们是地球人类的后代，是地球文明的继承人，而且，你的这些对话多么富于人情味儿！"

对方也笑了："当然当然。尽管有了根本性的变化，我们仍是人类呀。"

谢晓东和妻子对视一眼，没有就这个话题往下说。他们的心里多少有些担忧。回到 180 万年后的人类社会，不是那么容易适应的。但他们也很快找到了自我安慰的理由，毕竟，这比回到 500 亿年后的人类社会要强得多吧。

依电波的往返时间测量，地球离这儿已经很近了。对方说："请你们打开所有的灯光，好吗？地球现在已点亮了所有的灯光，准备与你们会师。"

狄小星突然惊喜地喊："看哪！"

在黑暗的宇宙背景中忽然钻出一个小小的亮点，像针尖一样刺破黑暗。亮点极其迅速地扩大，很快变成了圆盘，变成了巨大的亮球，占据了半边天空。它是那么璀璨，那么耀眼，看起来像是一个透明的发光体。地球继续逼近，白亮的强光中开始分解出绿色和蔚蓝，绿色无边无际，蔚蓝无垠无限。

绿色和蔚蓝之中是高与天齐、奇形怪状的建筑，在建筑物的上方，是一个环绕整个地球的透明的天球。天球并不是绝对透明，上面流淌着七彩的晕霞，缓缓扩展，变幻，消失，重生。两人入迷地看着，总觉得这些晕霞的变化似乎和他们有心灵感应。

谢晓东也打开了飞船上所有的灯光，当然比起地球来说差远了，那就像是皓月之下的一个萤火虫。但在黑暗的宇宙中，有这么两个发光体互相呼应，足以在人的心里激发出一种温馨的感觉。光速飞船和光速地球现在并肩飞行，两者速度差别很小，所以基本上处于相对静止。飞船进入地球的重力场，飞行方向开始向地球倾斜。地球上的那位先生说：

"夸父号，请开始降落吧。"

地球的透明罩有一处打开了，露出一个圆形孔洞，孔洞对着一个巨大的十字，那是飞船降落的基准。谢晓东说：

"四天前我们为躲避一个黑洞，耗尽了能量，现存的能量已不足以降落了，我想你们得派一艘救护飞船。"

"不必要，我们已在降落场开启了反重力装置。"

"反重力装置？"

"对，反重力装置，你尽管大胆地朝十字中心冲过来吧。"

谢晓东心中忐忑着，用仅余的能量调整航向，向着十字中心"冲"过去。在重力作用下，飞船下降速度越来越快，但在越过地球的透明罩之后，速度忽然稳定下来。现在，他们就像是乘坐高速电梯，平稳匀速地下降。舱外景色美不胜收。越过透明罩盖之后进入了松软洁白的云层，几艘形状奇特的飞行器完全不顾重力规则，在天空中疾速飘移。天空的辉光拼成通天彻地的大字：欢迎夸父号的英雄们归来！然后是建筑物，它们有的在空中飘浮，与地面没有任何联系；有的从地面长出来，探头在云层中，随着微风轻轻摇摆，这些奇特的建筑超过了两人的想象力。谢晓东忽然想到一个问题：

"周先生，恒星都熄灭了，地球从哪儿索取能量？"

对方简捷地回答："能量是可以创生的，只要把伴生的负能量及时处理掉就行。等你们回到地球再补课吧，180万年的进步不是三言两语能说完的。

再次提醒你们,地球人的外形已有了很大变化,你们见到欢迎人群时不要吃惊。"

夫妻两人对望一眼,不知怎的,他们始终对此心中忐忑。当然,新地球人绝不会有任何恶意,但以后要生活在异类生物中——这事始终让人别扭。谢晓东勉强笑道:

"我们已做好思想准备啦,不必担心。噢,对了,飞船外系缆着周涵宇先生的遗体,请你们小心。"

"不必担心,反重力场万无一失。"

飞船平稳减速,落在降落场上。两人心潮激荡,激情难抑,时隔12年之后,或者说,时隔470亿年之后,他们终于要踏上地球的土地了!耶和华可不管大人的感受,他刚哐完奶,闭着眼睛睡得十分香甜。小星抱上他,丈夫搂着她的腰身,一同走出了舱门。

在他们看到欢迎人群前,首先看到的是三个人:白须飘飘的周涵宇老人,身边偎依着两个16岁的少年宇航员,那当然是他们两个。三个人脸上漾着灿烂的微笑,频频向他们招手。晓东和小星稍稍愣了一下,难道地球人的高科技把周涵宇老人复活了?又为他们克隆了两具替身?不过他们随即就明白了。那三人站在一个高高的基座上,上身可以动作但脚下不会移动,他们的身躯也比正常人大了几倍。看来这是地球人为纪念夸父号船员所修的塑像,不过塑像在某种程度上是活的。

两人定定地看着老人,心中甘苦交加,他们真想扑到老人怀中去哭去笑,想把怀中的耶和华递到老人怀里,让老人亲亲他光滑柔嫩的小脸蛋。之后他俩才看到雕像基座旁的欢迎人群——天哪,180万年后的后代竟然是这么一种模样!不过他们没犹豫,走下舷梯,向那群姿态各异的生物快步走去。

拉克是条狗

一、孟茵手记

拉克一岁

我上初中之前爸爸就去 401 基地了，他是那儿的首席科学家兼副总指挥，忙得很，一年最多能回一次家。我在电话里埋怨他："你再不回来，我把你的模样都要忘啦。"爸爸对我很歉疚，每年春节回家时，总要给我带一个"最好的礼物"来做补偿。初二暑假他提前打电话问我，"今年你想要个什么礼物？"我说，"往年你送的电子玩具我已经玩腻了，今年想要个活的礼物。"妈妈连忙反对：

"世杰你可别听她的！弄一只宠物，又要招呼它拉屎撒尿，又要洗澡捉跳蚤，依茵茵的懒骨头，肯定两天就烦了。我可没时间替她管。"

我笑着说："所以嘛，我不要一般的宠物，要一只聪明的、能自己照管自己的小狗。"

爸爸认真地问："说吧，你要它有多聪明？"

我说："至少会自己去厕所解手，最好能懂人话——不是只听懂简单的命令，而是真的听懂大人的话。我想，这对著名大脑工程学家孟世杰先生来说肯定不算难事，对不对？"

爸爸的专业是提升黑猩猩的智力，让它们代替人类去做某些危险工作，比如深海潜水或太空探索。他笑着说：

"没问题！你若是要一只比牛顿或罗素还要聪明的小狗，我会很为难。依你说的这种智力等级，那是易如反掌。"

"真的？"

"真的。在生物学家眼里，人类与其他哺乳动物的大脑并没有太大的差别，只需要在小狗胚胎发育期间，对它的成脑基因来点电刺激就行。"

春节爸爸回家时，真的抱来一只黑色小伢狗，六个月大，肉团团的非常可爱，两只黑亮的眼睛十分聪慧。穿着一条大方格的开裆裤，活像一个幼儿园大班的小男孩。爸爸拍拍小狗的脑袋，指指我：

"喂，拉克，这是茵茵，你的小主人。来，闻闻她的味儿。"

拉克一点儿不认生，围着我转了一圈，用力嗅着鼻子，然后肯定地点点头。爸爸说它点头就是表示认准新主人了，嗅觉是狗的第一感觉，狗依据气味来认人，就像人们是依据相貌。我怀疑地问：

"它真的很聪明？"

"当然！咱们当场试验。来，拉克，按英国绅士的礼节，吻吻茵茵女士的手！"

我伸出右手，拉克立即用两只狗爪子捧住，伸出舌头湿漉漉地舔起来。我和妈妈笑得肚子疼："这就是你的英国礼节？快停下快停下，我身上出鸡皮疙瘩啦。"

爸爸又命令："拉克，到厕所解手去！"拉克没有响应这个命令，仰头看着爸爸，一脸为难的样子。爸爸笑着问："是不是这会儿没屎尿？没关系，你只用表演一下就行。"

拉克显然听懂了，顺顺当当跑到厕所，蹲到马桶上，用嘴拉下马桶座圈，蹲在上边，龇牙咧嘴地挤出几点尿。我和妈妈都乐坏了：

"真聪明！它能听懂人话，还会自己放马桶座！"

拉克还很有教养呢，小便后又用嘴巴把座圈顶回原位，然后从马桶上跳下来，一副得意扬扬的样子。

"咱拉克的聪明还多着呢，去，把你新主人的鞋子衔来，就是那双奶白色的。噢对了，"爸爸朝我调皮地挤挤眼，"只要左脚鞋，听清了没？"

我和妈妈都不相信它能听懂这个命令，就是能听懂，它能分得清左鞋右鞋？两人好奇地盯着它。它跑到门口，在几双鞋子前犹豫着，抬头看着爸爸。爸爸故意仰起头不理它。它用小小的狗脑瓜想啊想啊，终于叼着我的左脚鞋跑过来。这可把我和妈妈都乐坏了，我紧紧搂着它，亲它的小鼻头，开心地夸它。拉克的得意劲儿就不用提了。

爸爸说拉克从血统上说只是一只普通的太行犬，不是什么名贵品种，但我根本不在乎什么血统。我问：

"等拉克长大，会不会更聪明？比如说，会不会解代数方程？"

爸爸说，拉克只做了初步的智力提升术，最终只能达到六岁孩子的智力。但即使如此，它也是狗族中第一个走出蒙昧的"幸运者"。可惜犬类做声带改造手术比较困难，这次没有做。所以，它虽然能听懂人话，但永远是个哑巴。

我对爸爸的礼物非常满意，连开始持反对态度的妈妈也喜欢上拉克了。那天，全家的话题都集中在拉克身上。晚饭后，我们照例打开电视看新闻联播。看完新闻，爸爸到书房给熟人打电话，我和妈妈接着看连续剧。刚开始看，拉克忽然吠起来。我说：

"拉克别叫！我们都陪你玩一天了，你自觉一点，别妨碍大人看电视！"

拉克不听我的话，很生气地继续吠叫，而且叫声越来越响。爸爸听见了，跑过来笑着说：

"忘了告诉你们，拉克每天晚上要看一集动画片，这是老规矩，雷打不动的。"

我和妈妈正看得热闹，不想换台，但俺俩咋能拗得过拉克呢，我只好气哼哼地换到少儿频道。拉克立即安静了，两眼圆溜溜地盯着屏幕，直到这一集"奥特曼"演完。我家虽有两台电视机，但数字式机顶盒在同一个时间只能调出一个节目。过去，在节目选择上我和妈妈也闹矛盾，妈妈总是让着我，遥控器老是被我霸在手里。现在妈妈取笑我：

"好哇，有了拉克，以后茵茵得靠后站了！"

我不情愿地咕哝着："哼，我能和它小崽子一般见识？"

拉克这样聪明可爱，我真的拿它当小弟弟看待。我让妈妈买了一张儿童床，放在我的游戏室里，还备齐小被子和小枕头。晚上拉克与家人摆摆尾巴告别，自己跳到小床上睡觉。不过它不会像人那样躺下睡，老是蜷在被子上，脑袋枕着自己的前爪，我给它置备的被子枕头都白费了。对了，它还不会穿脱裤子，以后这成了我的日常工作。虽然妈妈常说我是个懒骨头，这个评价没有冤枉我，但晚上伺候拉克脱裤子洗澡我从来不烦。拉克最喜欢玩水，一进澡盆就不愿出来，玩得欢天喜地。比较烦的是早上，我得上早自习，时间紧，有时我会忘了给它穿裤子，这时拉克就一声接一声不耐烦地催我。特别是它长到一岁之后，从发育上说相当于五岁男孩，如果你忘了给它穿裤子，它就赖在床上不下来，用吠声焦急地唤我。我对妈妈说：

"妈，它一定是长大了，知道害羞了，不愿光屁股出门啦。"

妈妈也笑："这个小东西，比人娃儿还鬼灵！"

拉克很快成了全班同学的心尖儿，男生和女生难得地空前一致。同学们没事就往我家跑，给它带来各种美食，也争着教它新本领，星期天领它去郊游。等拉克整一岁时，男生黄强骄傲地宣布：他已经教会拉克算100以内的加减法。开始我不大相信。记得哪本书上说过，小狗算算术其实都是假的，狗的观察力很强，假如主人命令它算二加三，那么，等它吠到第五声时，主人的表情会有下意识的变化，"喂，就是这个数，可别往下吠了！"聪明的狗狗能观察到这些细微迹象，从而停止吠叫。所以，实际上不是狗狗在算，而是主人在替它算。黄强坚决反对我的说法，说他"以脑袋打赌，拉克真的会加减法"。后来，我们对拉克做了相当严格的测试，包括用黑布蒙住它的双眼。测试完毕，黄强果然保住了脑袋。

这么说，拉克真是一只聪明的狗狗，它的智力已经不弱于六岁孩子的水平——可是按爸爸的说法，这也是它的智力极限，它的"聪明化进程"到此就会终止了。想到此，我心中隐隐的不好受。其实我也知道，拉克能有这样的智力，在它的同类中已经很幸运了。还有一点让我心中不好受，爸爸说，狗狗的寿命一般只有15年，类比一下，它的一岁大致相当于人的五岁。也就是说，等我二十八九岁时，它的寿命就要到头了，就要同我永别了，一想到这个前景我就十分感伤。但是没有办法啊，天命不可违。我和它属于两个物种，就像生活在两个不同步的时间管道中，只能眼睁睁地看着小拉克加速成长，在年龄上赶上我，超过我，迅速坠落到那个谁也逃不掉的死亡黑洞中去。

爸爸临走让我替拉克写成长日记，以便留作研究资料。不过，知女莫若父，他知道我一向手懒，自动改口说：

"你一个月写一篇就行。什么，连这也不能保证？那，至少一年得写上一篇吧，这已经是最低要求了。"

爸爸送我这么好的礼物，我当然得给爸爸这点儿面子。所以，今年我很用心地写下了这篇"年记"。

拉克两岁

拉克又大了一岁，按爸爸说的那个时间类比法，它相当于从五岁小屁孩长成了十岁的大男孩。爸爸说它将终止于六岁孩童的智力，依我看这个说法不一定对。比如说，现在拉克看电视的口味已经进步了，它仍然酷爱动画片，晚上那个时段铁定是属于它的，谁也别想争；但它不再喜欢《天线宝宝》《快乐星球》和《奥特曼》这类幼儿故事，而是爱看《狮子王》《怪物史莱克》和《宝莲灯》。也爱看《动物世界》或《人与自然》栏目。我发现它特别喜欢其中一部科教片：《狗的历史》——几万年前，原始人的营地里，一只离群的幼狼在篝火的阴影里逡巡，捡拾原始人扔掉的骨头，悄悄盯着温暖的篝火，既惧怕又向往。慢慢地，它和一个原始人小男孩成了朋友，晚上信赖地偎在男孩的腿边。时光荏苒，小男孩长成健壮的男人，小狼也长出一副健硕的身躯，帮他看守牛羊，猎捕野兽，包括猎捕它曾经的同类。一代一代过去，狼脸变成狗脸，下垂的尾巴翘了起来，于是人类在动物世界里有了一族最忠实的盟友。

不知道拉克能否真正理解这个故事的含义，反正它看得非常入迷。我把这个节目录下来，反复为它播放，拉克一直看得津津有味。

还有一件事也说明拉克长大了。春节过后，大约是四月份，那时拉克的年龄相当于七岁的孩子。为它穿裤子时它忽然变得很焦躁，老是吠个不停，用那双聪慧的狗眼恳求地望着我和妈妈。我俩竭力猜它的心思：是不是这条裤子太紧？是不是它不喜欢这个颜色？不，都不是。我们越是猜不到，它就越烦躁。妈妈无奈地笑道：

"嗨,养个哑巴儿子真难哪。"

我看它老是抓裤子的裆部,灵机一动:"妈,它是不是长大了,不愿再穿开裆裤?"

妈笑了:"哪能呢,要是这样,它真成个人精了。"

但拉克的叫声马上从烦躁变成喜悦,对我连连点头。我说:

"妈,我猜对了!你看它的表情,我肯定猜对了!"

妈不相信,侧着头认真看拉克的眼睛:"拉克,你真的不想再穿开裆裤了?"得到肯定的回答后,妈苦笑着说,"拉克真的长大了,知道遮羞了。可你没办法穿刹裆裤,你没有手,不会解扣子。我和茵茵不能老跟在你身边,你想拉屎撒尿怎么办?"

拉克也不知道怎么办,但它仍伤心地吠着,目光殷殷地看着我俩,让人不忍拒绝。我想了一会儿,说:

"妈,我有办法!你记不记得,拉克咋用后爪给肚子那儿搔痒?我给拉克设计一种裤子,让它能自己解扣子。"

那天晚上,由我指导着,妈妈为拉克做了一条很特别的裤子。当然是刹裆的,前裆处用尼龙扣代替扣子。尼龙扣的位置尽量往前提,放在腰部中间。在这个位置,拉克可以用后爪,或牙齿,把尼龙扣扒开或合上,这样,它拉屎撒尿就可以自己进行,当然了,穿裤子脱裤子还得我们帮忙。妈一直干到晚上12点才把新裤子做好,我和拉克都不睡,耐心地在一边等。裤子做好了,我为拉克穿上,又教它自己解扣。聪明的拉克很快掌握了要领,可以熟练操作。它第一次穿上这件"大人衣服",非常高兴,一个劲儿地舔我和妈的手。妈拍拍它的脑袋说:

"行啦,不用可劲儿拍马屁啦。时间不早了,赶紧睡觉吧。"

第二天是星期天,我把这件事打电话告诉爸爸。我说,依拉克的心理脉络看来,它的智力肯定超过六岁孩子了。爸爸对我的判断不大在意,应付地说:

"真的吗?那我太高兴了。咱们的拉克已经长成大姑娘了,知道害羞了。"

"什么?你说什么大姑娘?"我简直不敢相信自己的耳朵,看看屏幕上的爸爸，再低头看看腿边的拉克，"爸，拉克是个男孩！"

爸爸有点难为情："瞧我这记性，瞧我这记性！不过，去年我只顾操心着如何做智力提升手术，确实没在意它的公母。"他解嘲道，"这不奇怪，专家型的人都是这么个秉性。包括当年的相马专家伯乐，他为秦穆公相马时，也是只知道马的良劣，却把黑色公马错记成黄色母马了。"

我生气地说："对拉克别用'公母'这样的说法，我听着嫌刺耳。应该说它是男的，是个小男孩。再说，你说的那个专家不是伯乐，而是九方皋。你的历史知识不怎么样。"

我确实生气，虽然我知道爸爸日理万机，但他竟然弄错拉克的性别，这个错误实在不可饶恕。我想拉克肯定听懂了这段对话，眼神显得非常失落。它冷冷地踱到一边，赌气不再看屏幕上的爸爸。爸爸和解地说：

"看，小拉克也生气啦。茵茵，爸爸错了，替我向那位可爱的'小男孩'赔罪。我这会儿正忙——基地很少有星期天——必须挂电话了。"

爸爸把电话挂了。我搂着拉克的脖子，替爸爸解释了好久，但显然没能解开拉克的心结。春节爸爸回来时，特意带了几张高密度碟片，全是好看的动画片，算作对拉克的赔罪。但拉克对他仍是冷冷淡淡的。我知道，爸爸把它的心伤得太深了。这不奇怪，如果爸爸弄错我是男孩还是女孩，我同样不会原谅他。

拉克三岁

日月如梭，转眼间我已经是高一学生。拉克也长成健壮的大黑狗，一身皮毛黑得发亮，四肢粗壮，嘴短唇正，尾巴高高耸起。按爸爸的时间类比法，它已经是15岁的大男孩了。现在我完全可以断定，爸爸说拉克"将终止于六岁孩童的智力"，这个结论肯定不对。拉克早就能听懂人话，比如能听懂"把那只皮鞋衔来"这样的命令，不是那种低层次的理解，而是逻辑上的理解，大人式的理解。

我和拉克一块儿看 DVD 的一次经历让我确认了这一点。那天看的是聊斋故事《青凤》，写狐女青凤与狂生耿去病的爱情故事。我按错了声道，播出的是英文对白。我的英语水平虽然不能完全听懂，不过屏幕上有中文字幕，所以我没在意，自顾看下去。但身边的拉克渐渐坐不住了，不停地扭动身子，不耐烦地吠着。看我没反应，它干脆歪过头来，用力扯我的衣角。我终于明白它的意思，把DVD换到汉语声道。拉克马上安静了，聚精会神地看下去。

这么说来，它并不是纯粹的"看"热闹，应该能听懂对白，理解故事的脉络吧。这显然超过六岁小孩的理解力。我好笑地看着它聚精会神的样子，心想这么个小不点儿，也能看懂人与狐的爱情？

拉克小时一直由我帮它穿衣洗澡，现在它长大了，再由我干这事不大方便，毕竟它是个"男孩"，这个任务就转给妈妈。妈妈上班时间很紧，早上要做饭，又要为它穿衣服，忙得一溜小跑。但从没人提议它别穿衣服了，对于拉克的心智来说，像其他狗狗那样光屁股上街是绝对不行的。

这天早上，妈妈高兴地喊我：

"茵茵，茵茵！拉克会自己穿衣服了！我刚才去给它穿，它已经穿好下床了！"

"真的？"

当然是真的。衣冠整齐的拉克已经出了它的卧室，故作平静地在我们旁边溜达，目光中的得意藏也藏不住。我们越是惊叹，它越是得意。第二天早上，我从门缝里偷看它怎样穿衣服，实际上只有裤子，原来那是一件相当艰巨的工程。拉克先用前爪和牙齿把裤子平铺在床上，把左右裤片摊开，再蹲坐在裤子上，身体一耸一耸地向下退，这么着把两条后腿插到裤筒里。然后仰面躺到裤子上，用力弯腰，用嘴巴把左右裤片拉到肚子上，再把尼龙扣压合。用狗嘴代替人的双手来干这件事，其困难可想而知。好在它脊椎灵活，嘴巴又长，总算把这件活对付下来了。看它的动作，我敢肯定它已经练了无数次。我推开门，高兴地抱住它的脖子：

"拉克，你真能干！说吧，你瞒着我和妈妈练了多少次？是不是想给我们一个惊喜？"

拉克两眼放光，咧着嘴，龇着白牙，喉咙里发出呃呃的声音——这就是它的开怀大笑了。

那天到饭桌上我和妈妈还在一个劲儿夸,说拉克真是个懂事的大孩子。对了,我一直没说拉克是怎么吃饭的。它和我们同桌吃饭,饭盆放在餐桌上,它蹲在一张和桌子等高的高座上,在饭盆里舔食。我们一直把它看成家中平等的一员。

不过我难过地发现,长大的拉克失去了很多童年的快乐。过去我的空闲时间比较多,一有空儿就领着拉克到处疯,到处野。但我上高中以后,大部分时间困在学校,连星期天也常有补课,只有在吃饭时和睡觉前同拉克亲热一会儿。过去我上学时,拉克常跑出去同邻居的狗狗们玩。拉克不嫌弃这些傻同类,玩耍时懂得迁就它们,就像聪明的大哥哥宠着一群弱智的小姊妹,和它们闹得昏天黑地,然后喜洋洋地带着满身尘土回家。现在,拉克长大了,不再和它们玩了,顶多卧在我家门口,用"大人"的眼神平静地居高临下地看着一群傻狗在空地上疯闹。那些狗狗好像也知道自己同拉克的距离已经拉远了,不再来找它。

只有一次,一只叫白毛格格的母狗小心地走过来,边走边用畏怯的目光打量拉克,见拉克没有拒绝,就一直走到拉克身边,在它身上蹭蹭,嗅嗅它的裆间,又吻吻它的嘴巴。就在这一瞬间我忽然想到,拉克已经性成熟了。书上说,狗的发育很早,在发育上不能用那个"一岁相当于五岁"的类比法,七个月就可以交配,两到四岁时是最好的交配年龄,而拉克已经快三岁了。这些年来,我习惯于拿人类的标准来看拉克,把它看成三岁的小不点儿,没有意识到它早就是"成人"了。

我有点紧张地盯着拉克,看它怎样回应母狗的求爱。我感觉到它已经耸起背毛,马上会跳起来,蹭母狗的身体,闻它的裆间,然后按上帝赋予它的本能去交配……但拉克没有动,姿态僵硬地卧着。也许它正在用极大的毅力克制着本能冲动?白毛格格蹭了很久,没有赢得对方的回应,失望地离开了。

我心中像打翻了五味瓶,说不清道不明的难受,因为这个瞬间我想到了拉克的"人生"。拉克不愿放纵动物本能,这说明它确实有了人的理智。但它今后该怎么办?世上没有智慧相当的雌狗来做它的妻子,它太孤单了啊。我也第一次感到困惑——我让爸爸培育了聪明的拉克,这对它本身来说,究竟是"幸运",还是"厄运"呢。

第二天,趁拉克不在家时,我同爸爸通了长途电话,我说:"拉克太孤单太可怜,你能不能再培育一只有智慧的母狗,给拉克做伴?"爸爸大摇其头:

"茵茵,你把问题想得太简单了。我当然能再培育一只聪明的母狗,但你能保证它一定和拉克合得来?再说,即使它有妻子,建立了家庭,就不孤单了吗?那个家庭仍然是孤悬于人类社会之外的。这是牵一发动全身的事。"

我想爸爸说得对,我这种做法实际是包办婚姻,不一定能给拉克带来幸福:"爸爸,那你说咋办?"

爸爸说:"除非建立一个完整的狗人社会,但这是不可能的,至少现在不可能。茵茵你别急,等我考虑考虑,春节回家再说吧。"

但春节爸爸回来时,根本没有提这件事。他大概以为我已经把这事忘了。我当然没有忘,前前后后地追着他问。爸爸先是搪塞,被我追得没办法,只好实话实说:

"科学家可不能像你这样多愁善感,为了推动文明之车前进,有时不得不狠着心肠。你知道我在培育黑猩猩太空人,什么目的?告诉你,是要它们代替人类去送死,因为深太空探险都是一去不回。这样做是不是有点残忍?确实不假。但不让黑猩猩去送死,就得让人类宇航员去。所以,为了人类的利益,这个项目还得做下去。"

这番话让我彻底失望。爸爸所从事的工作已经把他的心淬硬了,他不会在乎"小姑娘的多愁善感"。他连拉克的性别都记不住,你能指望他把拉克时刻放在心头?

爸爸是拉克的第一任主人,往年他回家时,拉克会欣喜若狂,摇头摆尾地贴在他身边,甚至把我都暂时冷落了。但从去年起,就是他说错拉克的性别之后,拉克明显对它冷淡了,今年更甚。而爸爸确实忙,过了初五就匆匆回基地,没时间和拉克亲热。我真为拉克鸣不平。

爸爸说,这本"拉克成长年记"要留作他的研究资料,总有一天他会看的,那么我就让他看看女儿的抗议:

"爸,我非常不满你对拉克的薄情。你在女儿心目中的伟大形象已经有点褪色了,你可千万得警惕!"

拉克四岁

我简直不敢再用那个"时间类比法"来为拉克计算可比年龄。算下来,今年四月是一个临界点,到那时它就相当于人类的 17.5 岁,正好与我同龄,以后就要超过我了。在两个不同步的时间管道里,今后我只能跟在它的后边,看着它的背影越来越远。

拉克长成十分剽悍的大狗,身高几乎到我的腰部。我现在不大领它上街,一则高中学习太忙,二则——姑娘家身后跟着这么一位赳赳武夫,似乎也不是那么回事,它更应该是男孩子的亲随。不过,星期六晚上我和同学们结伙儿玩耍时,肯定会带上它。同学们都喜欢它,拉克也十分看重这一周一次的集体活动。星期六早上如果我告诉它今晚要出去玩,那它在整整一天时间里都会很亢奋;如果告诉它今天要补课,玩不成了,它就显得蔫头蔫脑,一整天打不起精神。我非常理解它的快乐和忧愁,因为它已经不和同类玩耍,平时太孤单了。所以,只要有可能,我每星期至少组织一次活动,让它玩个痛快。

但我做了一件大大的错事,让拉克非常伤心的事,我一定要原原本本记下来,作为我真诚的道歉。那是夏天的一个星期六下午,放学后,刘凌、何如雪、黄强等七八个男孩女孩照例去我家,准备带上拉克再出去玩。一路上同学们说说笑笑,只有我有点女孩子的心事——例假来了,这次来得比较猛,偏偏我穿的又是一条比较薄的白色超短裙,我得赶紧回家整理一下,以免尴尬。

还未走到我家院门,拉克就听到了,兴奋地用嘴拉开院门,迎过来,摇着尾巴撒欢儿。忽然它一愣,停在我身边,把鼻子伸到我的大腿处用力嗅闻。不用说,它是闻到了血的味道。这不奇怪,狗鼻子的嗅觉感受器是人类的 40 倍,发现气味的能力是人的 100 万倍,所以,这会儿拉克的举动是情理中事。问题是它当着同学的面嗅个不停,弄得我相当尴尬。我低声喝道:

"拉克,别闻了,别闻了!"

拉克今天的反应比较迟钝,仍贴着我,鼻翼抽抽着,一脸困惑的样子。

同学们假装没有看到这一幕,但我知道这是为我遮掩尴尬。我一时情急,踢了拉克一脚,低声斥道:

"你这个蠢东西,快滚!"

干完之后我就后悔了,因为我过去从来没有对它这样粗暴。拉克一愣,目光立即暗下来,冷冷地看我一眼,转身离开。我没时间安抚它,赶紧跑到卫生间整理一番。等我出来,同学们正围在拉克身边逗它,而拉克沉着脸,对大家不理不睬。我喊它跟我们出去玩,它也不理。我生气地说:

"你个蠢东西,气性倒不小哩。走,咱们走,别理它!"

我们到郊外玩了一会儿,今天没拉克,大伙儿玩得不大尽兴。晚上我回家,妈妈一见面就数落:

"茵茵你咋个惹拉克了?你们走后它一直闷闷不乐。"

我生气地说:"不理它!自己干错事,还怪别人。"

我真的没理它,自顾回屋睡觉,但睡了一夜我想开了。拉克尽管聪明,仍然是一只狗而不是人类,它的行事要遵循狗的本能,比如靠嗅觉而不是靠视觉来认人,我干吗苛求它呢。再说,虽然它让我在众人面前尴尬,但我当着众人的面踢它,更是严重冒犯了它"男孩子的尊严"。两相比较,我的不对更多一些。我得向它真心认错。早上一起床我就跑到它的卧室,拉克正在穿裤子,见我进去,立即加快速度,匆匆穿好,跳下床,闷着头跑到客厅,卧在地板上不理我。我追过去,也趴在地板上,与它头顶着头,笑着说:

"拉克,看着我,用两只眼睛看我!现在我要向你正式道歉,昨天是我不对,以后我再不会这样了。你能原谅我吗?"

拉克的目光慢慢变暖了,开始舔我的手。

我小声补充一句:"不过以后你也不要干昨天的傻事,行不?"

看它难为情的样子,它肯定知道我说的"傻事"是指什么,我也就点到而止。我们俩很快和好如初。接受了这次教训,我很小心,再没伤害过它的自尊,而它也很注意不再干"傻事",甚至有点矫枉过正。比如,拉克酷爱吃炸鱼,过去妈妈为它炸了小鱼,我会高高地拎着鱼尾巴逗它:"拉克给我跳一个!"拉克会轻松地一次次跳起,从我手中把鱼夺走。现在呢,不管再逗它,它仍然安卧不动,那张狗脸上分别写着:"你这种小孩子的游戏,拉克我就不奉陪啦!"弄得我很扫兴。还有,过去它一高兴,就会大摇尾巴。现在很少这样干了。它肯定认为,摇尾巴是狗狗们才会干的"傻事"。

拉克五岁

我今年18岁,上高三。身体还在蹿高,去年穿的漂亮衣服,今年就穿不成了,只能忍痛丢弃。拉克的身体则早就定形,妈妈为它做新裤子,照着去年的旧纸样下剪就行。它长得虎背熊腰,绝对是狗中的佼佼者,对异姓很有杀伤力。但近处的母狗已经熟知它的冷面无情,一般不来亲热它。如果拉克跟着我们出远门,路上常有母狗颠颠地跑过来,在它身上又是嗅又是蹭。拉克对此不理不睬,被缠得急了,就怒吼一声,把求爱者吓得"夹着尾巴逃跑"。

终不成拉克要孤独一生?我不甘心,就动员了妈妈,一块儿向老爸施加压力。我们态度强硬地责令他,尽快培育一只与拉克智慧相当的雌犬,哪怕这件事涉嫌"包办婚姻"。老爸答应了,五月份他打电话说,一只做过智力提升术的雌性太行犬已经出生,命名为黄花花。春节期间他会带着那只狗狗回来。等黄花花长大一两岁,拉克就能和它建立家庭了。

我把这个好消息告诉了拉克。它聪慧如人的瞳孔中泛起欣喜的涟漪,我想它是听懂了,不过我说不准。可惜拉克不能向我诉说它的内心世界,它没有人的声带来说话,没有人的双手来写字,我和它的交流从来是单向的。至于拉克心里究竟想的什么,或者它对我的话能理解到什么程度,只能靠猜测。正像妈妈的那句调侃:养个哑巴儿子真难哪。

暑假里我萌生一个大胆的想法:能否教拉克认字?如果能教会它认字,就能教会它用键盘打字,用狗爪子也能敲键盘,就是速度慢一些。那样,我们的交流就是双向的了。我在长途电话中对爸爸说了这个想法,爸爸很感兴趣,说等我把高考考完,他一定大力支持我进行这项研究。

就在这个电话之后没几天,拉克捅了一个娄子。

那天我和几个同学带拉克出城玩,在路上碰到一花一白两只狗,都是本地品种,其中花狗长得比拉克还要威猛。它俩肯定是一公一母,因为它们正

替天行道

在跳着狗族百万年来延续不变的求爱双人舞：互相嗅一嗅，蹭一蹭，擦擦嘴巴，摇摇尾巴，追追逃逃。等双方情投意合时，花狗半立起身子，俯到白狗的后身上。这就是俗称的"狗打圈"，旁边有几个闲汉兴致勃勃地观看。我们几个同学，尤其是女生，都有足够的自尊，逢到这种事都把眼皮一耷拉，装着没看见，加快脚步匆匆离开。我们已经走过去了，忽然发现拉克没有跟来。它仍停在原地，背毛耸起来，恶狠狠地瞪着那两只狗。我察觉到拉克的神情不对，还没来得及反应，拉克已经恶狠狠地扑上去，对着花狗张嘴就咬。花狗被咬伤了，肩胛处鲜血淋淋。但花狗也不是善主，哪能受得了如此无理的挑衅？它暴怒地冲过来，把拉克冲得在地上打了几个滚，又扑过来，用前爪按住拉克，对着它脖子张开利齿。情急中我忘了危险，尖叫着冲过去，用手中的女式挂包使劲打花狗。花狗没把我放在眼里，玩儿似的一扭头，在我小腿上留下几道齿印。

　　拉克再度冲过去，准备舍命相搏。这时一个光膀子中年人从院里冲过来，喝止了花狗，我也喝住拉克。一场殊死战斗总算被制止了，下面得赶紧处理善后。我检查一下，拉克身上没有伤，再说它打过狂犬疫苗，不会有危险。但我的腿上已经见了鲜血。我问花狗主人，它打没打过狂犬疫苗？那个中年男人脸色发白，哼哼哝哝地说可能没打。

　　这就非常危险了，大伙儿都吓得脸色惨白，要知道，狂犬病的致死率基本是100%！我们赶紧调头回城，赶到最近的区防疫站。不巧，这儿没有狂犬疫苗，最近狗咬人的病例多，疫苗已经用完了。医生只能为我冲洗伤口，让我赶紧到市防疫站。何如雪、陶菊等几个女同学急得哭起来，我想哭也不行啊，再哭也于事无补，赶紧到大路上拦一辆出租，赶往市防疫站。

　　出租车开得飞快，拉克卧在我腿边，一脸悲伤地盯着我。我不知道它的智力能否完全明白眼前的局面，主人有患狂犬病的危险，必须立即打疫苗。但它肯定知道自己闯了祸，连累了主人。它难过地轻声呜呜着，那声调听起来让人心酸。我安慰它："别害怕，市防疫站一定有疫苗，打了疫苗就没事了。"

　　之后还算顺利，我在市防疫站打了疫苗。为了保险，我给拉克也打了一支。回家后妈妈心疼得不行，问我咋会惹上那条疯狗，我怕她怪罪拉克，没敢说出真实情况。那个暑假过得很窝囊，因为狂犬疫苗要打五次，疗程为一个月。医书上还说，即使完全按规定打了狂犬疫苗，仍有 0.15% 的发病率。而且狂犬病的潜伏期很长，从两天到几十年。整个假期，妈妈都在背着我翻医书，悄悄观察我有无发病迹象，还遮遮掩掩地不敢让我看出她的担心，弄得我像吃了蝇子似的腻歪。

当然受打击最大的还是拉克。在我的印象中，从这件事之后它的性格完全变了，从一个快乐随和、自尊心较强的小男孩，变成一个目光阴郁的男人。

妈妈最终还是知道了事情的由来。那天她到我的卧室，心事重重地问：

"茵茵，那天拉克为什么会情绪失控？它去咬那条花狗毫无理由嘛，拉克从来不是这样的暴烈性格。"我忙用食指让她噤声，指指隔壁拉克的卧室。妈妈摇摇头说："我已经看过了，这会儿它在院里，听不到。"

关于拉克这次闯祸我已经想了很久，我字斟句酌地说：

"恐怕它是在表现骑士精神，保护我，不让我看到它认为是龌龊的场面。它认为那两只狗当着女孩子的面交尾，是在耍流氓。"

妈妈忍不住苦笑："我估计就是这样的，这是哪儿跟哪儿啊。拉克这样下去不行，会发疯的，它把人世界和狗世界搅混到一块儿了。"

我也唯有苦笑，我想妈妈的这句话说得精辟极了。这正是拉克的悲剧所在——既具有狗的身体和本能，又有人的智慧。两个世界形成了陡峭的接茬，任谁也无所适从。说到底，这怨爸爸的技术，也怨我的提议，我们硬要把一个人脑塞到狗的身体中，才造成今天的局面。我和妈沉默着，各自想心事。我知道妈妈今天来我这儿，还有更重要的话要讲。但她最终没有说，因为那些话比较难以启齿。她只是含糊地说：

"拉克长大了，以后你和它不要过于亲昵。"

"妈，我知道。"

"唉，但愿你爸把那个黄花花赶紧送来，也但愿它和拉克能合得来。那样拉克就不孤单了。"

"但愿吧。"

此后，我们有意在拉克面前多提及黄花花，还让爸爸在可视电话上展示它。一只肉团团的小黄狗，非常可爱。当然它现在和拉克的年龄比较悬殊，让拉克从心理上接受它为伴侣还为时过早。但狗狗的发育快，一两年之后它就能和拉克建立家庭了。

拉克看来接受了我们的安排，虽然比较勉强。

我们都盼着春节，盼爸爸带着黄花花回来。但在元旦之前我有了不好的预感：爸爸不再提及黄花花，也不让它在可视电话上现身了。我们问及它时，爸爸总是含含糊糊地把话头扯开。到了大年三十，爸爸匆匆赶回来，为我们带来一件昂贵的大型礼物：非常漂亮的碳纤维袖珍游艇，可以坐四个人，但重量很轻，不安柴油引擎的话，一人可以轻松地扛走。爸爸一进屋就忙着拆包装，说要马上带全家去河里玩。我沉着脸制止了他的做作，问：

"这是个好礼物，以后我会喜欢它的，但这会儿天寒地冻，不是玩游艇的时候。现在我要黄花花，你答应带回来的黄花花在哪儿？"

爸爸不敢看我，叹息着说："非常遗憾哪，正好12月份基地有一件紧急任务，只好把黄花花派去了。"

我低下头看看拉克，它看看我。显然它听懂了爸爸的话。我不再理爸爸，拉克也不理，我俩撇下爸爸，躲到顶楼凉台上，默默地枯坐着，看四野的雪地和迷蒙的远山，直到辞岁的爆竹声响起。我没有问爸爸是什么"紧急任务"，但可以想见，黄花花将从此一去不回，而拉克也失去了唯一的伙伴。妈妈来凉台上找我，委婉地说，"你爸爸这样做，我也很生气，很伤心。但咱们要理解他，他作为401基地的领导，只能以工作需要为重。认真说起来，他在那儿为你培养黄花花，已经是假公济私啦。你爸一年只能回家几天，咱们凡事迁就一点，不要让他带着遗憾离家。"

我听了妈的劝，带着拉克下楼。吃年夜饭时爸爸一直在讨好我和拉克，有话没话地和我聊天，摸拉克的脑袋，弄得我也心软了，不再和他冷战。但拉克还是冷着脸不理他，偶尔用恼怒的目光横他一眼。我心里想，爸爸这次算是把拉克彻底得罪了。夜里看完春晚节目，我回到卧室后，爸爸跟着进来，坐在我的床边，难为情地说：

"茵茵，对不起，为黄花花的事爸爸向你道歉。"

爸爸把话说到这个份上，我还能说什么呢。我和解地说："算啦，过去的事就别说了，明年再给我弄一只聪明母狗吧。"

爸爸叹息着，真诚地说："恐怕那也不能最终解决问题。茵茵，我真的很后悔。在为拉克提升智力这件事上犯了一个大错。我本来只想提升到六岁孩子的水平，那样它就只是一个聪明的宠物，不会有后来的诸多麻烦。但具体操作上我犯了错，可能是把刺激电压定高了 0.2 微伏。"

我愕然看着爸爸，哑口无言。这就是他的"真诚道歉"？他对拉克做错的事，只是"把刺激电压定高了 0.2 微伏"？对于这位技术沙文主义的爸爸，我真的无话可说了。

爸爸试探地说："其实有一个彻底的解决办法。"

"什么办法？"

"让拉克的智力退回到六岁孩子的水平，这样它就永远只是一只聪明的宠物。从技术上说这并不困难……"

"爸！"我急忙喝止住他，因为我忽然看到拉克立在门口，显然听到了这番话。对于它来说，这番话已经不只是残酷了。我匆匆地说，"爸爸，我已经把这一页掀过去了。你走吧，我要睡了。"

爸爸对我的态度有点愕然，顺着我的目光瞥见门口的拉克，微微一愣，笑着走过去，伸手去摸拉克的脑袋。拉克迅速闪到一旁，看着他，目光像结了冰。爸爸回头看我一眼，窘迫地走了，拉克也默默地离开。我心头又是气恼又是难受，半宿无眠。爸爸怎么能提出这样的混账建议？他毕生都在"改进上帝的造物设计"，怕是走火入魔了。

我忽然想去看看拉克，安慰安慰它，今晚恐怕它也在度着无眠之夜吧。隔壁房间里没有拉克的身影，客厅也没有。它会去哪儿呢？忽然我打了一个寒战——爸爸伤透了拉克的心，它会不会失去理智，对爸爸干出什么暴烈的举动，就如和花狗咬架那天？我急忙轻步来到爸妈的卧室，门没关，妈妈低着头偎在爸爸怀里，两人睡得很香。我在夜色中焦急地寻找，我看见它了，暮色中有一双灼灼发亮的眼睛。它前爪扒在床上，正冷冷地盯视着爸爸。我失声喊：

"拉克！拉克！"

拉克扭头看看我，迅速转身，跑出房间。

我紧跟着跑出来，已经不见拉克的身影。爸妈被我的喊声惊醒了，这会儿穿着睡衣匆匆出来，问我是怎么回事。我不想指控拉克加害爸爸——本来我也拿不准这一点——就含糊地说：

"是拉克在屋里折腾，把我弄醒了。"

我们在屋里和院里找拉克，没有找到。睡前拴好的院门这会儿开着，所以拉克肯定出门了。三个人在门外喊了一会儿，没有回应。天太冷，三个人实在受不住，妈说：

"回去吧，别冻感冒了。估计拉克是心里烦，出去转转，明天就会回来的。"

我担心拉克还会溜回来找爸爸的麻烦，找个借口，挤到爸妈的床上。那晚仨人都没睡好，老是侧耳听着院门的响声。但晚上拉克一直没有回来，以后也没回来。过了初五，爸爸回基地了，我和妈妈天天盼着能听到拉克的吠声。我们想，也许拉克只是不想见到爸爸，爸爸走后它会回来的。等我们最终确认了拉克的失踪，伤心的妈妈转过来安慰我："茵茵你别担心，拉克身强力壮，又那么聪明，一定能找到一个安身之处。"

我不担心这一点，依拉克的能力当然能活下去，这不成问题。它离开这片伤心地，也许会活得更轻松一些。但我无法排除心头之痛。

"拉克，你在哪里？你快回来吧。如果你真的不愿回家，那我祝愿你找到新的生活，找到属于你的幸福。"

拉克六岁

一年过去了，拉克仍然杳无音信。我离家去南方上大学，在学生宿舍里常常揣着一个梦：一条黑狗风尘仆仆地从远处跑来，伸出舌头急切地舔我的手。它当然是拉克！我假装生气地踢它一脚，拉克像受到奇耻大辱，扭头就走。我连忙去追，但拉克已经无影无踪……

拉克七岁

我和妈妈仍在到处找拉克,还在报上网上登了寻犬启事。但没有任何消息,它真的在这个世界上彻底消失了,就像飘落在火炉上的一片雪花?

拉克八岁

今年三月份又是一个临界点:按可比年龄,拉克42岁,是我年龄的整整两倍。但奇怪的是,在我的记忆中,它却日益回归童年。如今在我脑海中最清晰的场景是:它蹲到马桶上龇牙咧嘴地挤尿,然后得意扬扬地看着大人;它哀求地看着大人,央求妈妈把它的裤子改成刹裆裤;它自己偷偷学会穿裤子,然后穿戴整齐走到客厅,故作平静地向大人夸耀……

其实我知道,那个"小不点儿"已经永远成为过去,如果它活着,已经是年过不惑的成人了,我不敢说还能理解它的内心世界。

拉克九岁

"拉克,你真把茵茵姐姐和妈妈都忘了吗?"

我忽然有个不好的预感:拉克这几年不见,是否潜入到401基地了?那儿虽有两千千米之遥,但以拉克的智力,找到那儿易如反掌——连普通的狗狗都能凭嗅觉找到千里之外的主人呢。不过,拉克如果去了那儿,绝不会是出于对老主人的思念。我一想到这儿就冷汗涔涔,忙给爸爸挂电话。我不想明白说出让爸爸提防拉克,我不愿说拉克的"坏话",只是含糊地问:"拉克会不会到你那儿去?基地周围有没有它的踪迹?"爸爸奇怪地问:"你怎么会想到这一点?是拉克告诉你的吗?不,它不在这儿。好的,以后我会注意它,你放心吧。"

……

……

拉克十六岁

拉克的年龄已经超过狗类的生命极限。我对找到拉克失去了信心,看来今生今世无缘再见到它了。这些年，大学毕业，回到家乡工作，拉克的生死一直梗在我心中。心底不清净，一直没有心思谈婚论嫁。直到今年才有一个男人叩开我的感情之门。他叫江国柱，是爸爸的助手，近几年出差时常顺路到我家，为爸爸捎来一封家信或几件衣物。可能爸爸是有意撮合吧，慢慢我们熟识了，恋爱了。他比我大一岁，相貌普通，为人朴实，算不上令人怦然心动的男人——我也过了怦然心动的年龄——但总的说他有一副靠得住的肩膀。

今天他突然从基地来我家，约我到天伦饭店吃饭，说有重要的话对我说。我想他是要向我正式求婚吧，我也做好了"嫁为江家妇"的准备。在雅间坐定，他流利地点了饭菜——正好都是我最爱吃的。他笑着说：

"茵茵我告诉你一个秘密，实际上我对你的了解很深，特别是你的少女时代。你那时的经历，甚至你吃饭穿衣的爱好，我都了如指掌。"

"吹牛吧。"

"怎么会是吹牛？你看看这几样菜，是不是你最喜欢的？"

"那么，是我爸爸告诉你的？"

"不是。"

"我妈妈？"

"也不是。我告诉你吧，是拉——克。"他看着我惊骇欲绝的表情，点点头说，"对，是拉克。它并没有死，也没有失踪。当年它从你家出走之后，千里跋涉，找到401基地。这11年它一直跟着你爸爸和我。"

我没有一点思想准备，绝对想不到时隔11年之后，在我对找到拉克已经绝望的时候，会忽然听到它的消息，而且它竟然一直在——爸爸身边！眼前闪过拉克留给我的最后一幕：两只前爪趴在爸爸的床上，灼灼发亮的眼睛敌意地盯着爸爸。国柱看看我的脸色：

"茵茵我知道你的心思，是不是担心你爸爸的安全？"

我苦涩地说："嗯，它对我爸爸有相当深的敌意。不过怨不得拉克，是我爸爸严重地伤了它的心。"

"这些情况我都知道。拉克来基地之初就公开申明，是来找你爸爸复仇的——但不是用牙齿和爪子,而是用笔。"

"用——笔?"

"对。它在你家时,你和师母一直没有教它识字,对吧。"

"嗯。我想教来着,还没来得及实施它就失踪了。"

"那它说的是真实情况。它说,它是在看电视时,从对白和字幕的对比中,无意中学会汉字的,它确实聪明,是个难得的天才。我一向对自己的智力很自负,但不得不承认我比不上它。我对它只进行了简单的培训,它就学会阅读了。我又为它特制了一个专用的电脑键盘,教会它用狗爪输入汉字。这样,很快我们就可以双向交流。"

菜上来了,我沉默地吃着,努力消化这些洪水一样漫地卷来的消息。国柱忽然停住筷子,大概想到了什么,莞尔一笑:

"知道吗?拉克确实很快就向你爸复了仇。它给孟总起了一个很刻薄的绰号,现在已经闻名遐迩了。这个绰号是:技术动物。我们都认为——你别见怪啊——这个绰号抓住了你父亲的精髓。你爸爸对它无可奈何,回敬它一个语意双关的绰号:狗崽子。你爸爸解嘲地说:这个狗崽子以它对父亲的反叛,从反面证明了孟氏智力提升术的伟大成功。"

虽然心绪纷乱,如此别致的复仇仍让我失笑。我收起笑容,恼火地问,"为什么瞒着我?这11年中我和妈妈为拉克担了多少心!"

"是拉克执意要瞒着你们。"他看着我的眼睛,"它非常坚持这一点。它要你彻底忘掉它,开始新的生活。"

我俩都知道这句话的内涵,心照不宣,不再深谈。我的眼眶湿润了,勉强用玩笑来掩饰:

"哼,可笑的骑士精神,一位长着尾巴的唐·吉诃德。国柱,它还活着,对吧?我想去基地看它。"

"这正是我这次匆匆赶回来的原因。它……"国柱小心地说,"已经处于弥留状态,没几天好活了。它提出来想见你最后一面。你决定去吗?"

我喉咙里哽着一块东西,说不出话,只是点点头。

"那好,回去收拾一下。明天的机票我订了三张——师母肯定也要去吧。"

他掏出一个U盘,"茵茵,拉克学会用电脑后,详细追录了它的一生。日记内容浩繁,我只为你筛选了一小部分。你今晚看看吧。"他说,"我希望你在见它之前,对它有个再认识。今天的拉克绝不是当年的聪明狗狗了。这么说吧,对它的指代不能用宝盖头的'它',而要用大写的人字旁的'他'。"

这句话内含的分量让我欣喜。国柱说:

"我绝不是夸大,这11年来他近乎发疯地学习和钻研,那种急迫劲儿让我们为它心痛。他已经是基地中最优秀的基因工程学家,恐怕不在你父亲之下。尽管他长着尾巴,用四肢行走,但基地的人们,包括你爸爸,对他是仰视的。"

"真的?我都不敢相信了,有这样一个了不起的狗狗小弟。"

回家后我把这个喜讯告诉妈妈,然后撇下喜极而泣的妈妈,关上房门,开始阅读拉克的日记。日记中确实展现了一个不同的拉克,不是那个学会使用马桶就得意扬扬的小男孩,不是那个坚持要穿刹裆裤的青涩男孩,不是那个在性压抑下变得阴晦暴烈的年轻男人。现在的拉克自信,开朗,日记开始时有点锋芒,后来渐转平和。看完后我想国柱说得对,拉克完全当得起人字旁的"他"了。

二、拉克日记

2016年春节

从来到401基地,到学会阅读和用爪子打字,已经一年了。如果15岁是我的大限,那么留给我的只有九年时间。九年,3290个日出,命运对我太吝啬了。到今天我仍然恨那个技术动物,他既然把人的智慧——宇宙中最宝贵的东西非常草率地塞到我脑壳里,为什么不同时赋予我人类的寿命?

通过这一年的阅读,我已经看到一座深奥博大的科学宝山,它由几万年的人类智慧汇聚而成,九年时间恐怕只够我刚刚迈过门槛。

我一直在拼命学习,想成为像孟世杰那样掌握上帝造物技艺的基因工程学家,以便弄清我自身的由来。一代才子李叔同在学术鼎盛时期突然出家,斩断三千烦恼丝，把余生托付给青灯古佛。从某种意义上说，我离开茵茵家也是"出家"，斩断尘缘，把余生托付给科学。我想向那位技术动物证明，智慧和创造力并不是人类的专利。

2017年6月5日

今天重看了一部电影，是聊斋故事《青凤》。记得我一岁时就看过，是和茵茵姐姐一块儿看的，这会儿我周围仍萦绕着她的体香。

正是这部剧作让我对人类世界的合理性产生了怀疑。人们说，狗是人类最忠实的盟友，而且历史事实确实如此。但我伤感地发现，人类传说中有人与狐的爱情，也有人与龙、鱼甚至蛇的爱情，等等，偏偏人与狗的爱情很少见。这种潜意识中对狗的藐视让我寒心。

我至今只掌握汉语这一门语言，我发现，至少在汉语中，狗是典型的贬义词：走狗、狗东西、狼心狗肺、狗眼看人低、丧家犬、癞皮狗、人模狗样……不胜枚举。也许，正是因为狗对人的忠诚，才换来人对狗的鄙视？

2018年6月3日

我发现只懂汉语不行，视野太狭窄。虽然我的寿命有限，至少也得学会英语。江先生爽快地答应了我的要求，从去年开始教我英语。他估计至少五年我才能用英语阅读，但一年后我就开始阅读《物种起源》和《基因工程学》的英文原著了。

今天那位技术动物，孟先生，同我做了一次坦率的深谈。他说，他最初为我做智力提升术时，只是想为茵茵培养一只稍稍聪明的宠物，后来茵茵说我具有成人的智力时，他还不信。但自从我来基地后，他震惊地发现，我甚至不是普通人的才智，而是百年一遇的天才。他说我博览群书的速度非常惊人，就像是沙漠吸纳雨水一样贪婪地吸纳着知识。他相信，我很快就会成为一流的基因工程学家。可惜我的寿命太短，注定只能像一颗耀眼的流星，在很短时间内烧光自己。否则，甚至我会成为长着尾巴的牛顿和爱因斯坦。

他坦率地说，他对我做的"业余手术"非常成功，甚至超过了他对黑猩

猩所做的正规手术。但这次伟大成功是"歪打正着",他现在还没弄清成功的关键,希望我配合他弄清这一点。我问他:

"在我五岁那年,你曾经想让我的智力倒退。我想,你现在正暗自庆幸当时没能实施吧。"

他脸红了,点点头,没有说话。

我爽快地答应了他的要求,唯一的条件是,在他摸索成功后,再度培养一批狗人,造福我的同类。孟先生也爽快地答应了。

但我不敢相信他的诺言。这不是他个人的品德问题,而是——依人类的胸襟,法律和伦理不允许对人类做类似手术,在人类智力不能提升之前会允许比人更聪明的狗人的出现吗?他们早就习惯了狗的奴性,习惯了居高临下的呵斥和施舍。在我的成长经历中,唯一能真正平等待我的人是茵茵和茵茵妈,就连茵茵也曾踢过我一脚呢。

2018年7月4日

三年前的今天,一个星期六的下午,茵茵第一次也是唯一的一次踢了我一脚,让我十分伤心。茵茵马上就后悔了,真诚地向我道了歉,她真是个好姐姐,好姑娘。

茵茵认为我的伤心是自尊心受到伤害,她错了,至少是部分错了。自尊心受伤确实让我伤心,但最使我心痛的是我的自省。依我那时的心智,我绝不该去嗅茵茵的裆部,这不符合绅士的礼貌;但强大的嗅觉本能又拉着我这样做。最终,我的理智屈服于狗的本能。想到这一点,我甚至厌恶自己。

那么,至少在那个年龄,我仍然只是一只狗,而不是人?

2018年7月28日

今天在基地的试验场,看见两只狗在交尾,它们干得非常投入,旁若无人。现在我已经能以平和的目光来旁观了。我的弱智同胞是按照狗族百万年延续的本能去行事,它们不必受人类规则的限制。

不由想起几年前我的那次暴烈举动,不免暗自摇头。那时我是缘于一种强烈的冲动：茵茵是我心目中的雪山女神，纯洁晶莹。我要保护她不受任何亵渎，哪怕只是视觉上的不洁。这种骑士精神很可笑，我把人世界与狗世界搅到一块儿了。

当然，若把我的举动完全归因于这种纯洁动机，恐怕也有点自欺。要想挖出深层的原因，只有到弗洛伊德那老头儿的书里找答案了。

孟先生把我命名为"幸运者"，我幸运地得到了人类才有的智力和情感。但不幸的是，它们被禁锢在一具残酷的狗形桎梏内。其中，"情感"看来是永远无法超生了，一个狗人怎么能去爱一个人类姑娘呢，也就不必说它；"智力"倒有可能逃出这具桎梏。我会努力锤炼它，期盼有一天石破天惊。

2019年2月2日

江先生告知了我黄花花的死讯。她是被送到范·艾伦带做哺乳动物长期耐辐射试验的，本来就是有去无回的旅程。黄花花原是茵茵为我安排的未来的妻子，但我与她缘悭一面，也从来没有在内心接受她。

但不管怎样，她是除我之外唯一的狗人，是我的唯一同类。我对她的死亡深表哀悼。

愿她孤寂的灵魂在太空中安息！

2024年春节

自从我八年前"出家"后，从来没有打听过茵茵母女的消息，孟先生也闭口不谈。今天听江先生第一次说了茵茵的消息。她大学毕业后回家乡工作，至今仍是独身。她的生活太苦了，是心里的苦，无法为外人道的苦。

其实，江先生倒是一个不错的丈夫人选。与茵茵年龄相当，人品好，细心体贴。据我观察，他在同我的交流中，对茵茵有不露声色的强烈关心。

但愿他能早日赢得茵茵的芳心，给她提供一个宽厚的肩膀。

2025年4月4日

我的大限将至，余日无多。眼睛和耳朵都不行了，只有脑子还很管用——准确地说，大脑刚刚磨合到最佳工作状态。太可惜了，它不得不随着一副短命的皮囊而提前报废。

孟先生在我身上做了近10年试验，仍然没能重现16年前那次成功。他十分急迫和沮丧，因为我的死亡将把那个秘密带到坟墓中去。我为他遗憾，但爱莫能助。

听江先生说，茵茵和他已经情投意合，我可以放心了。昨天孟先生来看我，我提出想见茵茵和妈妈一面，孟先生略为犹豫后点头答应。我盼着她俩早日到来。

死之将至，不妨为未来的狗人社会勾勒一个草图。假如世上能出现一大群聪明的狗人，我想它们仍将长期依附于人类，一如几万年来的狗族先辈。而且这种依附会更牢固，因为如今连狗人的智慧也将由人类赋予。由于这样的莫大恩惠，对人类忠诚服从仍将是狗人的集体天性。

也许有一天，狗人能自我提升智力并使其能够遗传。到了那时，人类和狗人会基于平等关系建立新的友谊。两个种族将融合于一个崭新的社会中——也许这种融合包括异类通婚。

当然这是遥远的前景，但我相信它会来的，既然孟先生开启了对动物提升智力的先河，那么其后的发展就不可逆转了。

也想把我与孟先生的恩怨来个小结。他确实是一只技术动物，在向科学堡垒进攻时，从来不顾惜脚下践踏的人类情感。但不可否认，他是一个伟大的、忘我的科学家。我敬佩他，敬佩中带着恨意。

三、辞别

四个人来到基地医院的特护病房。病房内摆着氧气瓶、吸痰器、心脏起搏器等诸多设备，心电示波仪哔哔地响着。屋里只有一张病床，拉克无力地蜷伏在床上，头枕着前爪，仍穿着老式样的、茵茵设计的那种裤子。它确实非常衰老了，黑亮而致密的皮毛变成稀疏的苍灰色，毫无光泽。皮肤松弛，形销骨立。看到它这个样子，茵茵和妈妈十分心疼。病床前有一块儿屏幕，连着一个别致的环形键盘，上面布着两排很大的圆形单键，这是特意为拉克的狗爪子设计的。一位年轻护士轻声对茵茵爸说：

"孟总，拉克先生这会儿的状态比较稳定，你们可以探视。请注意时间不要太长。"

茵茵爸点点头，护士退出屋子。江国柱俯下身子，轻声唤道：

"拉克，茵茵妈和茵茵来看你了。"

拉克开始没有反应，过一会儿，它突然抽抽着鼻子，艰难地抬起头，用混浊的老眼辨认着眼前的几个人影。然后它拉过半圆形的键盘盲打着，在屏幕上显出一行字：

"是茵茵来了吗？我的眼睛和耳朵都不管用了，只有这只鼻子还灵。我嗅到了两个女性亲人的气味。"

茵茵喉咙发梗，柔声说："你好，拉克，我和妈妈来看你了。"

屏幕上闪出一行字："茵茵你好，茵茵妈你好。实在对不住，我太老了，老得都不好意思对你们喊姐姐和妈妈了。"

茵茵和妈妈抚摸着它的背毛说："别管什么称呼，你永远是我们的家人。可是拉克，你不该瞒我们 11 年。"

"真的对不住，希望你俩能理解我的苦衷。能在死前见你们一面，我很满足了。"

"不要这样说，拉克，病好之后跟我们回家吧，咱们还能在一块儿生活十年。"

"哈哈，死神可不像你这样慷慨。你们不用安慰我，我已经做好准备了。茵茵，听说你和江先生已经订婚，我祝福你们。"

"谢谢你。"

"孟先生你也在这儿吗？一定在的，我闻到了你冰冷的技术味儿。"

后排的孟总走近一点，笑着说："我在这儿呢，你这个尖嘴利牙的狗崽子。"

"狗崽子已经长大啦，我更愿你称我'狗男人'，而且希望世人不再认为它带有贬义。孟先生，很可惜，我没能帮你找到那个技术秘密。不过你尽管放心，它既然已经在地平线上露过一面，就不会就此消失的。"

茵茵爸笑着："我已经把这件事放下了，今天咱们只谈亲情，不谈公事。"

"真难得啊，能听孟总说出这样温情的话。对了，既然说到'狗男人'，我想问一个小儿科的问题：人类传说中有很多温馨感人的同异类的爱情故事，像《青凤》《追鱼》《柳毅传书》《白蛇传》《人鱼公主》，等等。但所有这些可爱的异类都是雌性，这是为什么？人类有胸襟接受女狐雌蛇，那能接受——一个狗男人吗？"

他是用戏谑的口气说的，但在场的人颇为震动。大家都习惯了这类故事的模式，没人往深处思考。而且大家听出来，拉克的戏谑中多少夹杂着郁郁之气。江国柱很干脆地说：

"拉克你说得对，这种故事模式是男性沙文主义的折射，它所反映的人类潜意识不值得褒奖。"

"谢谢江先生的回答。咱们把这个话题抛开吧。"

茵茵和妈妈问了一些分别后的事情，护士进来，歉然说："对不起，拉克先生不能长时间兴奋，他该休息了。"

四人同拉克依依惜别，拉克在屏幕上打出最后一行字：

"可能这是咱们的最后一面了，我希望像英国绅士那样吻吻茵茵的手，可以吗？"

茵茵眼睛湿了，立即伸出右手。拉克摸索着，用两只前爪捧住她的手，不过他并没有像英国绅士那样轻吻，而是用舌头轻轻舔着。一时间，茵茵像是回到了15年前，小拉克刚到家的那个时刻。然后，她感觉到手中有一个小小的硬物。

当天晚上，拉克平静地与世长辞。

遵照它的遗愿，家人把他埋在401基地角落的一块儿荒地上，小小的坟茔前立着一块石碑，正面刻着：

狗男人拉克之墓。

背面刻着：

　　希望有一天，这个谥号不再被世人认为带有贬义。

　　一个月后，茵茵与国柱结婚。

　　蜜月之后国柱要回基地了，晚上，他去同妈妈话别，茵茵独自到书房，取出一个 U 盘，插到电脑的接口中。这个 U 盘是拉克同她告别那天，在吻她的手时，从嘴里悄悄吐出来塞到她手中的，那会儿还带着防水的塑料包装。她当时稍稍一愣，但反应很快，不动声色地把 U 盘攥到手心里。

　　屏幕上显示出拉克留给她的密信，她已经看过好多遍了，但远没有决定该怎么办。前天她再次阅读时，国柱无意中看到了，问她在看什么。茵茵笑着随手把屏幕隐去，说："这是我姑娘时代的一个小秘密，也许以后会告诉你，也许不会。"国柱没有在意，笑着说，"那你就保留着它吧。"

　　那么，她到底该怎么办呢？

茵茵：

　　永别前把一个秘密交你保管，肯定会让你为难。我很抱歉，但我确实没有第二个可以托付的人。

　　你可能已经知道，16 年前孟先生为我做的智力提升术只是歪打正着。我来基地后，他一直在我身上狂热地研究着，以期重现这次成功，可惜未能如愿。不过我倒是已经找到了那个秘密。我没有告诉你爸爸，是因为我确信，他不会再把这一技术用于造福我的同类。人类还没有胸襟接受比他们更聪明的狗人，尤其是独立性相对更强的狗男人。我知道最后一句话带着男性沙文主义的臭味，希望不至于惹你反感，我只是在叙述现存的事实。

　　智力提升术的所有技术秘密都在这个 U 盘中，我把它郑重地托付给你。不敢奢求你用它来缔造一个狗人社会，毕竟对你来说那是异类。我只希望你保存着它。如果到某一天，这项技术公布于世时，无论对人类，还是对狗人，都是一样的福音，那时就请你公布它。

我相信，以你的仁爱天性和女性直觉，定会做出正确的判断。

有三个字，这一生中我一直想对你说，但始终没有启齿。这会儿，既然我行将就木，也就不用再说了吧。

一个孤独的狗男人　拉克绝笔

魔　环

1999 年 8 月 20 日晚上 7 点。

今天是 8 月 20 日。

十年来，每到这一天，凌子风的感情世界便有一次势头强劲的回潮。他会陷进那些折磨人的回忆、忏悔和自责中，欲逃不能。吃过晚饭，他开始穿外衣，穿衣时始终躲避着妻子的目光。妻子熟知他的痼习，从未指责过，但也绝不赞成。显然，一个女人不会喜欢同别人分享自己的丈夫，哪怕是死者，哪怕仅在回忆中。

田田发现爸爸想出门，立即笑嘻嘻地拦在门口。他刚刚在布达佩斯参加了"世界少年数学奥林匹克竞赛"，拎回来一块金牌。这几天记者们一直堵着门采访，简直没时间同爸妈亲热。他提醒爸爸，"你还欠我半个故事呢，就是那个'某人借助时间机器回到古代买了 94 枚戒指'的故事，非常有趣，昨天只讲了一半。这人真聪明，他每次都比上一次提前一个小时，向同一个人去买'尚未卖出'的同一枚戒指。爸爸，要是我有了这个时间机器，就把我最爱吃的蛋卷冰淇淋吃它一百遍，每次只提前半分钟！"

爸爸心不在焉地摸摸他的脑袋，仍然要出门，妈妈不凉不酸地说：

"田田，放你爸走吧，他的心早就飞走啦。"看到丈夫脸上闪过的怒气，田茹干脆地说："子风，我不想惹你生气，过去我从没有干涉过你。但你不能老是沉溺于过去，你能把这些回忆保持多久？一辈子？让我一年看一次哭丧脸？咱们得找个一劳永逸的解决办法。"她拉过田田，"这事以后再说吧。田田，跟妈走，妈给你讲那个故事。"

机灵的田田看出了爸妈之间的龃龉，很乖巧地收回自己的要求："爸爸，明天再给我讲吧，再见！"便跟着妈妈走了。田田是他们的希望，也是他们的骄傲。当他还在母腹中时，他们就施以音乐的胎教，两岁教识字，三岁教学棋，如今他才七岁，已学完了微积分课程。可以说，夫妇两人的生活重点是放在田田身上的："我们这一代已经不行了，落伍了，要全力培养儿子，让他茁壮成长，应付21世纪高科技社会的挑战。"

而且，这个已经名闻遐迩的神童并不是一个冰冷的机器人，他童稚天趣，妙语解人，一向是爸妈的心尖宝贝儿。凌子风歉然同儿子告别后，走出房门。

1999年8月20日晚上10点40分。

黄鹤酒家的顾客已经开始退潮，凌子风独占一张靠窗的桌子，醉眼迷离地看着窗外。河水映着岸上和岛上的霓虹灯光，映着天上的星月，对岸的垂柳遮蔽着河湾。十年前，那个叫若男的妙龄女子就是在这儿遭遇不幸的，全怪自己该死的疏忽。如果人生能重来一次……但那永远不可能了。

服务小姐笑眯眯地送来一瓶蓝带啤酒："先生，你要的酒。"

凌子风摇摇头："不，我没有要。"

身后一个人接口道："小姐，你弄错了，是我要的酒。"

小姐连连道歉，把酒改送到那张桌上。凌子风扭回头向邻桌瞟了一眼，那是一名和他年龄相仿的男子，也在闷头独酌。他的衣着讲究，真丝衬衣，鳄鱼皮鞋，手指上有两个沉甸甸的钻戒。但是很奇怪，他的表情中似乎有一种只可意会的"黑色"，使人感到强烈的压抑。他也在两道浓眉下打量着凌子风，随后笑笑，拎着自己的酒瓶过来：

"原谅我的冒昧，我想两个喝闷酒的男人也许有共同的话题。"

凌子风向他举举酒杯，表示认可他的加入。来人为他斟上一杯酒："说吧，有什么苦恼，不妨向一个陌生的男人诉一诉，这是宣泄感情的好办法。"

凌子风苦笑道："谢谢你。"陌生人正好说出了他的心声，他早就想找一个人宣泄自己的苦恼，沉默片刻后他说："我听从你的建议。喏，就在那儿，就在河对岸，十年前，我同恋人柳若男来游泳，临走，我返回岛上去取遗忘的潜水镜，扭回头却发现若男失踪了！我发疯般地游回来，喊叫、寻找，等到从水中捞出来，她已经没有救了。"他的眼眶红了，狠狠地灌下一杯酒说：

"一个鲜活水灵的可爱姑娘啊,就这么转眼间就没了!我他妈去拿什么潜水镜!十年来,我无时无刻不受内疚折磨。我常想,假如人生能重来一次……"

他的声音哽住了,为了不让对方看到自己的泪水,他低下头闷闷地喝酒。陌生人同情地看着他,低声说:"请不要过于悲伤,也许我可以帮你。"

凌子风沉溺于悲伤中,很久才明白了对方的话意:"你说什么?你能帮我什么?"

"帮助你重生一次。你不必奇怪,实际上我一直在寻找合适的人以传下一件宝物。你先看看它吧,否则你一定以为我在醉后胡言。"

他从腕上褪下一件东西,从桌面上推过来。

一只魔环。

它的大小相当于一只手镯,膨大处类似于手表的表面,色泽白中泛青,隐隐闪着异光,用手摸摸,光滑坚硬有如玉石,但重量极轻。表面处刻着几个汉字:时间来去器;同相人;异相人;返回。字迹歪歪扭扭,像初学者的摹写。此外还有一些极小的奇形怪状的符号。

神秘的陌生人说:"知道几年前陕西某县一次很轰动的发掘吗?在修缮著名的天福寺时,在佛塔下发现了唐朝的地宫。这件手镯就是在那儿出土的。手镯盒里还有一张发黄的丝纸的短柬,说这件宝物是一位仙人化胡为佛的至宝:'仙人凌风子自言亦中土人氏,仗此镯修行凡一千九百九十九年,方脱体飞升,知过去未来之事。仙师蝉蜕之日传此宝于余,余自知福薄不足以持此宝,乃藏诸地宫以待有缘。'你可能已经看出来,这是一件时间来去器,很可能来自外星人——表面上那些奇怪的符号至今无人能破译,还有人对它的材料做过光谱分析,发现其材料非常奇特,是地球上从未有过的。"他看见了凌子风的怀疑表情,便微笑道:"这个故事太离奇,我也曾和你一样怀疑过。好在它的功能是很容易证实的,我们马上可以进行实验。"

凌子风在心里微微冷笑,他想此人编了这么动听的神话,一定是想把这个"宝物"卖一个大价钱,可惜自己不是那么轻信的人。他说:"当然,我很愿意相信。能否告诉我,这个宝物是如何传到你手里的?"

那人脸上掠过一道阴云,苦涩地说:"没什么离奇的,就像你我今天之间的情形一样，是一个陌生人的无偿馈赠。他说我是第九个持宝者。至于这九个人得到魔环之后的经历，你就不必问了，其中都有不愿告诉他人的隐情。"

他的表情十分晦暗，凌子风不再追问，换了一个话题："它是如何使用的？"

"非常容易，先用按钮调到你想返回的时间，再按一下'异相入'钮即可。先生，我建议咱们一块去你想要返回的地方，来一次现场实验，如何？"

两人从正阳桥上步行过去，20分钟后到达那个荒凉的河湾。"我一定中邪了，"凌子风想，"我竟然相信这个离奇的神话。"不过那个人的言谈中有一种特殊的味道，也许是他的表情中一直浸泡着晦暗和苦涩，他也从未去稍加掩饰。这不像一个骗子的表情。

清澈的河水抚摸着岸边的细砂，月光下野草绿得十分柔和。虫声暂停片刻又复唧唧。他想到十年前那个夜晚，泪水不由盈眶欲出。陌生人同情地看着他，轻声说：

"可以开始了。现在是1999年8月20日晚上11点01分，请问那位姑娘遭遇不幸的时间？"

"1989年8月20日晚上10点20分。"

"准确吗？"

凌子风苦笑道："我绝不会记错的。"

陌生人飞快地调好时间，屏幕上打出"1989/8/20 22:20"。"喏，就是这样调整。我冒昧地建议，你第一次返回时，让我陪你一块去，我可以帮你熟悉机器的使用方法，应付一些不测事件，好吗？那么，我要摁下'异相入'按钮了。"

凌子风微哂地看着陌生人一本正经地点下那个按钮，"好，我在等着你说的神话实现。"他忽然吃惊地感到，眼前的景物一阵抖动。

1989年8月20日晚上10点20分。

抖动的景物很快复原，他惊疑地看着陌生人，等着他的下一步动作。陌生人平静地说：

"已经到了，请你看看，是否到了你想去的时间。"

这时凌子风才注意到，眼前的景色变了。或者说，景色变得虚浮了。河岸上的树木和野草似乎是实影和虚影的叠加，暮色已重，河面上映射着星月和对岸的灯光。水中没有人，但岸上放着一堆衣服，有男人的长裤，也有女人的艳色衣裙。远处扬起白色的火花，两个人影从暮色中钻出来，已经能看见前边是一位姑娘，穿着米黄色的游泳衣，腋下套着红色的游泳圈，一位小伙子在后边推着她，一边用单手划水。人影越来越近，可以看到两人谈笑风生——却听不到声音，就像在看一场无声电影。

忽然，凌子风如遭雷殛，绷紧了全身的肌肉，死死地盯着两人，他已经辨认出，那正是25岁的自己和恋人若男。两人游到浅水处，站定，笑着拥抱接吻。救生圈横在两人中间，十分碍事，若男随手取下来，扔到身后，然后又是一阵热吻。"那个"凌子风把女友抱起来，放到岸上。两人交谈几句，他拍拍脑袋，返身向小岛游去，一串水花渐渐隐入水中。

虽然他看到的是另一个凌子风，是25岁的凌子风，但35岁的凌子风清清楚楚地知道，那人是去取遗忘在岛上的潜水镜，这正是悲剧的开端，他应该赶紧去把那个糊涂虫拉回来！但他好像在噩梦中被魇住了，恐惧地盯着这一切，却说不出话。

他们现在的位置离若男只有十米左右，但若男似乎视而不见，她脸上挂着甜蜜的微笑，哼着歌子，旁若无人地脱下泳衣，用毛巾擦拭身体。在若男去世前，两人的恋爱一直保持在柏拉图式的精神恋爱阶段，他从没有见过若男的裸体。所以这会儿他不由垂下目光。他看见陌生人也从那儿收回目光，忧郁地望着自己。

若男忽然看见红色的游泳圈正向下游漂走，她未加考虑，立即跳下水去追赶。直到这时，凌子风才从梦魇中惊醒，撕心裂肺地叫一声：

"不要下去！"

便和衣跳入水中。但若男视而不见，听而不闻，仍自顾小心翼翼地追赶救生圈。她忽然脚下一滑，身子倾斜着，眼看就要没入水中。

凌子风已经赶到她的身边,立即扑过去,用力抱着她的身体……若男的躯体像一团光雾,轻飘飘地穿过他的拥抱,他用力过猛,跌入水中,激得水花四溅。

这儿是一个洄水潭,深度已经没顶。他在水中慌忙爬起来,转身,看到若男的头发和手臂尚在水面上,他急忙扑过去……又是一场空。

水面上两只手臂在拼命摆动,随之下沉;又挣扎出来,又下沉。凌子风发疯般地嘶声喊道:

"若男!若男!"

手臂已经消失,只余下长发在水面上又飘浮了一会儿,然后缓缓沉下去。凌子风在这片水域疯狂地寻找,游过来,蹚过去,用手摸,用脚踢,除了能真切感到水的阻力外,什么也摸不到。他大口喘息着,惶然四顾,见最后一串水泡从不远处冒出来,他再次扑过去,还是一团空。

他真正疯狂了,两眼血红,血液上冲,太阳穴似乎要炸裂。他不能眼睁睁看着恋人在眼前死去,看着她"再一次"死去。他声音嘶哑地哭喊着,狂乱地寻找着。抬头看见陌生人仍留在岸边,怜悯地看着他,他不由暴怒地喊:

"你这个混蛋,你这只冷血动物!快下来帮我呀,若男马上要被淹死了!"

陌生人跳下水,捉住他的双手,怜悯地说:"不必寻找了,那是徒劳的。你看到的景物有虚有实,虚景与我们不同相。不信的话,你看看水面,你仔细看看。"凌子风低头看看水面,发现真实的水面上似乎漂浮着一层若有若无的河水,陌生人用手从这层水中舀水,但手中却是空的。他说:

"看见了吗?眼前的景象是两个异相世界的叠加,我们只能感受到下面的真实河水,上面一层是空的——据此判断,这条河的水面比十年前降低了。你再看岸上的树,那棵大树中是否有一棵小树的幻影?那是这棵树十年前的影像,你只能看到却摸不到……喂,那个凌子风已经返回了。"

"那个"凌子风从岛上返回,发现了若男的失踪,他发疯般游过来,哭喊着寻找,在这个荒凉的河湾里再次上演了刚才那一幕悲剧。有时,这个疯狂的男人就在他们的身体里穿过,但双方都丝毫没有感觉。35岁的凌子风现在成了观众，绝望地看着舞台上的自己。观众的痛苦与角色的痛苦丝丝入扣，他禁不住热泪双流。

20分钟后，那个凌子风终于从水中捞到若男的身体，抱着她跌跌撞撞地涉水上岸，把她平放在草地上，开始施行急救。真实的凌子风不由也想扑过去帮助，但陌生人拉住他，摇摇头说："没有用的。"

那个凌子风哭着，唤着，几乎完全失音了。他一刻不停地按着若男的胸膛，伏在她口唇上度气。真实的凌子风走过去，也蹲在若男的身体前，他的热泪穿过两人的身体，滴湿了若男身下的土地。他清楚那个无可逃避的结局。

远处有人听见呼救声跑了过来，是一个45岁左右的男人。他试试若男的鼻息，趴下听听她的心脏，又翻开眼皮看看瞳孔，然后摇摇头，把近乎癫狂的凌子风硬拉到一边，从地上捡起衣服盖住若男的裸体。

35岁的凌子风不忍再看下去，他猛然揪住陌生人的胸口，愤恨地说："你为什么要带我回到这儿？既然我对眼前这一切完全无能为力，你带我回来干什么？"

陌生人温和地说："先生，请冷静，请冷静一点儿。"他掰开凌子风的手，迟疑地说，"这并不是魔环的全部魔力，你也可以进入十年前的相世界，虽然……"

凌子风不敢相信自己的耳朵："你说什么？我也能和他们同相？能把若男从水中救出来？"

陌生人肯定地说："能，只要刚才你按动的是另外那个'同相入'按钮，你就能进入十年前的相。你会和25岁的凌子风合而为一，但仍保持着35岁的记忆。因此，你肯定来得及把若男救出来……"

凌子风喜极而泣："真的吗？真的能救活她？"他迫不及待地说，"那咱们还等什么？快带我进入吧，我会永生永世感激你！"

河滩上又来了几个人，他们无声地安慰着凌子风。有人找来一副担架，他们抬上若男的遗体走了，那个凌子风泪流满面，神情痴呆，踉踉跄跄地跟在后边。陌生人说："你不要着急，咱们先返回吧。"他按下返回键。

替天行道

1999 年 8 月 20 日晚上 11 点 02 分。

眼前的众人立即消失，景物依旧，但不再有虚浮感，就像摄影镜头突然调准了焦距。陌生人接着刚才的话说：

"在实施'同相入'之前，我必须把该说的话说完，否则对你是不公平的。要知道，对于一般人，对于正常的人生，无论是幸福还是不幸，属于他只有一次。在它们来临前，你尽可以努力去追求它或者是躲避它，你的努力也能够影响你自己的人生进程。但一旦成为既成事实，它就是宿命的，不可选择的。用量子力学的术语，就是'你所处的环境已发生了不可逆的坍缩'。不过，一旦你持有魔环，有了对'过去'重新选择的机会，一旦可以随心所欲地挑选'已失去'的幸福，逃避'已降临'的不幸，那就会造成新的错失和迷乱，很可能你并不能得到幸福，甚至陷入新的痛苦。"他苦笑道，"我并不是一个哲人，这些道理只是我持有魔环之后的人生总结。据我所知，已经有幸持有魔环的其他八个人，其经历都是很痛苦的。所以，在按下'同相入'按钮之前，希望你慎重考虑一下。"

凌子风坚决地说："我无须考虑，只要能救得若男的生命，即使堕入十八层地狱也无怨无悔！"

陌生人苦笑着摇摇头："好吧。其实，我知道劝不转你的，就同上一个传宝者劝不转我一样。你也只有经历了一次'坍缩'之后才能觉悟。在你实施'同相入'时，我就不能陪伴你了，何时你有疑难，只需按下返回键即可。我一定仍在这河边等你——因为返回的时间不会计入现在的真实时间，所以，即使你在'过去'徜徉十年二十年，等你一按返回键，你仍会准确地在此时此地出现。先生，在使用方法上还有什么疑问吗？"

"没有了。"

"还有一点，当你决定放弃这具魔环的所有权时，必须为它找一个新的持有者，就像我找到你一样。这是那封短柬上的要求。"

"好，我一定做到。"

陌生人把魔环的返回时间调定到 1989 年 10 月 15 日晚上 10 点 23 分，递给凌子风说："戴上它，你可以按下同相入按钮了。"

凌子风戴上魔环，虽然他对自己的决定毫不犹豫，但陌生人的话使他免不了心中忐忑，他凄然笑道："还没有告诉你我的名字，我叫凌子风，凌云的凌，儿子的子，风雨的风，住在本市卧龙路。如果我回不来，烦请你通知我的妻子。"

陌生人摇摇头说："不，你一定能回来的，这具魔环绝对可靠，我所说的'痛苦经历'不包括这方面的内容。你记住现在的时间：1999年8月20日晚上11点02分，我会在此时此地等你。"

凌子风留恋地望望四周，然后决然按下"同相入"按钮。

1989年8月20日晚上10点23分，同相入。

他看见那个凌子风在与若男拥抱接吻。眼前景象摇荡一会儿，复归平静。那个凌子风已经消失——实际上是他消失了，他已与25岁的凌子风合而为一，但仍保持着35岁的记忆。

现在，若男的身体在他的拥抱中已经有了重量，他能感觉到她光滑的脊背，饱满的胸脯，能听到她怦怦的心跳。周围的景物清晰实在，不再像上次返回时那样虚浮和重影。若男推开他，羞涩地说：

"我要换衣服了，你不许看。"

他笑道："我决不偷看。唷，潜水镜忘到岛上了，我这就去取。在回来前你一定能换好衣服的。"

他转身跳入水中，向岛上游去，转眼间游过了50多米。忽然35岁的意识浮出脑海："你不能去，你怎么这样糊涂？你这一去就会铸成终生大错！"他浑身一激灵，猝然回头，看见若男正在水中追赶那只游泳圈。他失声惊呼：

"若男，快回来！"

若男侧过头看看他，未及答话，忽然脚下一滑，陷到深水中。凌子风立即用尽全身力气飞速游回去，两臂像风车一样抡动，打得水花四溅。他的心被恐惧撕咬着，担心自己改变不了"已经发生"的事，担心这幕悲剧仍像上次那样从容不迫地演下去，不管观众如何摧心碎胆……但这次他不再是那个毫无参与机会的观众了，等他赶到，若男仍在水中挣扎，他急忙架住若男的胳臂，把她送上岸。

若男脸色苍白,目光中透着惊惧。凌子风一下子搂住她放声大哭:"若男,我总算把你救活了啊,谢天谢地!"

他的热泪像开闸的河水,汹汹地往外淌,浇在若男赤裸的双肩上。若男忽然悟到自己还是裸体,她脸庞发烧,忙推开恋人,羞涩地命令:"快扭过脸,我还没穿衣服呢。"

等她匆匆套上T恤衫和裙子,凌子风仍低着头蹲在地上,肩膀猛烈地抽动,热泪仍汹涌奔流。若男很为他的这份真情感动,屈腿偎在他身边,搂着他的双肩,温柔地擦去泪水,低声劝道:

"值得这样吗?好像我真的淹死了!其实,你不来,我也能挣扎出来的!"她好强地说。

凌子风抓住她的双手,哽咽着说:"我总算把你救出来了,十年来这件事一直没日没夜地折磨着我,现在我总算补救过来了!"

若男惊讶地看着他,用手在他面前挥动,看他是不是在白日做梦。她嗔道:"你在胡说些什么呀,莫非你神经错乱了?"

凌子风仍在猛烈地啜泣着,没有回答。他怎么回答?说站在若男面前的是从十年后返回的另一个凌子风?诉说自己十年来的自责和内疚?诉说自己不久前还绝望地又一次目睹了她的死亡?

若男也觉察到,这个男人的痛苦十分深重,十分阴暗,这条粗大的痛苦之蟒是从那人的心灵深处爬出来的,紧紧地箍着他,使他无处逃避。这都是因为那场仅仅三分钟的虚惊。若男又一次被感动了,她乖巧地偎在恋人怀里,温声说:

"不要难过了,我不是好好的嘛。穿上衣服吧,时候不早了。"

凌子风转过身,默默穿上衣服,这具25岁的躯体稍微瘦削一点儿,不过肌肉比十年后较为强健。他把救生圈放了气,捎在肩上,低声说:"走吧。"

若男没有动,她在月色中定定地看着恋人,忽然大笑着纵体入怀:"子风,今天我才知道你是多么看重我。"她笑着宣布,"对你的考察期已经结束,我决定了,要嫁给你!"

她看到凌子风忽然又热泪滚滚,神情十分惨淡,便奇怪地问:"怎么了?

你今天怎么变成眼泪包了?"

凌子风擦干泪,勉强笑道:"我也不知道,今天就像一个爱哭的娘儿们。"

"若男,请原谅,我们就要分手了,我在自己的人生大文章中涂改了一句,弥补了我一生中最大的抱憾。但我不可能涂改整篇文章,那边的田茹和小田田已经和我的生活不可分割了。"凌子风强抑悲酸,笑着,闲聊着,把若男送回家门口。

若男和她吻别后,仍恋恋不舍地望着他。今天的小小灾祸让她窥见恋人的炽热情意,窥见恋人对她的珍视。她一定要与凌子风白头偕老。她忽然面孔红红地邀请:"今晚愿意留在我这儿吗?我有钥匙,爸妈不会知道的。"

凌子风有点手足无措,若男的目光就像火炭一样,烫得他低头躲避。他迟疑地说:"若男,我真想……可是不行,我要走了。"

他逃也似的转身走了。若男盯着他的背影,虽然不舍得,更多的是感动。他真是一个又至情又至诚的君子,和他在一起,这一生肯定是幸福的。等若男开门进去,躲在阴影里的凌子风立即按下返回键。

1999 年 8 月 20 日晚上 11 点 03 分。

空间一阵抖动,他现身在陌生人面前,手表指着 11 点 03 分,仍是他离去的时间。陌生人探询地问:"你的那位恋人救出来了?"

凌子风点点头,面上却了无喜色。停了很久他才说:"我救了她,又必须和她分手。我不能抛弃'真实世界'中的妻儿。"

陌生人没有说话,非常理解非常同情地看着他。过了一会儿,陌生人说:"那么,如果你愿意留下魔环,我就要告辞了。请记住我对你的要求。"

凌子风急急地说:"请稍等……真实生活中我是在若男去世两年后结婚的,我想再到那个时刻看看,我仍然有点放心不下,好吗?"

陌生人同情地说:"好吧,我可以再陪你一会儿。请你调整时间吧。"

1991 年 12 月 8 日晚上 12 点,同相入。

闹新房的人总算都走了,子风关上房门,把田茹揽入怀中。烛光映红了她的面庞，她幸福地微笑着，子风也是满腔喜悦。

时间是最好的治疗剂。他和若男分手后，那长久的、刀割一般的痛苦，在两年后总算基本治愈了，可以和田茹共结连理了。

他知道若男至今仍是独身——当然是为了他，这使他十分内疚。但他没有别的办法。因为在人生大文章的"原文"中，他是和田茹绑在一起的，怀中这个娇小的女人会疼他爱他，为他生一个非常聪明的儿子，也会为他对若男的思念吃一点干醋……他不能逃避自己的责任。

田茹已经疲惫不堪，但被喜悦之火燃烧着，仍然不思入睡。她偎在子风怀里，时时抬起头吻吻他："子风，你睡着了吗？"

"嗯，睡着了。"

田茹咻咻笑着："睡着了，是不是在说梦话？"

"嗯，是在说梦话。"

田茹两眼发亮地看着天花板，很久又冒出一句："子风，你会爱我一辈子吗？"

"当然。"

"可是我总怕你会半路上抛下我，还有咱们的儿女。"

"是儿子。"

"儿子？你就这样肯定？"

"当然肯定。田茹，别说傻话了，咱们一定会白头到老的。睡吧。"

田茹真的入睡了，凌子风却难以入眠。他选择这个时间返回，并不是为了证实自己同田茹的婚姻——那是无须怀疑的——而是想知道若男的命运。他等田茹睡熟，轻轻下床，想去客厅打电话。就在这时，电话丁零零地响起来，在静夜里显得十分响亮。他急忙拿起话筒，轻声说：

"喂，哪一位？"

对方平静地说："是我，柳若男。没打扰你们休息吧，我只想祝福一声，祝你们夫妻恩爱，白头偕老。"

凌子风愣住了，一时不知道该如何回答。田茹睡意浓浓地睁开眼，立即以女人的敏感猜到对方是谁。她从丈夫手里接过电话，问："是若男姐姐吗？"

"是我，田茹妹妹，祝你们幸福。"

田茹真挚地说："若男姐姐，我知道你与子风的那段感情，这不会妨碍我们成为好朋友。明天请你来家玩，好吗？"

"谢谢，我明天要出远门，等回来再说吧。再见。"

对方挂了电话，田茹仍拿着话筒发愣。若男的声音太平静了，是那种超越生死的平静。一分钟后，田茹忽然震惊地喊道："子风，若男姐怕是要寻短见！"

几乎同时，凌子风也凭直觉猜到了这一点。田茹急急地说："子风，我们打电话再探探她的口气，行不行？她的号码？"

凌子风在急切中竟然记不起来了，自从两年前和田茹结识，他便有意无意把那个电话号码放在脑后——但他没想到自己竟然能忘记！他苦笑着，从西服口袋里掏出记事簿，查出那个极为熟悉的号码。

他们一遍又一遍地拨着号，没人接。五分钟后，凌子风下了决心："看来，我不得不去一趟了。茹，请原谅，新婚之夜我还要……"

田茹打断他的话："不说这些了，我和你一块儿去！"

已经是凌晨一点，他们在街口的寒风中等了十分钟，急得直跺脚，才看到一辆出租从街角拐过来，两人立即跳到路中间拦住车："师傅，去育水河边！"

出租车司机是一个瘦小的中年人，他怀疑地看看两人，委婉地说："出租车夜里不出城，请原谅。"

凌子风一把拽住司机的胳臂，央求道："求你去一趟，我们是去救人，有个女人要在那儿自杀！"

田茹也眼泪汪汪地求告："司机大叔，求你啦！"

司机看两人不像坏人，一咬牙说："好吧，上车！"

夏利车飞快地开到育水河边，在正阳桥上过河，停在那个荒凉的河湾。接电话后，凌子风凭本能立即猜到，若男若是寻短见，一定会来这个地方，来到这个回荡着恋人情意的河湾。但河边静悄悄的，没有任何动静。河水静静地流淌，闪烁着星月之光，狗尾草在秋风中摇摆着。虫声暂停片刻后，又复唧唧如织。司机不愿在这儿多停，催促道："没事吧，没事就走。"

两人仍不死心，沿着岸边苦苦寻觅着蛛丝马迹。田茹眼尖，忽然喊道："子风，衣服！你看那是一堆衣服！"

岸边果然有一堆衣服，凌子风一眼就看出，这正是那晚若男穿的。衣服整整齐齐地叠放在那儿，下面是蛋青色的风衣，然后是裙子和T恤，最上面是玫瑰红的内衣和红色的游泳衣。这些整整齐齐的衣服无言地诉说着若男的决心，她跳入河水时一定是心如死灰。凌子风欲哭无泪，目光发狂地盯着已经复归平静的河水。好心的司机十分着急，可惜他不会水，便着急地催促凌子风：

"还等什么？你也不会水吗？车上有绳子，我拉着你下去！"

凌子风苦涩地摇摇头，他知道已经晚了，即使跳下去捞出若男，肯定已是面色青紫的尸体。他会哭着施行急救，却终无回天之力。三年前的那个场景浮现在眼前，与真实交叉搅和，几乎分不清哪是彼哪是此，哪是真哪是幻。在这一瞬间，凌子风果断地做出决定，他把田茹紧紧搂到怀中，像大哥哥似的吻吻她的额头，深情地说：

"田茹，再见！"

他抬起手臂按下返回钮。在片刻的虚空摇曳中，还听见田茹在尖声叫喊："子风！你到哪儿去了？子风！"

1999年8月20日晚上11点04分。

晚风习习，河滩上绿草如茵。凌子风低头躲避着陌生人的探询目光，低语道：

"我还要返回到十年前，我要和若男结婚，我不能眼睁睁地看着她为我殉情。"他说得很急，似乎怕自己改变主意。"至于田茹，她和我结婚是在此后，如果我根本不在她的生活里出现，那她就不会有任何痛苦。我说的对吗？"

他哀求地等着陌生人的判决。陌生人迟疑地说："从理论上说，你说的完全正确。只是……"

凌子风匆匆打断了他的话："谢谢你，我要调整时间了。"他低下头，很快把时间调定到 1989 年 8 月 20 日晚上 10 时 24 分,按下"同相入"钮。

1989 年 8 月 20 日晚上 10 时 24 分,同相入。

若男感动地说:"今天我才知道,我在你心目中的分量这样重。"她笑着宣布,"考验期到今天结束,我决定了,要嫁给你!"

凌子风默默地为她披上风衣,没有说话。若男不解地望着他,佯怒道:"怎么啦?听到我的决定,你好像一点也不高兴。"

凌子风把她搂到怀里:"哪能不高兴呢,我当然高兴。"

他心想:"我真的高兴。从此我可以和你在一起,像平常人那样生活。我不会为另一篇文章中某个女人的命运而自责,我不再能预知儿女的性别,也会像别人那样揣测、期盼,在产房外焦急地等待结果……"他再次说:

"我真的很高兴。我相信咱们一定会和和美美地过一辈子,等咱们满头白发,你会瘪着没牙的嘴巴说:'老头子啊,这辈子你娶了我,后悔不后悔?'"

若男立即压着嗓子,学着凌子风的粗嗓音说:"老婆子啊,你哪,嫁给我后悔不后悔?"

两人都笑了,但若男的笑声是透明的、纯真的,凌子风的笑声却透着几许苦涩。

20 分钟后,凌子风把若男送到她的家门口,说:"再见,我要走了。出租车还在街口等着哩。"

若男恋恋不舍地抱着他,忽然面孔红红地邀请:"要不,你今晚留下来?我有钥匙,爸妈不会知道的。"她又补充道,"知道了也没关系,我对他们说,我明天就嫁给你!"

凌子风很感动,他回头打发走出租车,然后跟在若男后边,轻轻打开门锁,蹑手蹑脚地进屋。听见若男妈问一声:"男男回来了?厨房里有饭菜。"

若男急忙说:"妈,我不饿,我困了,这就去睡觉。"

关了卧室门,两人立即无声地笑着,拥作一团。他们和衣躺在床上,絮絮地低声说着古老的情话。慢慢地,若男的声音变得滞涩,浸透了睡意,终于歪过头睡着了。凌子风却全无睡意,他从若男颈下轻轻抽出胳臂,极轻地下床,赤脚走到窗前,遥望着深邃的苍穹。当他以35岁的意识去重复25岁的生活时,他不由想到,也许上帝是最痛苦的。他既然洞晓过去未来,那么,对一桩桩无法避免的惨祸或者是不幸,他一定怀着双倍的痛苦,因为在不幸到来之前他已经在"等待"……凌子风又想到那个叫田茹的女人。如果他自此"目不旁骛"地走完"这一种"人生历程,那么田茹就是一个完全陌生的人,根本不会走进他的生活,因而她也不会对"失去"凌子风有任何感受。但是,凌子风仍然无法铲除一个顽固的念头:他想看看田茹的生活,看看她是否对这一切茫无所知,看看她是否拥有一个幸福的家庭。

若男睡得很甜,很安心,她一定以为自己仍躺在恋人的怀抱中。在这种情形下为另一个女人担心,简直是对若男的背叛。但他还是横下心,把时间调到两年之后,即1991年12月8日晚上9点,那是在"另一种"人生中他和田茹结婚的日子。然后按下"同相入"钮。

并没有通常那种虚空摇曳。若男仍在床上酣睡,偶尔呢喃一声。凌子风疑惑地看看表盘,上面打着一行奇怪的符号。忽然符号转换成英文,未等他识读,符号又转换成中文,字写得歪歪扭扭,就像幼儿的涂鸦:

"调定时间无效,请检查输入指令。"

他想了想,改按了"异相入"钮。片刻之后,表盘上又打出:"调定时间无效,只余一次校核机会。"

他不敢再胡来,想了想,决定先返回到出发原点。他恋恋不舍地看看若男——当然,他很快就会返回这儿,他一定会返回这儿。但是,天地无情,谁知道会不会出什么意外?谁知道他与若男这一别是否将成永诀?他犹豫再三,才按下返回钮。

1999年8月20日晚上11点05分。

陌生人看到他从虚空中现身,这次他的神色比较平静,没有那些内疚、绝望和痛苦。陌生人放下心来,问道:

"请问,你这次……"

凌子风匆匆打断了他的问话，难为情地说："请原谅我的纠缠不休，我只是想满足一下自己的好奇心，想去看看田茹是否过得幸福。我只用看一眼就放心了，不会陷进去的。但我刚才打算进入1991年时，机器一直显示'调定时间无效'，我只好返回来请教你。"

陌生人耐心地说："怪我没有讲清。这个时间来去器只能回到'过去'，再返回到'现在'，而不能进入'未来'。所以，如果你是在1999年得到它，你就只能在1999年之前漫游。1991年当然是'过去'，但对1989年来说它又是'未来'，所以不能从1989年直接进入1991年，必须先返回到真实时间再进入它。现在你就可以去那儿了。不过，你走前我想先和你告辞，你已经不需要我了，我该走了。"

"好吧，谢谢你，再见——可是你怎么同我辞别？你说过，不管我在'过去'待了多久，等我返回时，仍是离开时的此时此刻。也就是说，你仍在我的面前。"

陌生人说："对，所以请你等一下，等我离开这儿以后你再按那个按钮。"

凌子风本来就不愿放陌生人离开，他把这人当成他回到真实世界的保障。他立即笑着说："既然这样，请你再陪我一会儿吧，反正这又不会浪费你的时间，行不行？也许我再次返回时还要请教一两个问题呢。"

陌生人犹豫着，他急欲离开这具魔环，它给持有者留下的可不是什么甜蜜的回忆。但他无法摆脱凌子风的纠缠，因为不管怎样，凌子风总能及时地从过去世界返回并赶上他。他勉强地说："好吧，不过这是最后一次了。"

凌子风眉开眼笑地说："谢谢，衷心感谢。现在我要返回到1991年12月8日了——不不，我真糊涂。这一天本来是'前一种'生活中我同田茹结婚的日子，现在这次婚礼已经不存在了。可是，如果我想看到田茹同别人结婚，我该返回到哪一天呢？我不知道这个时间。"

"你可以用星号代替具体年份，再加一个注解：田茹结婚的时刻，机器会自动搜索的。"

凌子风得理不让人地喊道："你看，你为什么不早点把所有的秘诀都告诉我呢。下次我返回时，你一定要倾囊而授，以后我就不会麻烦你了。"

他按照陌生人的指点调整好时间,按下"同相入"。这次进入花费的时间稍长,魔环内吱吱地响了一会儿,然后空间一阵抖动。

1992年9月6日上午11点49分,同相入。

小点点在水面上踢着脚丫大声叫嚷:"我不嘛,我不嘛,我还要玩水,要玩到天黑!"

若男穿着天蓝色的游泳衣,托着小点点在戏水。两岁的点点面色红润,胳膊像藕节一样白嫩,她玩得很尽兴,头发也打散了,活脱一个疯丫头。若男不解地说:"干吗急着要走?刚刚玩了一会儿,点点还没有过瘾呢。你不是答应她玩一天吗?"

凌子风焦急地说:"我刚想起,田茹要在今天中午举行婚礼,我们不能不去的。"

"田茹是谁?"

"到现在为止,她对你我来说还是个陌生人,不过,今后她会成为咱家一个很好的朋友。你不相信我的话吗?"

若男咕哝着说:"神气得你,好像个预言家似的。你那时说我要生个小子,咋会生了个女儿?"

不过,她说是说,实际还是很信服的。不知道凌子风从哪儿学来这些神神道道的本事,结婚三年来,他确实做过一些很准确的预言,比如1991年的伊科之战,1991年的美国十大畅销影片,等等。现在她相信丈夫说的并非虚言,于是她劝小点点:

"点点,听爸爸的话,你不是最爱看花娘娘结婚吗?那儿有好多好多客人,汽车上都扎着彩球,新娘穿着漂亮的婚纱……"

小点点果然中计了:"好吧,咱们走吧,看完结婚再回来玩水,好吗?"

他们给小点点穿好衣服,梳好辫子,叫了一辆出租直奔金鸳鸯首饰店。他知道这儿有田茹最喜欢的那种珍珠项链。项链洁白晶莹,在天鹅绒的首饰盒中闪闪发光,标价是1200元。若男吃惊地说:"1200元?子风,咱们也随份子送个200元的红包就行了,哪有人生面不熟的,一下子送这么重的礼?"

凌子风说："听我的，回去后再跟你解释。买吧。"

若男不情愿地掏出长城卡。

他们先到田茹家打听到新房的详细地址，乘出租车急急赶去。等他们赶到时，新郎正抱着新娘进门。田茹一袭洁白的婚纱，娇慵地挽住丈夫的脖颈。他们挤进去，耐心地等仪式进行完，来到新郎新娘身旁，凌子风微笑着说：

"恭喜你们。我们知道得太晚，这就急忙赶来了。一点小礼物，不成敬意。点点，把礼物送给叔叔和新婶婶。"

小点点在妈妈怀中高高举起首饰盒，口齿清楚地说："祝新郎新娘白头到老，早生贵子！"

这当然是妈妈教的话，来宾们都高兴地鼓掌，田茹和新郎陈习安迷惑地看看对方——他们都以为来客是对方的朋友——接过礼物。凌子风对新娘轻声说：

"请打开它，不知道你是否喜欢这个式样。"

新娘不好意思地打开盒子，立时一声低呼。盒内是一条漂亮的珍珠项链，展开看，正是她最喜欢的样式。她酡颜晕红，衷心地说："谢谢，这个礼物太贵重了！"

凌子风挥挥手："不必客气，只要你喜欢，我就放心了。"

是的，他可以放心了。看来田茹对他没一点印象，这串项链也没勾起她的任何回忆——要知道这正是田茹和他结婚时戴的那种式样！不过这并不奇怪，他和田茹的婚姻是在另一个平行宇宙和平行时间里，此时此地的"这个"田茹当然不可能有什么记忆。

新郎的大哥赶忙为新客人安排了座位，喜宴开始了。席上，大哥把凌子风当成了重点对象，频频劝酒。若男竭力抵挡，说："大哥，他真的不能喝酒，两杯灌下去就要胡说八道了！"

新郎的大哥不依不饶地又敬了一杯："不行，今天非要一醉方休！我不认识你们，但我知道你们一定是习安或小茹的好朋友。今天不喝足，就是不给大哥面子！"

凌子风这会儿心境异常轻松，笑道："若男你别挡，今天我高兴，要陪大哥喝个痛快！"

若男恼火地瞪他一眼，不好再劝。几巡过后，凌子风的脑袋已经胀大，舌头也开始发直。若男十分着急，却劝止不住。更要命的是，新郎新娘也敬到这一桌上了。新郎满满倒了六杯酒，让新娘双手举过来，恳切地说：

"请大哥和大嫂满饮这六杯。抱歉得很，我俩都眼拙，到现在还没有想起大哥大嫂的名字。"

新娘没说话，水汪汪的眼睛紧盯着他。凌子风想，她确实想不起自己了，一刹那间微觉怆然，但这点思绪一闪即过。不要再牵挂这个世界的悲欢了，应该高兴的。他与若男，田茹与这位陈习安，一定都会有一个幸福的一生。他接过六杯酒一饮而尽，大笑道：

"你们本来不认得我，咱们之间的缘分是在前生结下的，说来话长，闲暇时再说吧！"

新婚夫妇困惑地笑着，这位仁兄一定是喝醉了，在说疯话。他们又为若男倒了六杯，凌子风又接过来：

"内人不会喝酒，我代劳了吧，祝二位幸福美满，早生贵子！"

12杯喝完，若男扯扯田茹的衣袖，偷偷示意实在不能再灌他了。两个新人不再勉强，转向别的客人敬酒。小点点看见爸爸满脸通红，咯咯笑着，点着爸爸的鼻子："爸爸喝醉了，爸爸是个大酒鬼！"

凌子风威胁地说："不许胡说！谁说我醉了？"

若男调侃地说："爸爸没醉。醉人管不住自己的嘴巴，尽说废话，点点，你看爸爸，一定能把嘴巴闭上！"

凌子风倔强地说："我当然能闭上。"他闭紧嘴巴不再说话。

他心想："我没有醉，我只是高兴。我们三个人都有了圆满的结局。田茹会心安理得地和'新'丈夫生活，为他生儿育女，白头到老……不对，这里有一点点不对，是什么呢？……早生贵子，早生贵子……"

新人们敬完一圈，说："失陪，各位请吃好。"便要转到另一桌去，经过凌子风的身边时，他忽然抓住新娘的手，急急地问："田田呢？"

新娘吃惊地瞪圆眼睛："什么田田？"

若男知道丈夫醉了，怕他做出什么失礼的举动，忙来拉他，但凌子风的手掌像铁箍一样箍住田茹的胳臂，恼火地说："当然是咱们的儿子田田，那个最聪明最逗人爱的小神童，你怎么能忘了呢？"

满座皆惊！新娘面色苍白，强忍住眼泪，这个素不相识的人为什么专程来搅混她的喜宴，败坏她的名声？新郎和若男都双目冒火，他们对凌子风的醉话有几分相信，因为那件1200元的贵重礼物本来就惹人生疑。几个邻座的小伙子已经逼过来，摩拳擦掌的，要来教训这个厚颜无耻的流氓。新郎倒还冷静，不愿在吉日良辰把事闹大，便抑住怒气，拦住那几个小伙子：

"他是喝醉了，满嘴胡呲，大林，你们几个把他架出去。"

凌子风看到满座的敌意，他挥挥手，不耐烦地解释："你们误会了，新郎你也别多心。我没喝醉，也没认错人，就是这个田茹，一点儿也不错。不过她生田田的事发生在另一个宇宙内，另一个平行时间内，此时此地的田茹并不知道。"他恍然大悟，捶着自己的脑袋，"是我糊涂了，既然这样，我问她有什么用？我得去那个平行时间里去找田茹。"

他颓然坐到椅子上，开始急急地调定魔环上的时间。一座人迷惑不解，不知道他是真疯还是假醉。若男强忍住泪水，真想抱上点点一走了之。但她看见几个壮小伙子正向丈夫逼近，怕他吃亏，不敢离开。凌子风对这一切充耳不闻，自顾按下魔环的"返回"钮，他在这个世界里最后听到的是点点的哭声：

"爸爸！爸爸！你到哪儿去了？"

1999年8月20日晚上11点06分。

醉醺醺的凌子风忽然现身在陌生人面前，陌生人很奇怪，两人从黄鹤酒家步行过来时，凌子风并没有多少醉意，那么，他的醉意是从"过去"带来的？从理论上说这完全不可能，因为一个时间旅行者在返回现在的时候，应该完全恢复出发前的形态。但眼前这个人却分明满身醉意，他口齿不清地急急忙忙地说道：

"我要找田田,我的儿子田田。先生,怎样才能找到我的儿子田田?"

陌生人苦笑地端详着他,似乎不相信他是如此弱智。他说:"我想凌先生在返回过去之前,对此该有一点最起码的了解吧。你已经按自己的意愿和若男结了婚,和她有了一个可爱的女儿小点点。田茹已经和你没有任何关系了,自然不可能有什么田田。"

凌子风急急地打断他的话:"我知道我知道,可是,田田是个少见的神童啊,他很可能成为爱因斯坦那样的科学家,在人类历史上写上自己的名字。这种神童是很难得的,怎么能让他悄无声息地消失呢?"

陌生人断然说:"很遗憾,这件事情无法可想,当你决定救下若男并和她结婚后,田田就根本不存在了!"

凌子风的神情已近于癫狂,喃喃地说:"那么是我杀了他?实际上是我杀了他?"

陌生人已经不耐烦了:"怎么能这样说呢?从概率上说,你和无数女人都有结合并生儿育女的机会。但这无数个可能的组合中只有一个会成为既定事实。当你的生活发生这么一次'坍缩'后,也就斩断了其他婴儿的出生之路。你能说这无数有可能出生但未能出生的婴儿都是你杀死的?"

"我知道,我知道,但田田毕竟已经出生并活到七岁了呀!"

陌生人冷冷地说:"很抱歉,我不能帮你什么忙,我劝你不要有太多的欲望,下决心挑选一种生活,目不旁骛地过下去吧。另外,请你记住,不想再拥有它时,要为它找一个新的主人。凌先生,我要同你说再见了。"

凌子风彷徨无路。他很想按陌生人所说,挑选仅仅一种生活。但挑选哪一种?几种生活已经揉来搓去,弄得皮破肉烂,不堪入目。更要命的是,不论挑选哪一种生活,他都不可能"目不旁骛",他都要操心另一种生活中亲人的命运,牵肠挂肚,摧心裂肝,一直到他疯狂。

他如果挑选第一种生活,就要认可若男的死亡;

他如果挑选第二种生活,就要扼杀田田的生命。

十年前,若男的不幸使他痛不欲生,但毕竟那是一个不可抗拒的意外。而现在,若男或者田田是否死去却取决于他的决定,他该如何选择?该留下哪一个而"杀死"哪一个？

陌生人看见了他的绝望和无奈，作为一个过来人，他当然能深深理解，但是爱莫能助。他叹口气，又说了一遍：

"凌先生，再见。"

陌生人转身走开。走了十几步后，他才听到凌子风的回答，像是答话，又像是自语："再见。我要把这个不祥的东西送回原地，不让它再害人。"

陌生人立即领悟到这句话的含义：如果他想把魔环留在唐朝，那他自己也不可能返回了，他是以这种自我牺牲来求得解脱。陌生人觉得内疚，毕竟是他造成这种局面，他想尽力劝劝凌子风，扭回头，那个地方已经空无一人，只有空气还在微微振荡。

凌子风已经走了。

陌生人默默地等了一会儿。如果凌子风是在一时冲动下做出这个决定，也许他随后会后悔，会使用魔环返回这里。十秒后他仍没有返回。他永远不会再回来了。陌生人忽然想到天福寺地宫中那封短柬，直到这时，他才恍然悟到短柬的含义：

"仙人凌风子自言亦中土人氏，仗此镯修行凡一千九百九十九年，方能脱体飞升，知过去未来之事。"

当时他就纳闷，为什么凌风子修行的时间有零有整，是如此准确的一千九百九十九年？现在他明白了，仙人并不是什么凌风子，而是凌子风；他于1999年得到魔环，在绝望中回到唐朝并死在那里。临死前他肯定对某人很可能是位僧人讲述了自己的经历，留下魔环；而那位对高科技一窍不通的唐朝和尚把这些话半生不熟地吞下去，写出那封短柬，与魔环一起葬在天福寺地宫。

然后，魔环在20世纪80年代被发现，几经辗转，来到凌子风手里。这是一个闭口的时间循环，周而复始，没有开头和结尾。至于外星人的这件宝物是何时添加在这个循环中的，恐怕只能是一个解不开的谜。

远处出现了汽车灯光，一辆黄色的出租车开过来，停在河边。一高一低两个人影从车上下来，然后出租车转过灯光，把大灯对准岸边，那两个人影在光柱中蹒跚地走过来，边走边喊：

"子风！爸爸！你在哪儿？"

听得出一个是女人，一个是小孩。小孩的声音很尖，无法辨出是男孩还是女孩。陌生人知道这是凌子风的家人来寻找他，但究竟是若男和点点，还是田茹和田田？他不得而知。

他知道自己留在这儿将会很尴尬，凌子风的妻子肯定不会相信她的丈夫已经到了唐朝，说不定，她会把这个可疑的陌生人当成杀人凶手。陌生人苦笑一声，悄悄离开岸边，走了很远，还听见两人焦急绝望的喊声。

五月花号

近七亿千米的 120 天航程就要结束了。每年一次到木星采运液氢，在抵达前照例有一次庆祝，就像地球上海员们经过赤道时的狂欢。今年是五月花号处女航 20 年，船长马修·沃福威茨准备好好庆祝一下。庆祝会定在飞船的减速阶段，因为——有重力时开香槟才够味！为了大伙玩得尽意，船长特意把飞船的减速度调大了一点，0.6g，而正常减速是 0.2g。

我和马特（马修的爱称）赶到飞船的活动厅，其他四名船员已经等候在那里，他们今天都是水兵打扮，带飘带的水兵帽，海魂衫，每人笑嘻嘻地抱着一个超大的香槟酒瓶。有中国人陈大富，埃及人艾哈迈德·马希尔，俄罗斯人德米特里·雷博诺夫列夫，南非人瓦杜，都是马特的老伙伴，跟着他干了三十年，现在全都两鬓微霜了。再加上 52 岁的船长、美国人沃福威茨，这就是五月花号机组的全部成员。

也许还要加上我，35 岁的宇宙生命学家黄小艺。我每年免费搭乘五月花号，到木星的第二个卫星欧罗巴考察生命，就像达尔文搭乘"贝格尔"号巡洋舰环球考察。欧罗巴卫星上有液态海洋，是水的海洋，而非木星上的液氢海洋，这是科学界认为最有可能存在地外生命的星球。十年来我已经搭乘了十次，算得上机组的编外人员了。四位船员都成了我的铁哥们儿，至于马特，则比铁哥们儿还要更亲密一些。

四个伙伴见我俩走近，同时猛摇香槟。四条酒柱像消防水枪一样向我们射来。马特一手搂着我的腰，一手护着我的脑袋，在水箭中穿行。他的保护毫无用处，很快我就被浇得"花容失色"，伙伴们笑成一片。

第一次见到五月花号，我认为它是天下最丑的飞船。时间长了，才体会到它在设计上力求简约的匠心。五月花号由三大部分组成,左右是两个圆柱形的货舱区,可容纳20万吨的液氢,形状完全像呆头呆脑的汽油桶,因为——按马特的话,没有空气的太空中不需要流线型,更不需要照顾局外人的美感。两个货舱区之间用金属圆管相连,而生活区就吊在这根圆管上,可以绕着枢轴自由转动。这样的设计,一则是为了尽量隔绝生活区与货舱区的热传递,货舱应保持低温,至少在130K以下,以免液氢气化,二则不管是加速阶段还是减速阶段,都可以随着重力方向的改变,让生活区的"地板"永远自动保持在"下方",这样便于乘员的生活,在无重力阶段则可保持在任意角度。生活区中包括活动大厅、指挥舱和六间单独的卧室,还有一个健身房,一个负压厕所,一个负压淋浴室,一个简易厨房。这样的宽敞是早年的飞船无法想象的。

两个货舱上对称趴着四只昵称"小蜜蜂"的飞艇,它们是飞船的动力之源,配有最先进的氢聚变发动机,使用氢离子做工质,配备180度可变矢量喷管。行进途中,靠它们之中的两个来对整艘飞船加速或减速。等抵达木星时,飞船悬停在木星的引力区域之外,小蜜蜂脱离飞船到木星上"采蜜"。它的动力十分强劲,足以背负着1000吨液氢,在$2.3g$的木星赤道重力下,使飞船达到59.56千米每秒的脱离速度。这样的设计还很好地符合了"冗余原则",即使一半飞艇发生故障,余下两只也能完成采蜜,并轻轻松松把母船送回地球。

用四只小蜜蜂把20万吨货舱装满,需要在木星起落50次,每次按16个小时计,包括睡眠,机组中没人可以换班,共需800小时,也就是33天。至于回地球时的卸货则有专门的卸货飞船,只用三天时间就行。33天的采蜜时间是长了一点,但五月花号花得起这个时间。它每年只需往返一次,运回的液氢就足够地球一年之用了。

香槟喷射结束,伙伴们安静下来,等着船长致辞。沃福威茨今天同样是水兵打扮,被浇湿的海魂衫凸显出强壮的胸肌。虽然这20年间他大半生活在太空失重环境,但他一向坚持锻炼,所以肌肉萎缩症完全与他扯不上。他喜气洋洋地大声说:

"老伙计们,五月花号已经在这条路上奔波 20 年了,算上制造飞船的时间,咱们搭伙计已经有 30 年了。这 30 年可不容易呀。咱走过的路,各位都没忘吧?"

伙伴们笑着说:"忘不了!"

"你们没忘,我也要重说一遍。别忘了年轻的密斯黄也是咱们的船员,前辈们有责任让后辈了解飞船的历史,对不对?"

"对!"

我笑着捅他一下。马特回过头问我:"黄,你还记得 35 年前,地球上的氢盛世是如何开始的吗?"

"记得!怎么不记得,那年我已经零岁大了。"

伙伴们大笑,马特倚老卖老地说:"年轻人啊,可惜你错过了那段浓墨重彩的历史。那时地球上的石油已经基本枯竭,油价飙升到 3000 美元一桶,但替代能源一直没能真正解决,世界经济严重萎缩,人类都快绝望了。忽然,几乎是一夜之间,冷聚变技术取得重大突破,而且是使用普通氢做原料,而不是氘和氚!"

我插话说:"科学家们说,这是人类历史上能源技术最伟大的突破,前无古人,后边也不会有来者。因为,从宇宙大爆炸到今天,宇宙中所有能量实际都储存在氢核中,其他能量形式像太阳能、化石能甚至重金属的裂变能,归根结底都来自氢。只有引力能除外,但引力能人类很难应用,不必提它。所以,氢聚变技术的成功,已经刨到了宇宙能量最老最老的根儿。而且它非常干净,连它产生的废品——氦,也是次级能源。"

"对。从此氢盛世开始了。地球上再没有穷人,没有环境污染,没有资源战争,没有捉襟见肘的艰难日子。再不必担心能源枯竭,因为氢资源基本是无限的。人类就像是一个忽然得到亿万遗产的乞丐,不知道该怎么花钱了。要知道,依那时的经济水平,全人类每年所需的总能量,只需几百吨氢就可以满足。"

"咱们的五月花号一次就可运回 20 万吨。"

"其实,开始时科学家没打算'向木星要氢'。在我最先提出这个想法时,几乎被人当成傻子。因为，从水中制氢的技术，像交换制氢法啦，生物制氢法啦，阳光制氢法啦，都已经十分成熟，也十分廉价，何必万里迢迢到木星上去呢。但是，我，稍后再加上他们四位，仍坚定不移地推行自己的想法。我们这样做基于三个理由。第一，尽管依当时的全球能耗水平，每年只需几百吨氢，但我们相信，尝到廉价能源甜头的人类绝不会满足于这个水平。果不其然，30年后，这个数字已经激升到十万吨以上。"

我感叹地说："是的，在氢盛世长大的年轻人大手大脚惯了，很难想象此前的窘迫日子是怎样过的。"

"第二，氢聚变不比普通的化学燃烧，它将永久性地降低地球中氢元素的比率。虽然目前说微不足道，从长远上说仍会破坏地球环境。第三，也是最重要的原因，是费用。那时人们由于思维惯性，把太空运输看作昂贵的同义词。其实呢，木星运输几乎是免费的，比在地球上人工制氢还要廉价，因为太空航行所需燃料可以从木星上免费获得！我们要花的钱，仅仅是飞船的建造费用，还有五个船员的工资。"

"不过，飞船的建造费用一定是个天文数字吧。"

"当然是笔巨款，但比人们想象得要少得多。关键是，按我们的设计，飞船的主体部分永远在无重力条件下使用，组装也是在太空进行，不需要经受起飞降落时的恶劣条件。这种使用条件甚至远比地面上还优越，有人开玩笑，用纸糊一个飞船都能满足。只有四只小飞艇需要在高重力的木星上反复起落，必须有强壮的骨架和强劲的动力，但它们毕竟个头小，建造费用相对较低。"

雷博诺夫列夫插话说："飞船设计中曾遇到一个难题：尽管太空航行途中环境温度很低，只有3K，但免不了日光照射，特别是接近地球时阳光较强。阳光将使货舱急剧升温，使液氢气化。为了防止气化，就要对货舱隔热，建一套制冷系统，这会使建造费用大大增加。但咱们的老大来了一次'非常规思维'，很利索地把它解决了。方法是在货舱上覆盖一层热管，把光照热量迅速传到货舱的头尾部，在那里对液氢加热，让气化的氢气带走热量，顺便提供飞船的辅助动力。当然，这是把宝贵的核燃料当成普通工质用了。"

马特笑着说："这个办法非常简单，但我敢说没有哪个工程师能想出来。

关键是：在所有工科学生的圣经里，都把降低能耗放在最神圣的位置。他们的思维全都定型了，所以都忘了一条：木星的氢不必节约。"

我沉默了。在我与马特的亲密关系中免不了一些小的争吵，这便是其中之一。我总觉得这个方法太奢侈，甚至近乎霸道。即使木星上的氢储量近乎无限，也不能这样随意抛撒吧。这有点类似于食肉动物的"过杀"行为。马特对我的观点不以为然，反问我：

"我只不过把木星上的一点氢转移到太空了，总有一天它们还会沉聚到某个星体上。换句话说，我并没有浪费上帝的总资产。那么，我的做法有什么害处？"

他的反驳很雄辩，我无法驳倒他。但他也改变不了我的观点。不过，总的说我对这个男人非常佩服，可以说是崇拜。30 年前他第一个提出"向木星要氢"的目标，凭一己之力把它实现，这需要何等的勇气和毅力！现在，就靠这么一个微型私人公司，就提供了全地球的能源。加上地球上的职员，这个公司不超过 50 人。这样的功绩确实前无古人。地球政府倒是建了两艘备用飞船，但明确规定，在五月花号报废之前不得启用。世界政府是用这样的方式向马特表示敬意。

这是一个粗犷坚毅、带几分野性的男人，我喜欢他。

马特扼要回顾了五月花号的历史，完成了对我的"革命传统教育"。他笑着说：

"今天是大喜的日子，我为四位老弟兄准备了一份小礼物。喏，就是它。"他从口袋里掏出四个银色的金属胸牌，有硬币的两倍大小，上面的花饰是一朵五瓣花，也即五月花号飞船的船徽。胸牌上穿着银白色的项链，做工精细。"知道这是什么材质吗？白银？白金？锇铱合金？不，说出底细后你们可别失望。它们是用铁结核做的，就是木星液氢中的铁结核。"

早在第一船木星液氢运回地球后，人们就发现其中杂有细小的颗粒，大小如芝麻，形状不一，上面有微孔，材质主要是铁和硅，也有锂、碳、氧等微量杂质。矿物学家们比照地球深海中锰结核的名称，把它称作铁结核。液氢中杂有这样的铁结核并不奇怪，因为人们早就知道，木星星核就是铁硅质的。奇怪的是它们的比重远比液氢大，为什么能悬浮在海洋表面？否则小蜜蜂采不到它们。可能是因为，狂暴的木星风暴一直在搅着海洋吧。

液氢用于聚变发电前必须滤去这些杂质，虽然它们的含量不高，但20年下来，每个氢聚变电厂都积了大大的一堆。这种铁结核有一个有趣的特点：不会生锈，20年来一直银光闪闪，所以常有人拿去打"白金首饰"。有一段时间，来自木星的首饰曾经成为时尚，不过现在已经不时髦了，毕竟铁太廉价。

我微笑地看着马特。今天这个特殊日子里，他当然不会送这样廉价的礼物，应该还有什么讲究吧。马特笑着揭了谜底：

"它们的后盖可以打开，里面有一张纸，记着一串密码。凭着各自的密码，每人可以在地球任何银行支取两亿世界币。这是我的一点小意思。"

四个伙伴欢呼起来。瓦杜笑着说："老大，这趟结束后我立马辞职！我要陪我的四个妻子和十四个孩子，快点把这两个亿花完。"

瓦杜是一位黑人酋长的后裔，那儿还保留着一夫多妻制，18个家人的花销是他片刻不能卸下的担子。马特哼了一声：

"是吗？那你先把钱退还我。"

"到手的肥肉我能再给你？没门儿！"

"那你就在五月花号上老实待着，等我什么时候先辞职，才能轮上你。"

陈大富是个细心人，看到我一人被晾在圈外，便大声提议："喂，静一静，听我说句话！按照中国一些狩猎民族的习俗，打到猎物时见者有份，不管他是不是猎人。小艺和咱们在一块儿搅了十年，说得上生死与共。我提个建议，每人分出1000万给她。"

其他三位一向都是一掷千金的主儿，何况是送给他们的"小艺妹妹"，都豪爽地当即同意。

我又是摇头又是摆手："别别！我怎么会要你们的养家钱！这些年我一直免费乘船，已经感恩不尽了。"

马特也笑着摆手："用不着你们瞎豪爽，你们想把我置于何地？就我一个是夏洛克或葛朗台？我早给她另外准备了礼物。"他掏出一个精致的首饰盒，打开，取出一枚银色戒指。"黄，它也是铁结核打造的。不要嫌这个礼物菲薄，这是我的求婚戒指。"

他深情地看着我。这个突如其来的礼物让我吃惊，心中漫过带着苦味的喜悦。十年来，我已经爱上这个比我大 17 岁的、宽肩膀的男人。我俩一直没有谈婚论嫁，但我在默默等着这一天。他是世人心目中的英雄，但家庭生活却很不幸。因为长年在太空，分多聚少，他妻子另有所爱，十几年前就离开了他。他的儿女已经成年，似乎对他也比较冷淡。平时他是一位叱咤风云的太空船长，只有一个女人的眼睛能看透他深埋心底的苦楚，我知道他渴望着一个温暖的怀抱……但我看见了戒指上的花饰，心中突然涌出强烈的不快。

戒指的花饰和胸牌一样，也是五月花号的船徽。我从一开始就不喜欢五月花号这个名字。1620 年，以布雷德福为首的 102 名英国新教徒，乘着一艘名叫"五月花号"的木制帆船冒死出海，历经 66 天的苦难终于抵达美洲。他们虔诚祈祷，感谢上帝赐予他们的肥美之地。这是一个很经典的关于奋斗和成功的故事，只可惜大背景上带着血光和肮脏。白人上帝赐予的美洲并非无主之地，而五月花号的名字也就与其后一场历史上最血腥的种族屠杀密不可分。这都是历史了，屠杀者的后代是无辜的。我并非多事，非要苛责他们；但我总觉得，美国白人更应该小心避免碰着被害民族的伤口——比如，不要大张旗鼓地重提五月花号或哥伦布的名字，那位白人的英雄同样是一个杀人恶魔。

马特曾骄傲地说，他的直系祖先就是五月花号的一位船员，所以把太空船命名为五月花号，他认为那是一种精神上的维系。我曾委婉地表达过我的意见，但马特不以为然。他说他不会为历史上的罪恶辩护，问题是有些罪恶是不能避免的。作为种族而言，最重要的是生存，是拓展生存空间。所以，如果他，或者我，处于那个时代，也许会做同样的事。

我没有同他认真争论。我不想让世界观的分歧影响爱情。所以，平时我很注意回避类似分歧。但这样的善良意愿应该是双向的，他既然知道我的观点，那么在婚戒这样重要的事情上，总该照顾我的感受吧！……马特正等着我伸出右手的无名指，四个伙伴兴高采烈地围观，他们早就祝福我俩有这一天了。我不想扫伙伴们的兴头，更不想伤马特的心，但同样不想太委屈自己。于是我玩个了小花招，从马特手里接过戒指，放在首饰盒里，关上盒盖，笑着说：

"谢谢你的求婚戒指，我太高兴啦。可是——你这个粗心男人，难道不知道我一向不喜欢这种花饰吗？随后你必须给我换一个。"

尽管我用笑容包装了我的拒绝，还是扫了马特的兴头，他的表情变冷了。

陈大富看出端倪，忙问我："小艺，听船长说，这次你不去欧罗巴考察了？"

我很高兴他把话头扯开，就顺着说下去：

"对，不去了。十年考察，我基本确定欧罗巴上没有生命。"

雷博诺夫列夫说："真可惜，这么说，人类还是上帝的独子，没有一个兄弟姊妹，太孤单了。"

我忙说："这只是阶段性结论，不一定正确。你们别把'宇宙生命学家'看得多神秘，其实我和你们一样，迄今为止只见过一种生命，即地球生命，视野太窄，标准的井中之蛙。也许此刻有某种外星生命摆到面前，我也认不出来呢。上个世纪，太平洋深海热泉中发现了靠化学能生存的细菌，南非金矿中发现了靠放射能生存的细菌。在此之前，谁敢想象生物能离开光合作用，仅靠化学能和放射能为生？我们一直在寻找外星生命，找了200年了，但其实连生命最基本的定义是什么，还没能取得共识。"

陈大富说："我知道一般的说法是：生命的特征是能自我繁衍。龙生龙凤生凤，老鼠儿子会打洞。我说的对不对？"

我摇摇头："但广义的繁衍到处都是：宇宙大爆炸中生出夸克、生出氢氦原子，星云中诞生星体，电脑病毒自我复制，甚至岩浆中析出晶体、云中诞生雪花等，都说得上是'自我繁衍'。这个定义不确切。"

雷博诺夫列夫说："还有一种最普遍的说法：生命即负熵过程，是利用外界能流来维持一个小系统里的有序状态。忘了是哪位著名物理学家提的了。"

"这个定义同样不全面。因为像在恒星熔炉中聚合出重金属原子、电脑病毒的复制等，也都是'利用外界能量来维持自身的有序状态'。"我笑着说，

"其实，我对生命倒有一个独特的定义，是我自己提出来的。"

"什么定义？说说看。"艾哈迈德性急地说。

"上面说的例子都属于自组织过程。地球生命从无到有，其实也是一种自组织。但它与广义的自组织不同，它必须先诞生一个特殊的模板——DNA。这种模板来自特殊的机遇，是上帝的妙手偶得，在其他星球上没有可重复性。这才是'生命'与'自组织'的本质区别。我相信，今后发现的外星生命，不一定有双螺旋的DNA，但一定有另外一种独特的模板。"

这个观点是教科书中没有的。我并非心血来潮贸然提出，而是考虑好久了，不过没有绝对把握之前我不会捅到学术杂志上。

和大伙儿闲扯时，我也悄悄瞄着马特。他的表情很平和，有时插几句话。如果他心中受了伤，至少没有表现在外面。这时广播中说：

"各位，减速阶段即将结束，请做好失重的准备。"

几个香槟酒瓶开始浮起来，大伙儿赶忙把它们收到箱里。至于刚才喷出的香槟已经由电脑自动处理了，失重环境下，空中飘浮的液体微粒可能危及生命。我们的身体也变轻了。四个伙伴同我俩告别，分头去各自的小蜜蜂，耗时33天的"采蜜"工作即将开始，这是飞船上最忙碌的时刻，就像地球上的收麦天。马特要到指挥舱，我亲热地拷上他的臂弯。等与其他人分开，我歉然说：

"马特，刚才我……"

他截断我的话："不必解释，今天是我的错，是我疏忽了。你把戒指给我吧，等回到地球，咱们去蒂凡妮或卡迪亚挑一个你满意的戒指。"

我想了想，说："也不要用铁结核，因为这牵涉到我的一个忌讳，以后我会告诉你。白银或白金都行。"

"一切随你。"

我笑着说："谢谢啦，我这么挑剔，你还这么宽容。"

"等我下次当着大伙儿送你时——不会再让我难堪吧。"

"哪能呢。告诉你一句悄悄话——其实我早就盼着它啦。"

替天行道

减速结束后飞船做最后一次姿态调整，此后将以 20 千米每秒的速度、30 万千米的半径绕木星公转，公转周期大约是木星自转周期的三倍。这儿重力很小，生活区可以停留在任何位置，马特调整了生活区的角度，让观察窗正对着木星。这颗太阳系中最大的行星以迫人的气势占据了整个观察窗，甚至是整个天空。飞船此刻处在黑夜区，面对着木星背面几万千米的极光。极光在太空中摇曳变形，如梦如幻，以它的映照下，木星暗半球的轮廓清晰可见。两极的极光更为明亮，就像带着两只紫色的夜光帽。木星自转极快，带动其大气层顶端的云层，以每小时约 3.5 万千米的速度旋转。云层被拉成条状云带，与赤道平行，明暗交替分布。云带的结构十分复杂，而且激烈翻卷着，犹如炼狱之火。至于著名的木星大红斑则更为狰狞，犹如撒旦之目。它的颜色鲜红，略带淡玫瑰色，云团激烈翻滚，形成强大的涡旋。

观察窗中能看到众多木卫星，黯淡的木星环也隐约可见。我看见了脾气狂暴的伊奥（木卫一），颜色鲜红得有些妖冶。它是太阳系火山活动最强烈的星体，此刻正好有一次火山喷射，火山烟云高达数百千米，拖在起伏的山脉和极长极宽的峡谷上。也看到了我曾去过多次的欧罗巴，它明亮的冰表面上布满了纵横交错的冰裂，有些冰裂甚至贯穿厚达五千米的冰层，我就是通过这些冰裂来考察欧罗巴海洋中的生命，可惜没有任何发现。

自打我第一次在近处观察木星之后，就对它有一种特殊的敬畏。在我看来，木星不应该是朱庇特的宫殿（木星的西方名字是朱庇特，即罗马神话中的万神之王），倒更像撒旦的巢穴。

飞船的状态已经稳定，半个小时后就要开始采蜜了。正在这当口儿，通话器中传来陈大富的声音，让我去他那儿一趟。马特有些不乐意，嘟囔着：

"你这家伙，什么话不能在通话器上说？马上就要采蜜了，还要黄夫你那儿。"

我能猜到陈哥要说什么，怕马特拒绝，忙说："肯定是什么个人隐私，我去一趟吧。"

我拉着纵贯通道的扶手，飘到货舱，通过气密门进入蜜蜂一号，来到位于飞艇前中部的驾驶舱里。这种飞艇确实像蜜蜂，长着两对大大的翅膀，虽然不能扑动但能调节角度。飞艇离开母船后要飞行两个小时到达木星，然后对准木星赤道，即天文学家说的赤道明带，顺着木星旋转方向下降，两对翅膀随时调节仰角，把递增的向下坠落速度转变为向斜下方。飞艇的四只大翅膀，再加上赤道明带上时速为150米每秒的稳定西风，还有木星赤道与飞艇同向的旋转速度，这些因素共同保证飞艇能平安溅落在液氢海洋上。溅落之后飞艇打开进液口，液氢因冲力自动涌入舱内。等液氢充满，飞艇启动氢动力机，在液面上加速，升入大气层，然后在大气层里加速。加速进行得比较缓慢，因为木星大气十分稠密，速度过快飞艇要烧毁的，只有到比较稀薄的上部大气层中才能完成最后加速。

母船和小蜜蜂的速度比率经过优选匹配，等九小时后，当木星差不多转过一周、飞艇的动态位置正好快赶上母船的动态位置时，飞艇也正好达到接近60千米每秒的脱离速度。它冲出大气层，脱离木星引力后再飞行两个小时，与母船接合。这样的方法能充分利用木星快速自转的特点，利用高达13千米每秒的赤道自转速度，大大有助于飞艇克服木星的高重力，只是一个工作流程的时间稍长一些。

由于木星大气中强烈的畸变磁场和带电粒子流，小蜜蜂和母船之间的通讯不大可靠，所以小蜜蜂采蜜时一向讲究独立作战，不能依赖母船的指令。不过采蜜过程其实是相当安全的，它在赤道区域进行，这儿的大气活动相对平稳，虽然不是地球赤道上的无风带，但只有稳定的纬向风，没有横风和涡旋。再说木星上海阔天空，绝对不用担心撞上飞鸟、建筑或礁石，用四个采蜜人的话，他们对采蜜程序早就熟透了，可以闭着眼睛开船。

我挤到驾驶位后边，陈大富回头看看我，显然有点难为情的样子。他掏出刚才得到的胸牌递给我，又特意关了同指挥舱的通话器，这才笑着说：

"小艺我让你来，是想让你帮我收着这玩意儿——可别让船长知道，我怕他笑话我。你也不能笑话我，说我迷信——我是说，万一我有什么好歹，麻烦你转给我老伴。"

"呸呸，你这乌鸦嘴，临上阵时说这些晦气话！是不是担心上次你说的鬼火？"

他难为情地嘿嘿地笑着:"对。"

"那次你确实看清了,是海面上的闪光,不是空气中的闪电?"我知道木星大气中常有闪电。

陈哥摇摇头:"我哪能连闪电都分不清。不是的,是海洋表面一大串闪光,全都沿着船的尾迹,闪光时间也是先远后近,紧追着飞艇。就像坟场中的鬼火会随着人的走动在后边追。"

"你还说有海中魅影?"

"对,我相信没看错。那些鬼影出现在航道前方,半透明,样子……怎么说呢,就像是一群蠓虫聚在一起,影子的边界浮动不定,说不出来它像什么,大小有一只河马那样大吧。可惜飞艇上没有设置录像系统,没法把它照下来。"

如果不算木星上的狂风巨浪,这儿是一个绝对的死亡世界。20年来大伙儿在木星上起起落落,没发现任何新鲜事。陈大富说的情况是他最后一次采蜜时发现的,当时他在最后一艘船上。其他三人没发现异常。

听陈大富说了这两桩见闻后,马特和另外三名船员没放在心上。即使他所说属实,也不过是某种未知的物理现象,比如液氢受激发光之类,不值得大惊小怪。但陈哥此后在我这儿絮叨过多次,引起了我的警觉。我熟知陈哥也一向是大块儿吃肉大碗喝酒的主儿,性格豪爽,心细胆更大,是个无神论者。单为这两件小事忧心忡忡,不符合他的性格。这会儿我把胸牌先收下,说:

"这样吧。前十次我只顾去欧罗巴考察,还没到木星上去过呢。马特已经答应这次让我去一趟,他原说采蜜结束后亲自送我下去的。干脆我这会儿就去,跟你一块儿,我要亲眼看看你说的鬼火和幽灵。"

陈哥脸都白了:"不,你不能去,至少这一趟不能去。"

他的过度反应让我更生疑窦:"为什么?你确实认为有危险?"

"反正你不要去。还是等我们采完,让老大送你吧。"

我把他的脑袋扳过来,让两双目光正面相对:"陈哥,你老实告诉我,还有什么情况瞒着我?我知道你的性格,单是闪光和黑影什么的吓不住你,肯定别有隐情。你一定得告诉我,否则这会儿我就向船长通报,说你心理不健全,让他停你的飞。"

陈哥犹豫很久,叹了口气:"是有一点情况,我一直没对别人说,怕说了也没人信。其实,连我自个也不大信哩。去年来木星,在最后一趟采蜜中,我脑袋里似乎一直嗡嗡作响,就像是电视中的白噪音,嗡得我脑瓜疼。我想是不是脑袋瓜得什么病了?就在我离开木星洋面升入空中之前,脑子里的杂音变规则了,零零星星蹦出几句话:食物和身体。不许残害。警告。最后一次!"他使劲摇头,"你甭问我听到的是英语、汉语还是世界语,什么也不是。就连是不是有人对我说话,我都拿不准,但我分明听懂了类似的意思,它就那么呼啦一下子冒到我脑袋里。老实说,当时我吓得心脏都停跳了。可是事情过去后,我又逐渐开始怀疑。在木星上有人对我说话?而且是钻到脑袋里说话?明显是不可能的事嘛,肯定是我产生幻觉了,精神失常了。"

"可是,你这种解释显然没解开自己的心病。"

陈哥顿了一下,苦笑着承认:"是的,没解开。"

上一次木星之旅后,在陈哥说了闪光和黑影的情况之后,恐怕唯有我一人认真对待了。我曾思索了很久,还做过必要的试验。现在听他进一步透露隐情,我更觉得应该认真对待。我想了想,坚决地说:

"陈哥我要跟你一块儿去,你甭拦阻。"我开玩笑,"那个给你传话的天使,或撒旦,说不定很有骑士风度,看见船上有女士会客气一点。"我没等他反应过来,迅速打开通话器,对马特说,"船长,我提前下去了,坐陈哥的一号。"

马特没当回事,随便说一句:"这么性急?好,你下去吧。"

事已至此,大富哥无法再阻拦了,无奈地摇摇头,打开保险,关闭气密门,松开对货舱的抱持器,又打开氢动力。小飞艇轻轻晃动一下,离开母船。此时它已经具有母船的 20 千米每秒的速度,随后将加速到 40 千米每秒,以便在两小时内走完这一段距离。

十年来,我一直在母船上观察四只飞艇的起起落落。每当看着小如蜉蝣的飞艇飘飘摇摇，沉入色彩怪异的木星大气中时，我总是很紧张。实际上，坐在蜜蜂一号的船舱里，反而没有那么担心了。

两个小时后，飞艇接近木星，经过反喷制动，速度降了一半。它顺着赤道的旋转方向，把机头对准木星大气露出曦光的地方飞过去。这个过程与地球上航天飞机再入大气层是一样的，如果角度过大，飞艇会在大气中烧毁；过小，则会像打水漂一样从大气层上弹走。不过，由于木星大气旋转速度很高，而且与飞艇速度同向，飞艇又可以在必要时使用反喷制动，所以再入大气层比在地球上容易得多。

我们潜入大气层，感觉就像在山顶乘车从上面进入云层。远看起来十分浓密的云层随着飞艇的进入而逐渐变得稀薄，颜色也淡多了。太阳在云层外闪耀，光线晦暗，个头小如苹果，在木星的淫威下失去了往日的帝王气势。随着飞艇的下降，空气的颜色逐渐变化，从红色变为棕色，变为白色，再变为蓝色。向上看，晦暗的太阳已经淹没在浓密的大气中。

这儿的昼夜交替真快，木星的快速自转再加上飞艇的同向速度，三个小时后，飞艇就进入了黑暗半球。浓密的大气遮蔽了星光，64颗木卫星中，只有伊奥和欧罗巴在夜空中撒下微弱的光亮。飞艇没有开灯，陈哥说他们已经习惯了不开灯，空无一物的木星上没有什么可避让的。我一直等着飞艇在海面上的溅落，结果根本没有感觉到。木星大气层和海洋的成分都是氢，其气态相和液态相是逐渐过渡的，没有一个清晰的海面。一直到飞艇明显受阻，陈哥才说：

"已经进入液氢了。你注意观察吧。"

飞艇的比重比液氢大，但两对大翅膀起了水翼的作用，使它一直保持在液氢海洋的上层。小艇没有太大的颠簸，赤道海面上风浪不大。我盯着艇后黑沉沉的夜空，小声说：

"陈哥，没有闪光啊。"

"依上次的经验，恐怕要等到飞艇开始采氢后才有闪光。你稍等一下。"

艇身忽然明显一顿，是进液口打开了。液氢在小艇的冲力作用下快速涌进舱内，脚下传来嘶嘶的液流声，小艇的速度也明显减慢。陈哥说：

"小艺你看！"

艇后果然很及时地出现了闪光。沿着船的尾迹，从远到近依次闪亮，确实像鬼火在身后追赶。陈哥小声说：

"比我上次见到的还亮。"

我默默观察着，小声问："但是没有黑影？"

"这会儿有也看不见。等太阳出来再观察吧。"

液氢很快充满了，陈哥关闭了进液口。小蜜蜂开始在海面上加速。加速进行得很舒缓，因为要等待"起飞窗口"，即赶在离母船距离最近的地方跃出大气层，时间很充裕。三个小时后，前边出现了浅薄的晨曦，飞艇也准备离开水面了，在这段时间里，飞艇后边的闪光一直没有中断。陈哥忽然指着前边说：

"快看！"

在飞艇一掠而过的刹那间，我看到透明的液氢中有一个硕大的黑影。黑影并不是严格的实体，呈半透明，边界模糊不清，所以也说不上它是什么形状。陈哥上次的描述很准确，它们就像一群蠓虫或南极磷虾，因群聚性而临时聚在一起。小艇掠过后我疾速回头向后看，那个黑影并没有被冲散，可能其位置距海面有一定距离。就在这时，我的脑中忽然响起嗡嗡的噪音，但什么也听不清，就像电视中的白噪音。强烈的噪音弄得我头痛欲裂，我皱着眉头，用力捶捶脑袋，抬头看看陈哥。陈哥这会儿脸色煞白，说：

"我又听见了！比上次更清晰。还是那句话：最后一次警告，最后一次警告！"

飞艇跃到空中，向上爬升。我回过头，盯着刚才有黑影的地方。飞艇升到几百米高的时候，那儿忽然爆出一团极强烈的白光！我失口喊了一声，眼睛被暂时致盲了。接着，冲击波席卷而来，猛烈地颠着飞艇。陈哥仓促喊一声：坐好！把飞艇换成手控，迅速向上爬升。加速度大约有六七个 g，我的视力还没从闪光中恢复，又因加速度过大而产生"黑视"现象。一直等飞艇降低加速度，恢复平稳飞行，我的视力才恢复正常。再向后看，一团火球正向空中扩展。不过火球不算大，再加上大气浓密，可见度差，它很快就在我们的视野中消失了。

陈哥扭头问我:"刚才你看见那团白光了?"

"嗯,非常强烈,我的眼睛被短暂致盲了。"

"很像是一场微型核爆。"

"显然是那团黑影引起的。"

"我想也是。"

我沉思了几分钟。刚才的见闻坚定了我原来的想法。我说:"赶快和母船联系,看能不能联系上。"

很幸运地联系上了。马特带有磁性的声音:

"这会儿在哪儿?采氢顺利吧。"

"马特,请立即尽可能与其他三只飞艇联系,命令他们放弃采氢,返回母船。"

马特显然非常吃惊,静默片刻后说:"请重复你的话。"

"让其他飞船放弃采氢返回母船!我们马上返回,我会当面解释的。请务必按我说的做!"

尽管我的要求匪夷所思,马特还是同意了,果断地说:"好。我这就通知。"

母船的公转速度相对较慢,小蜜蜂很快追上它,经过反喷制动,将速度降到与母船同步,轻轻降落在货舱上,液氢管路自动打开,飞艇肚子里的液氢被泵入货舱。马特在通话器中告诉我,其他三艘飞艇都联系上了,很快会返回。虽然他这会儿一定急于听到我的解释,但我没有先去指挥舱,而是回自己的卧室里,打开个人电脑做了一些计算,把我的想法再度梳理一遍。马特没有催促我。

现在,其他三艘飞艇也都归位了。我们六人集中在活动厅,用皮带把失重的身体固定在座椅上。其他三位船员颇为惊疑,因为像这样突然中断采氢是没有先例的。陈哥先讲述了那串闪光和最后的爆炸,又在我的逼迫下,很难为情地讲了出现在他脑中的声音。这段"白日撞鬼"的经历弄得其他三位船员也寒凛凛的，眼中也有显然的怀疑。然后大家都把目光对准我。马特说："黄，你讲吧。你突然要求中断采氢，一定有特殊的想法。"

我清清嗓子："说起来话长，你们得耐心听下去。去年我偶然发现，如果把氢聚变发电厂堆放的废物，那些木星铁结核，放在130K以下的低温液氢里，液氢的温度会有极缓慢的升高，但最多升到134K就中止了。这个现象让我十分迷惑，我曾以为是实验中的误差，但反复验证仍然如此。我联想到木星上一个未解之谜。根据科学家对木星光照的计算，阳光最多让木星表面保持105K的温度，但实际上它保持在134K。这说明木星内部会放出热量。木星上并没有核聚变，能量从何而来？过去的解释是木星形成时期积存了引力势能，经由大规模的液氢对流逐渐传到表面。这种假说曾被广泛认可，其实有一个困难——木星液氢层之下有一个四万多千米厚的金属氢层，那儿只能有传导，不可能有对流，而传导达不到目前的热流量。而且，如果我的实验是准确的，引力势能的假设就更站不住脚了。"

马特反应很快，皱着眉头问："你是说，木星液氢中有缓慢的冷聚变？而那些有微孔的铁结核其实是催化剂？"他笑着摇摇头，"这个设想太大胆了，坦率说，我不相信。众所周知，氢聚变需要克服很高的势垒，想想地球上的冷聚变技术经历了多么艰苦的历程！现在，虽然氢聚变主机已经小型化，可以装在我们的小蜜蜂上，但它仍是非常非常复杂的技术。我不相信，几粒铁结核就能完成这个过程。"

"但今天的氢聚变技术在一百年前也会被看成神话！而且你不要忘了，生物方法常常比物理化学方法更有效。它是上帝妙手偶得的产物，又经过亿万年的进化。这样的例子在地球上举不胜举，比如高效的生物光合作用、最经济的生物制氢法、超强度的蛛丝、高效的蝙蝠声呐定位等。"

马特有点好笑："怎么扯到生物上啦，铁结核又不是生物……"他忽然顿住，震惊地瞪着我，从我的表情中猜到了答案，"你是说——这些铁结核是生物？是木星上的生命？"

"对，这正是我的设想！"我激动地说，"首先，它们符合我说的生命定义。它们依靠一种特殊的模板来自我繁衍。这种模板同时能够有效催化氢核的聚变，是在原子水平上的缓慢聚变。它们靠这个来获得负熵，就像地球生活依靠光合作用来吸收能量。氢聚变能量在维持生命活动后变成热量，使木星维持在表面134K的温度水平。我在地球上研究'铁结核'时曾观察到一次分裂，一个身体较大的铁结核分为相同的两个，这应该是它们的繁衍方式。但这次观察只是孤例，我还不敢确定。它们之中看来没有'收割者'，即肉食性动物，怎么控制繁殖速度不致失控呢？可能是基于一个极简单的机理：液氢温度只要高于134K，氢聚变就会中止。"我补充道，"我甚至有一个更惊人的假设，还没来得及证实——也许，这种模板不仅能够催化从氢到氦的聚变，甚至可能一直聚变到锂、碳、氧、硅和铁，后续生成物正好用来使它们的身体长大，以便进行分裂生殖。"

我的假设太惊人，五个人都惊呆了。

我对马特说："知道不，我为什么坚决拒绝那枚戒指？花饰只是原因之一，更重要的原因——我不想我的婚戒由木星生命的尸骸构成。"

其他四人都不由自主地摸摸胸牌。很久，陈哥小心地问：

"你是说，那些闪光和最后的爆炸，是木星生命的反抗？"他大摇其头。尽管他是事件的第一发现人，也不相信我的解释。"小艺，不是陈哥不信你，但这么简单的小不点儿，咋会是生命？我在氢聚变发电厂那儿看过成堆的铁结核，一二十年了，就那么堆在那儿，和一堆石英砂没什么区别。退一万步说，就算它们是生命，怕也没有大脑吧，更不会组织什么自杀爆炸。"

我摇摇头："你别忘了地球上的例子。个体蚂蚁也是非常简单的生命，但集合为蚁群之后，就会自动出现复杂的建筑蓝图和复杂的社会礼仪。有一种黏菌更绝，它们平时是分散的个体，互不来往，但食物匮乏时，它们会自动集合成一个大生物，甚至有头尾的分工。这个大生物蠕动着向前爬，等到了食物丰富的地方，再分散成个体。这种智力上和生物结构上的飞跃，是怎么出现的？科学家至今不能破解。这是一个叫作'整体论'的黑箱，科学家只是确认了其输入和输出，但对内部机理毫无所知，无法做出任何理性解释。但事实如此，我们只能承认。而且这儿有一个很重要的因素：木星生命的个体数量极大，我初步估算为数百万亿只，是地球上任何种群规模都无法相比的。这么庞大数量的集合，必然会根据上述黑箱原理产生智力，甚至智慧。对于这一点不必怀疑！"

马特仍摇头："即便它们是超智慧，怎么做到和陈大富在脑子里对话？那是神力，是巫术，不是技术。"

我叹息一声："充分发展的技术就是魔法，这是克拉克说过的话。至于它们如何做到这一点，我暂时无法解释，可能是一种思维发射吧。但既然事实确凿，只有先承认它再说。马特你别忘了，木星采氢已经干了20年，也就是说，它们悄悄研究咱们已经20年了。他们的忍耐也有20年了。"

最后这句话让大家有点不寒而栗，大家都静下来，认真思考着。飞船进入了木星的黑夜区，灯光自动亮了，照着大伙儿痴迷的表情。这当儿我浮想联翩，对这种小不点儿的木星生命充满了敬畏。我动情地说：

"这种木星生命，我暂且命名为木星蚁吧。此前我是用宝盖头的'它'来称呼，现在我要改用人字旁的'他'了。他们是宇宙中最简约、高效、干净的生命，因为它们使用的是最本元的能量方式，自给自足，不需要恒星提供能量，也不向外排泄废物；他们也是宇宙中最高尚的生命，无欲无求，没有地球生物中的生存竞争，没有弱肉强食和自相残杀。套一句宗教的阐释：他们没有背负原罪；他们非常自律，用和平方式控制着种群的数量；几十亿年来，他们安静地生活在液氢里，用我们尚不知道的方法建立族群的精神联系，冥思着宇宙及生命之大道。老实说吧，如果某一天发现他们有远远高于地球人类的哲学和文学艺术，我绝不会怀疑。"我看看大家，"而且他们也富有血性，虽然几十亿年来过惯了和平生活，但既然有外来者闯到他们的伊甸园，危及种群的生存，他们也会用血肉之躯奋起反抗。"

四个船员对我的解释似乎已经信服，至少是半信半疑，唯有马特不以为然。他问我："依你说，我们该怎么办？"

"中断采氢，空船返回。至于以后怎么办，回到地球后再从长计议。如果对他们的一再警告置若罔闻，恐怕……下一次的闪光就是氢弹爆炸的规模了。"

陈哥他们四个明显打了个寒战。马特有点不耐烦，肯定是嫌我"败坏士气",沉着脸问:"怎么从长计议?"

我不想惹恼他,尽量小心地说:"当然,最妥当的方案是从此取消到木星的采氢,仍使用地球上的人工制氢法。如果……那只有先和木星蚁沟通,事先求得他们的许可。我想,既然他们能向陈哥在大脑中传话,应该是能实现双向沟通的。"

"然后乞求他们的善心和施舍?"

"对,乞求他们的善心和施舍。马特,"我加重语气说,"说到底,他们才是木星的主人。我们是理亏的一方。"

马特冷淡地说:"你说得对,理论上很对。同样,古欧洲人不该消灭尼安德特人,雅利安人不该入侵印度达罗毗荼人的地盘,炎帝黄帝不该赶走蚩尤,白人不该强夺印第安人的土地。但那都是已经存在的历史,存在即合理。如果把这些你认为不高尚的历史删去,人类历史还能剩下什么?"

我苦笑着,不想同他继续争论。平时在我俩的亲密关系中就埋着一些小裂隙,今天裂隙不幸被扩大了。我该说的话都已经说到了,便沉默下来,四位船员也沉默下来,等着马特做出最后决定,毕竟他是一船之长。马特沉思一会儿,冷静地说:

"黄,你说的木星生命可能是真的,但在返航之前,我必须有确凿的证据,不能糊里糊涂就空船返回,否则我这个船长就太颟顸了。这次我亲自去验证。"

艾哈迈德他们面面相觑,都把目光转向我。我很了解马特,他一旦做出决定,别人是无法劝阻的,想了想,我说:

"好的,我同你一块儿去。"

马特摇摇头,坚决地说:"不,你不是正式船员,你没有义务去冒险。"

"我有义务,我是你的求婚妻!"

"不是。你还没有接受我的求婚戒指。"

"我接受了!我只是让你换一个花饰。要不干脆不换了,你现在就给我戴上。"

这两句恋人之间的小叮当让四个船员都禁不住笑了,但他们随即想起当前的处境——船长此行将冒着生命危险——马上冻结了笑容。马特厉声说：

"不要扯闲话了，我决定一个人下去！陈，我开蜜蜂一号下去，你去检查一下。"

我的泪水忽然盈满了眼眶。马特看见了，显然也很动情，但没让感情外露。他掏出那个首饰盒，递给我。"给，既然你说不用换了，那就收着吧。"

这是在向我赠送遗物了。情势不允许我放纵感情，我擦擦泪，向他叮咛应该注意的事项。我说："刚才木星蚁向陈哥传话时，我也感觉到了大脑中的白噪声。估计这种思维交流，对每个特定个体来说都需要先期调谐。所以你这一趟不要太匆忙，如果感觉到脑中有白噪声，就多待一会儿，也许过一会儿就听懂了。再者，从此前的情况看，木星蚁出手应该很谨慎的，即便飞船溅落到海面上，只要没有实施采氢行为，他们大概也不会采取行动。马特，你在实施采氢前一定要慎重！"

马特耐心地听完，说："放心吧。"

他要走了，我上前搂住他，给了一个长久的热吻："马特，别忘了，我在等你回来！"

马特点点头，径自离开。

我们用望远镜盯着蜜蜂一号，看它背负着阳光，飘飘摇摇地沉到五彩的木星大气中。现在，我们和船长的联系就只有无线电波了，而且这个联系也不可靠。我们围在通话器前，不间断地呼叫蜜蜂一号。今天还算顺利，很长时间联系没有中断，尽管噪音很大，声音时断时续，勉强还能通话。马特以沉静的语气报着他的位置：

"到达……海面之上 400 千米处。"

"平安溅落……海面。"

"……看到……串闪光，光度……很强。"

"脑中……白噪音……不懂。"

通讯中断，我们屏住气息等着，也不停地呼唤着："船长？船长？马特？"通讯中断了很久，按时间计算，此时蜜蜂一号应该是处在木星背面。我们心急如焚。足足近四个小时后，通讯忽然恢复了，马特的声音：

"五月花号……五月花号……请回答……"

我惊喜地喊："我们听见了，请讲！"

"仍然……白噪声。我决定……进液口。"

我嘶声喊："马特，你一定要慎重！"

过了三秒的电波迟滞后，听见马特说："总要……试试吧。"他似乎在笑，"小艺……戒指……不算……回去……换新的。"

之后通讯又中断了，我们一直苦等了近一个小时，再怎么呼唤也没回音。这会儿蜜蜂一号肯定在朝向母船的木星半球，通讯怎么会完全中断呢。忽然我感觉到异常：通话器中的噪音背景中，似乎能听到液氢充入那种熟悉的嘶嘶声，偶尔还能听见笃笃的响声，似乎是敲击桌子的声音？我忽然明白了——我熟知马特的习惯，在情绪紧张时，会下意识地用左手中指敲击桌子。看来此刻通讯并未中断，他只是有意保持沉默，不想把真相告诉我。实际情况很可能是：此刻他已经明明白白听到了木星蚁的警告，但他不甘心无功而返，仍然决定冒险采氢，来试探对方的底线。他是在玩火，一场危险的玩火。我努力镇静自己，保持语调的平和，对通话器说：

"马特，我猜你能听到母船的通话，我猜你已经听懂了对方的警告，是不是？请千万慎重，暂时放弃这次采氢。请你立刻打开排液口，把已经采到的液氢倒入大海。我想，只要你中止行动，对方也会中止行动的。"

没有回答。

瘆人的沉默。

沉默中我努力想象着下面发生的事。木星蚁，那种高尚、沉静、与世无争的生命，一定在耐心地向入侵者重复着：最后一次警告，最后一次警告，最后一次警告。而马修·沃福威茨船长此刻面色如铁，右手已经悬在排液按钮上。却始终按不下去。关键是，这一次退却也许就意味着人类永远放弃木星的氢能源！作为他毕生的成就，他不甘心。也许此刻他正在同木星蚁斗智，他极其突然地变换小艇的航线，以躲开在前方群聚的蚁群。他认为已经甩开了敌人，咬咬牙，突然向上推操纵杆，小飞艇喷出无色高温的氢离子流，脱离液面向上飞去……

这都是我的想象，正确与否永远不可能知道了。马特一直没有同我们通话，浓密的大气也完全遮挡了视线。我们无法知道 30 万千米之外，1000 千米大气之下究竟发生了什么。我们用望远镜提心吊胆地观察下面有没有闪光，一直没有发现。但半个小时之后，母船斜下方的大气层突然冒出一个泡，泡破裂了，一团颜色偏蓝的气团从那儿喷出来，慢慢消散在木星大气层的边缘。在巨大的天文尺度下，这个小喷泉显得十分渺小。

木星的自转角速度比母船快，那个类似喷泉的地方缓缓超过我们，进入观察窗的死角，看不到了。通话器中再也没有任何声音。很久之后我们不得不痛苦地承认，刚才看到的应该是一次巨型核爆，它的力量之大，足以推开 1000 千米厚的大气层，把蘑菇云的顶端显示给我们。而马特，还有蜜蜂一号，已经融化在一团白光中，永远消失了。

我默默流泪，四个伙伴也十分悲愤，但我们无能为力。我在指挥舱的便签簿上发现了马特留给我的信，字迹十分潦草：

小艺：

如果我没能回来，那就证明你的猜想对了。但我不后悔，我尽力了。

我已把这儿的情况报告世界政府，他们会有办法的。廉价的液氢是 60 亿地球人的生命线，绝不能轻言放弃。即使为此不得不踩死一些蝼蚁，上帝也会原谅的。你是一只仁爱善良的小绵羊，可惜近乎迂腐。人类要想生存就不能不保留狼性。

那枚戒指留给你做纪念吧，来不及为你更换了，抱歉。

没时间给其他老弟兄留言了，代我问候他们。永别了！

马修　即日

这个纸条让我心中发冷。马特太顽固，临死前也没有丝毫忏悔。不过，他并不是为了个人私利,甚至不是为了某个国家某个民族的私利,而是为了人类,我不愿苛责他,苛责一位殉道者。我把纸条给四个人传看,看完后,他们眼中都闷燃着怒火。瓦杜突然起身说:

"我再去试试。我不甘心就这么离开。老大不能白死!"

他起身去蜜蜂四号。德米特里和艾哈迈德看看我,也想离去。瓦杜已经到了通道口,我厉声喝道:

"站住!"

瓦杜不情愿地停住了,我讥讽地说:"我知道你们都有勇气,视死如归,不过是脑袋掉碗大个疤,对不对?但死必须有价值,否则就只能算是愚蠢。"我放缓声音说:"马特死了,我比你们更悲伤,但他……太鲁莽了。咱们返航吧,这次只能空船返航了,回地球后从长计议。"

120天后我们回到地球。五月花号照例留在近地轨道,由地球上来顶班的保罗照看,我们五人乘地球货运飞船下去。与往日不同,今天的货运飞船几乎是空的,只有蜜蜂一号第一趟运回的1000吨液氢。120天的时间并未纾解失去亲人的悲伤,大家都佩着黑纱,表情沉重,默默无语。

货运飞船降落在肯尼迪航天中心。第一眼看见的是马特的遗像,几乎有半个航站楼高,他用平静的、略带苦味的目光盯着我们,看见这双目光,我的眼泪不由得滚出来。

夜空突然一亮,激光在空中打出巨大的横幅:

魂兮归来。

四个仪仗队员表情肃穆,步伐整齐地走上货运飞船,然后抬着灵棺缓步走出来。棺上覆盖着美国国旗,棺前雕着五月花号的船徽。当然棺中没有马特的遗体,只有他的衣物。哀乐低回,迎接英魂的公众们泪飞如雨,胸前都抱着马特的遗像。

联合国本届主席、美国现任总统戴维斯亲自欢迎我们。氢时代使地球变成了地球村,联合国秘书长更名为联合国主席。这并不是名义上的变化而是实质上的变化,因为联合国实际上已经成了世界政府,而联合国主席则由五

个常任理事国的元首轮流担任。满头银发的戴维斯主席依次同船员拥抱,同我拥抱的时间最长。他低声说:

"孩子,务请节哀。你的未婚夫沃福威茨先生是人类的英雄,是21世纪的普罗米修斯。他的牺牲精神将永远为人类所铭记,为历史所铭记。"他回头对记者们说,"女士们,先生们,你们都知道,今天这艘货运飞船几乎是空的,但在我的眼里它仍是满载而归。载的什么?是人类的探险精神、进取精神和牺牲精神。正是靠这些精神,才有了今天的人类文明,而沃福威茨,还有五月花号,这两个高贵的名字,就是这种精神的象征!马特走了,活着的人应该想想,怎样才能使他的慷慨赴死更有价值!"

他的演讲向全世界同步转播。镁光灯闪成一片。记者们也采访我们五位,尤其是人类英雄的未亡人。我简短地说:

"主席阁下说得不错,我们要做的,是让马特的死变得更有价值一些。再见。"

迎灵仪式之后,戴维斯主席领我们到会客室,记者们都被关在门外了。戴维斯主席亲切地招呼我们坐下,把我的座位安排在紧靠他的右手,看来他要同我们来一番亲切的交谈。我直截了当地说:

"主席阁下,什么时候同木星蚁宣战?"众人都一愣,包括我的四个伙伴。我不客气地说,"一到地面,我就嗅到了战争的烟火味。您今天又添加了这么多悲痛做燃料,我相信战火很快就会爆燃的。"

戴维斯没有料到我会这样直率,先是愕然,然后是强烈的不快。他冷淡地说:"黄小姐,沃福威茨先生的英灵在天上看着我们呢。我们说话行事,都不能亵渎他的英灵。"

我的伙伴们也不快地看着我,只有陈哥低着头,回避了我的目光。同伴们的隔阂让我心里作疼,但我仍直率地说:"马特死了,我非常悲痛。但这并不能掩盖一个事实:木星是木星蚁的家园,是属于他们的。"

"但木星的廉价液氢已经成了地球人类的生命线。有了它,地球上才消灭了环境污染、血汗工厂、资源战争,才有了今天的氢盛世。你愿意让地球回到苦难的过去吗?"

"既然如此，那就别拿我们的悲痛做文章。你可以在战争檄文中明白写上：同木星蚁开战，就是为了拓展人类的生存空间，就像当年白人到新大陆去拓展空间一样。"

戴维斯主席不耐烦地说："今天显然不是争辩历史观点的时候。"他转向其他四人，"我想，你们四位是马特的老伙伴，应该……"

我打断他的话："还是让我把惹人生厌的角色扮演到底吧。为了替我的地球负责，我不得不打碎一些人的幻想，他们认为小不点儿的、未脱蒙昧的木星蚁对付不了地球的强大军力，这场战争一定以地球的胜利告终。这种观点从眼前看也许是对的，但最终将会铸成大错。确实，木星蚁很渺小、安静、懒散、无欲无求，但他们手里可不是只有印第安人的弓箭，他们还有宇宙中最高效的能源使用方式，一旦他们被惊醒，被激怒，极渺小的个体聚合起来，就能变成一串闪光，或者一次核爆，甚至……"我直盯着主席的眼睛，"把整个木星点燃。阁下，你不妨去请教天文物理学家，看看当木星变成一颗超新星时，地球会有什么样的命运。"

戴维斯面色变了，不屑地说："过甚其词。"

"120天前，当我对马特说，一串闪光有可能变成一次核爆时，他也认为我是过甚其词。"

戴维斯沉默了，全场都沉默了。我知道战争在即，今天我有意抛弃外交语言，把真相赤裸裸地展现出来，但愿能来得及制止它。这样做其实是基于对戴维斯的信任，他毕竟是一个成熟的政治家，会对局势进行冷静全面的思考，不会让战争冲昏头脑。长时间的静思之后，他的脸色和缓了，问：

"黄小姐，你说该怎么办？"

"最好的办法，是人类彻底放弃木星上的液氢，改用人工方法在地球上制氢。当然，这会大大降低人们的生活水平。我理解人类本性中的贪婪，如果逼他们放弃已经享用的便利，他们一定会坚决抵制的，没有哪个政治家敢得罪大众，就像在100多年前，与温室效应斗争时，没有那个西方总统敢让国人放弃大排量汽车。"戴维斯一直认真听我讲下去。"那么我说一个折中的办法，如果按我的办法做，也许事情能和平解决。"

戴维斯很有兴趣:"请讲。"

"第一条,把所有从木星上运回来的'铁结核',也就是木星生命,全部运回去,撒放在大海里。据我研究,虽然它们在地球上长期脱离液氢,但并没有死亡,回到液氢海洋后仍会恢复活力。我们以此向木星生命做出忏悔。此后采氢时要加过滤,避免再把木星蚁带走。"

"这一条毫无问题。往下讲。"

"地球人类首先要自律。改变对液氢的过量使用,比如,五月花号要加制冷系统,禁绝再浪费液氢。地球上使用液氢更要手紧一点。据我估计,每年八万吨液氢就够用了。我们把它定为每年向木星索取的最大数额。"

戴维斯考虑一会儿:"这一条也可以行得通。"

"第三条,所有地球人在使用木星液氢时,要做感恩祈祷。就像原始民族在分食野牛或猛犸象之前要举行仪式,感谢野兽允许人们猎食它;或者像西方人的饭前祈祷,感谢主赐予今天的饭食。这样做,既是我们的心声——我们确实应该永远对木星生命的慷慨感恩,对大自然感恩;也有实用的考虑——既然木星蚁能把他们的思维传给我们,应该也能听到人类无声的祈求吧。但愿他们会俯允我们的请求。"

戴维斯的脸色完全和缓了,微微一笑:"黄小姐是中国人,无神论的中国人不大习惯这种感恩祈祷吧。"

我不知道他的话中有没有暗藏的骨头,不管怎样,我很干脆地说:"你不必担心,我们能学会。"

到这会儿,屋里的气氛显然变轻松了。戴维斯说:

"谢谢黄小姐的诤言,更感谢你的建议。我一定和同事们认真讨论。"

五月花号经过改制,加装了隔热层和制冷系统;新配置了一只飞艇,仍命名为蜜蜂一号;四只飞艇在进液口前都加了滤网。五月花号公司董事会任命我为新船长。一年后,五月花号再次飞抵木星。

我照例让母船停在木星30万千米之外,坐上陈哥开的蜜蜂一号,向木星降落。飞艇接近液氢海面时,我打开排液口,把从地球运回的"铁结核"撒到海里。离开地球前我还向公众征集了所有用铁结核制成的首饰,包括马特赠给我们的胸牌或戒指。它们经过熔炼,当然不可能恢复生命力了,但我也全部投入海里,以表达我们的诚意。然后,我和陈哥,还有母船上的船员,还有七八亿千米之外的60亿地球人,同步开始了我们的感恩祈祷:

高贵的木星生命:

  谨把你们尊贵的同伴送还。地球人曾因无知而误伤了木星生命的一些个体,我们诚惶诚恐地乞求你们的饶恕。以后我们永不会重蹈昔日的错误。

  我们曾从木星上运走了十船液氢,那已经成为地球人类的生命线。如能蒙木星主人的恩准,让我们以后每年取走半船液氢,我们将感恩不尽。地球上也许有你们需要的东西,如果你们提出索取,我们会把它看作无上的荣幸。

  如果恩准我们继续采集液氢,我们会小心避免误伤或带走你们的个体。

  如果你们拒绝,我们会欣然照办并空船返回。

  愿我们永远是和睦的邻居。

  蜜蜂一号在液氢海面上静静滑行,我不语不动,尽力进入冥思状态,聆听木星生命的回答。我的大脑中一直没有回音,也没有白噪音。我睁眼看看陈哥,从表情看,似乎也没有得到明确的回答。但是很奇怪,我分明感到了欣喜的情绪,那是数以亿计的曾被中断生命的木星蚁返回故园后的欣喜,它在液氢海洋上弥漫回旋,组成了无声的喜之歌,也漫到我的大脑里;我也感受到一种博大的静谧,这种静谧是木星生命与生俱来的本性,曾被人类的入侵所短暂中断,现在又迅速恢复了,并让我受到同化。虽然我们一直没有接到"准许采氢"的回答,但我对陈哥说:

  "打开进液口吧。"

  陈哥稍带疑问地看看我,我微笑着点点头。进液口打开了,飞艇腹部响起熟悉的嘶嘶声。因为在进液口加装了细目滤网,所以液氢充入的时间要长一些。采氢过程中,陈哥一直担心地看着后方,看那儿是否出现警告闪光。我也在向后看,但实际上我没什么理由地已经知道:不会有警告和攻击。他们已经回归了宁静祥和的本性。

蜜蜂一号顺利地采足了氢,回到母船,没有受到任何惊扰。我在起飞前联系上了母船,对正待命的三个船员说:

"没问题了,你们都可以开始采蜜了。"

之后的几个星期里一直非常平静。陈哥心中总有些不踏实,吃工作餐时对我嘟囔着:

"他们同意咱们采氢,总该说一声同意吧。"

我笑着说:"你放心吧,他们本质上是非常安静懒散的种族,每天只愿意躺在绿茵地上晒太阳。如果有强盗闯进屋里杀人,他们当然会奋起抵抗;如果是邻家小孩进来拾几颗杏子,哪怕每年都要来,他们会认为是不值得关注的小事,连起身招呼一声都懒得做,更不会向对方提出什么补偿要求。"

18天后,两个货舱里已经充入八万吨液氢,我说停止吧。瓦杜说,空着大半个货舱回去太浪费了,要不咱们装够16万吨,明年就不用来了。我立时沉下脸,冷厉地斜他一眼,我少见的严厉让他打了一个寒战,连忙赔笑说:

"我的小艺妹妹船长,别生气嘛,我只是开玩笑。"

我冷冷地说:"有些玩笑是不能开的。"

瓦杜嬉笑着:"妹妹船长别生气。拍拍你的马屁吧。你在谈笑之间让人类渡过了一次大危机,联合国应该颁予你'人类英雄'的称号。"

我叹息一声:"从长远看,恐怕危机并没有过去。"

艾哈迈德几位都奇怪地问:"为什么?你说木星蚁以后会反悔?"

"危机不会出在这儿,是在人类社会。已经奢侈惯了的人们恐怕不会满足于每年八万吨液氢。也许有一天,我,甚至加上戴维斯主席,都会遭千夫所指,被骂为'丧权辱球'的罪人。"

伙伴们沉默了。陈哥安慰我:"哪能呢,不会有这么操蛋的人。"

我不想说下去,疲倦地说:"但愿吧。"

替天行道

采氢完成后，我让陈哥在母船上值班，其余人驾着飞艇再次去木星，做最后一次感恩告别。我的驾驶技术已经过关，自己也驾着一艘。四只飞艇排成一排，整齐地在海面上滑行。我让所有人都在心里默默祈祷，感谢木星主人赐予我们的宝贵礼物。我想他们肯定听到了我们的心声，但仍然保持着缄默。飞艇就要升空了，通话器中忽然传来德米特里震惊的声音：

"船长你往前看，一大团黑影！"

我，还有其他两位都看见了，就在飞艇前方聚着一大团黑影，比我第一次采氢时所看到的还大得多。那次，黑影变成了一团强烈的闪光，那是木星生命所做的一次实弹射击式的警告。德米特里说：

"船长，是陷阱？最后的清算？"

他是说木星蚁在最后一刻为我们准备了毁灭，我从直觉上不相信。飞艇离那团黑影越来越近，忽然我失声喊：

"是马特！"

的确是马特。当然不是他本人，不是他的实体。这个马特是亿万只木星蚁聚成的，呈半透明状，很像激光立体全息像。我们能毫无困难地辨认出他的形貌，但也能透过他的身体看到后面的波涛。马特随着飞艇旋转着身体，始终保持面向我，平静地凝视着，无悲也无喜。我不知道木星蚁是如何做到这一点的——在用氢爆把蜜蜂一号化为乌有时，却完整保存了马特的信息。但我知道，木星蚁是以此来抚平我的伤痛，他们——通过某种我们未知的途径，知道了新船长与死者的特殊关系。

我喃喃地说："谢谢你们，木星主人。永别了，我的马特，但愿你在这个伊甸园里得到永生。"

我们围着马特转了几圈，马特的身体逐渐变淡，最后如轻烟般飞散。我朝那儿看了最后一眼，开始加速离开液面，三只飞艇依次跟在后面。

替天行道

莱斯·马丁于上午9点接到《纽约时报》驻Z市记者站的电话，说一个中国人扬言要炸毁MSD公司，让他尽快赶到现场。马丁的记者神经立即兴奋起来，这肯定是一条极为轰动的消息！此时，马丁离MSD公司总部只有十分钟的路程，他风驰电掣般赶到。数不清的警车严密包围着现场，警灯闪烁着，警员们伏在车后，用手枪瞄准公司大门。还有十几名狙击手，手持FN30式狙击步枪，无指手套里的食指紧紧扣在扳机上。一个身着浅色风衣的高个子男人显然是现场指挥，正对着无线电报话器急促地说着什么，马丁认出他是市警察局的一级警督泰勒先生。

早到的记者在紧张地抓拍镜头，左边不远处，站着一位女主持人。马丁认出她是CNN的斯考利女士，正对着摄影机做现场报道。她音节急促地说：

"……已确定这名恐怖分子是中国人，名叫吉明，今年46岁，持美国绿卡。妻子和儿子于今年刚刚在圣弗朗西斯科办了长期居留手续。吉明前天才从中国返回，直接到了本市。二十分钟前他打电话给MSD公司，声称他将炸毁公司大楼，作案动机不详。请看——"摄影镜头在她的示意下摇向公司大门口的一辆汽车，"这就是恐怖分子的汽车炸弹，汽车两侧都用红漆喷有标语，左侧是中文。"她结结巴巴地用汉语念出"替天行道，火烧MSD"九个音节，又用英文解释道："汉语中的'天'大致相当于英文中的上帝，或大自然，或二者的结合，汉语中的'道'指自然规律，或符合天意的做法。这副标语不伦不类，因此不排除恐怖分子是一名精神病患者。"

马丁同斯考利远远打了个招呼，努力挤到现场指挥泰勒的旁边。眼前是MSD公司新建的双塔形大楼，极为富丽堂皇。双塔间有螺旋盘绕，这是模拟DNA双螺旋线的结构。MSD是世界最知名的生物技术公司之一，也是本市财政的支柱。这会儿以公司大门为中心，警员撒成一个巨大的半圆。据恐怖分子声称，他的汽车炸弹足以毁掉整个大楼，所以警员不敢过分靠近。马丁把数码相机的望远镜头对准那辆车，调好焦距。从取景框中分辨出，这是一辆半旧的老式福特，银灰色的车体上用鲜红的漆喷着一行潦草的中国字，马丁只能认出最后的 MSD 三个英文字母。那个恐怖分子是个中等身材的男人，黑头发。他站在距汽车二十米外，左手持遥控器，右手持扩音器大声催促：

"快点出来，再过五分钟我就要起爆啦！"

他是用英文说的，但不是美式英语，而是很标准的牛津式英语。MSD 公司的职员正如蚁群般整齐而迅速地从侧门撤出来，出了侧门，立即撒腿跑到安全线以外。也有几个人是从正门撤出，这几位正好都是女士，她们胆怯地斜视着盘踞在门口的汽车和恐怖分子，侧着身子一路小跑，穿着透明丝袜的小腿急速摆动着。那位叫吉明的恐怖分子倒颇有绅士风度，这会儿特意把遥控器藏到身后，向女士们点头致意。不过女士们并未受到安抚，当她们匆匆跑到安全线以外时，个个气喘吁吁，脸色苍白。

一位警员用话筒喊话，请吉明先生提出条件，一切都可以商量，但吉明根本不加理睬。五十岁的马丁已经是采访老手了，他知道警员的喊话只是拖延时间。这边，狙击手的枪口早就对准了目标，但因为恐怖分子已事先警告过他的炸弹是"松手即炸"，所以警员们不敢开枪。泰勒警督目光阴沉地盯着场内，显然在等着什么。忽然他举起话机急促地问：

"盾牌已经赶到？好，快开进来！"

人群闪开一条路，一辆警车缓缓通过，径直向吉明开去，泰勒显然松了一口气，马丁也把悬着的心放到肚里。他知道，这种"盾牌97"是前年配给各市警局的高科技装置，它可以使方圆八十米以内的无线电信号失灵，使任何爆炸装置无法起爆。大门内的吉明发现了来车，立即高高举起遥控器威胁道：

"立即停下，否则我马上起爆！"

那辆车似乎因惯性又往前冲了几米，唰地刹住——此时它早已在八十米的作用之内了。一位女警员从车内跳下，高举双手喊道："不要冲动，我是来谈判的!"

吉明狐疑地盯着她,严令她停在原地。不过除此之外,他并未采取进一步的应急措施。马丁鄙夷地想,这名恐怖分子肯定是个"雏儿",他显然不知道有关"盾牌97"的情况。这时,泰勒警督回头低声命令:

"开枪,打左臂!"

一名黑人狙击手嚼着口香糖,用戴着无指手套的左手比画了OK,然后他稍稍瞄准,自信地扣下扳机。"啪!"一声微弱的枪响,吉明一个趔趄,扔掉了遥控器,右手捂住左臂。左臂以一种不自然的角度低垂着,虽然相距这么远,马丁也看到了他惨白的面容。

周围的人都看到了这个突然变化。当失去控制的遥控器在地上蹦跳时,多数人都恐惧地闭紧眼睛——但并没有随之而来的巨响,大楼仍安然无恙,几乎在枪响的同时,十几名训练有素的警员一跃而起,从几个方向朝吉明扑去。吉明只愣了有半秒钟,发狂地尖叫一声,向自己的汽车奔去。泰勒简短地说:"射他的腿!"

又一声枪响,吉明重重地摔在地上,不过他并不是被枪弹击倒的。由于左臂已断,他的奔跑失去平衡,所以一起步就栽到地上——正好躲过那颗必中的子弹,随之他以46岁不可能有的敏捷从地上弹起,抢先赶到汽车旁边。这时逼近的警员已经挡住了狙击手的视线,使他们无法开枪了。吉明用右手猛然拉开车门,然后从口袋中掏出一只打火机,打着,向这边转过身。几十架相机和摄像机拍下了这个瞬间,拍下了那副被狂躁、绝望、愤怒、凄惨所扭歪了的面庞,拍下了打火机腾腾跳跃的火苗。泰勒没有料到这个突变,短促地低呼一声。

正要向吉明扑去的警员都愣住了,他们奇怪吉明为什么要使用打火机,莫非遥控起爆的炸弹还装有导火索不成?但他们离汽车还有三四步远,无论如何来不及制止了。吉明脸上的肌肉抖动着。从牙缝里凄厉地骂了一声,他说的是汉语,在场的人都没听明白他说的是什么。后来,一位来自中国台湾的同事为马丁译出了摄像机录下的这句话,那是中国男人惯用的咒骂:

"他妈的!老子豁上啦!"

吉明把打火机丢到车内，随之扑倒在地——看来他本来没打算做自杀式的攻击。车内红光一闪，随即蹿出凶猛的火舌。警员们迅速扑倒，向后滚去，数秒钟后一声巨响，汽车的残片抛向空中。不过这并不是炸药，而是汽油的爆炸。爆炸的威力不算大，十米之外的公司大门只有轻微的损伤。

浓烟中，人们看见了吉明的身躯，带着火苗，在烟雾和火焰中奔跑着，辗转着，扑倒，再爬起来，再扑倒。这个特写镜头在人们的印象中似乎持续了很长时间，而实际上只有短短的几十秒钟。外围的消防队员急忙赶到，把水流打到他身上，熄灭了火焰。四个警察冲过去，把湿漉漉的他按到担架上，铐上手铐，迅速送往医院抢救。

粉状灭火剂很快扑灭了汽车火焰，围观者中几乎要爆炸的紧张气氛也随之松弛下来，原来并没有什么汽车炸弹！公司员工们虚惊一场，互相拥抱着，开着玩笑，陆续返回大楼。泰勒警督在接受记者采访，他轻松地说，警方事前已断定这不是汽车炸弹，所以今天的行动只能算是一场有惊无险的演习。马丁想起他刚才的失声惊叫，不禁绽出一丝讥笑。

他在公司员工群中发现了公司副总经理丹尼·戴斯。戴斯是MSD公司负责媒体宣传的，所以这副面孔在Z市人人皆知。刚才，在紧张地逃难时，他只是蚁群中的一分子。但现在紧张情绪退潮，他卓尔不群的气势就立即显露出来。戴斯年近八十，满头银发一丝不乱，穿着裁剪合体的暗格西服。马丁同他相当熟稔，挤过去打了招呼：

"嗨，你好，丹尼。"

"你好，莱斯。"

马丁把话筒举到他面前，笑着说："很高兴这只是一场虚惊。关于那名恐怖分子，你有什么要说的吗？"

戴斯略为沉吟后说："你已经知道他的姓名和国籍，他曾是MSD驻中国办事处的临时雇员……"

马丁打断他："临时雇员？我知道他已经办了绿卡。"

戴斯不大情愿地承认："嗯，是长期的临时雇员，在本公司工作了七八年。后来他同公司驻中国办事处的主管发生了矛盾，来总部申诉，我们调查事实后没有支持他。于是他迁怒于公司总部，采取了这种自绝于社会的过激行为。刚才我们都看到他在火焰中的痛苦挣扎，这个场面很令人同情——对吧？但坦率地说他这是自作自受。他本想扮演殉道者的，最终却扮演了这么一个小丑。46岁再改行做恐怖分子，太老了吧。"他刻薄地说："对不起，我不得不离开了，我有一些紧迫的公务。"

他同马丁告别，匆匆走进公司大门。马丁盯着他的背影冷冷一笑。不，马丁可不是一个雏儿，他料定这件事的内幕不会如此简单。刚才那位中国人的表情马丁看得很清楚，绝望、凄惨、狂躁，绝不像一个职业恐怖分子。戴斯是个老狐狸，在公共场合的发言一向滴水不漏。但今天可能是惊魂未定，他的话中多少露出一点马脚。他说吉明"本想扮演殉道者"，这句话就非常耐人寻味。按这句话推测，那个中国人肯定认为自己的行动是正义的，殉道者嘛。那么，他对公司采取如此暴烈的行动肯定有其特殊原因。

马丁在新闻界闯荡了三十年，素以嗅觉灵敏、行文刻薄著称。在Z市的上层社会中，他是一个不讨人喜欢又没人敢招惹的特殊人物。现在，这只鲨鱼又闻见血腥味啦，他决心穷追到底，绝不松口，即使案子牵涉到他的亲爹也不罢休。

仅仅一个小时后，他就打听到：吉明的恐怖行动和MSD公司的"自杀种子"有关。听说吉明在行动前曾给地方报社《民众之声》寄过一份传真，但他的声明在某个环节被无声无息地吞掉了。

自杀种子——这本身就是一个带着阴谋气息的字眼儿。马丁相信自己的判断不会错。

圣方济教会医院拒绝采访，说病人病情严重，烧伤面积达89%，其中三度烧伤37%，短时间内脱离不了危险期。马丁相信医院说的是实情，不过他还是打通了关节，当天晚上来到病房内。病人躺在无菌帷幕中，浑身缠满抗菌纱布。帷幕外有一个黑发中年妇人和一个黑发少年，显然是刚刚赶到，正在听主治医生介绍病情。那位母亲不大通英语，少年边听边为母亲翻译。妇人被这场突如其来的横祸击懵了，面色悲苦，神态茫然。少年则用一道冷漠之墙把自己紧紧包住，看来，他既为父亲羞愧，又艰难地维持着自尊。

马丁在上个世纪 70 年代和 90 年代去过中国，最长的一次住了半年。所以，他对中国的了解绝不是远景式的、肤浅的。正如他在一篇文章中所说，他"亲耳听见了这个巨大的社会机器在做反向运转时，所发出的吱吱嘎嘎的摩擦声"。即使在 70 年代那个贫困的、到处充斥"蓝蚂蚁"的中国，他对这个国家也怀着畏惧。想想吧，一个超过世界人口五分之一的民族！没有宗教信仰，仅靠民族人文思想维持了五千年的向心力！拿破仑说过，当中国从沉睡中醒来时，一定会令世界颤抖——现在它确实醒了，连呵欠都打过啦。

帷幕中，医生正在从病人未烧伤的大腿内侧取皮，随后将用这些皮肤细胞培育人造皮肤，为病人植皮。马丁向吉明妻子和儿子走去，他知道这会儿不是采访的好时机，不过他仍然递过自己的名片。吉妻木然地接过名片，没有说话。吉明的儿子满怀戒备地盯着马丁，抢先回绝道：

"我们什么也不知道，你别来打搅我妈妈！"

马丁笑笑，准备施展他的魅力攻势，这时帷幕中传来两声短促的低呼。母子两人同时转过头，病人是用汉语说的，声音很清晰：

"上帝！上帝！"

病床上，在那个被缠得只留下七窍的脑袋上，一双眼睛缓缓睁开了，散视的目光逐渐收拢，定焦在远处。吉明没有看见妻儿，没有听见妻儿的喊声，也没有看见在病床前忙碌的医护。他的嘴唇翕动着，喃喃地重复着四个音节。这次，吉妻和儿子都没有听懂，但身旁不懂汉语的医生却听懂了。他是在说：

"哈利路亚！哈利路亚！"

哈利路亚！

长着翅膀的小天使们在洁白的云朵中围着吉明飞翔，欢快地唱着这支歌。吉明定定神，才看清他是在教堂里，唱诗班的少男少女们圆张着嘴巴，极虔诚极投入地唱这首最著名的圣诞颂歌《弥赛亚》：

"哈利路亚！世上的国成了我主和主基督的国，他要做王，直到永永远远。哈利路亚！"

教堂的信徒全都肃立倾听。据说1743年英国国王乔治二世在听到这首歌时感动得起立聆听，此后听众起立就成了惯例。吉明被这儿的气氛感动了。这次他从中国回来，专程到 MSD 公司总部反映有关自杀种子的情况。但今天是星期天，闲暇无事，无意中逛到教堂。唱诗班的少年们满脸洋溢着圣洁的光辉，不少听众眼中噙着泪水。吉明是第一次在教堂这种特殊氛围中聆听这首曲子，聆听它雄浑的旋律、优美的和声和磅礴的气势。他知道这首合唱曲是德国作曲家亨德尔倾全部心血完成的杰作，甚至韩德尔本人在指挥演奏时也因过分激动而与世长辞。只有在此情景中，吉明才真正体会到那种令亨德尔死亡的宗教氛围。

他觉得自己的灵魂也被净化了，胸中鼓荡着圣洁的激情——但这点激情只维持到出教堂为止。等他看到世俗的风景后，便从刚才的宗教情绪中醒过来。他自嘲地问自己："吉明，你能成为一个虔诚的基督徒吗？"

他以平素的玩世不恭给出答复："扯淡。"

他在无神论的中国度过了半生，前半生建立的许多信仰如今都淡化了，锈蚀了，唯独无神论信仰坚如磐石。因为，和其他流行过的政治呓语不同，无神论对宗教的批判是极犀利、极公正的，而且随着时间的推移而愈加坚实。此后他就把教堂中萌发的那点感悟抛在脑后，但他未想到这一幕竟然已经深深烙入他的脑海，在垂死的恍惚中它又出现了。这幅画在他面前晃动，唱诗班的少年又变成了带翅膀的天使。他甚至看到上帝在天国的门口迎接他。上帝须发蓬乱，瘦骨嶙峋，穿着一件苦行僧的褐色麻衣。吉明嘲弄地看着上帝，"我从未信奉过你，这会儿你来干什么？"

他忽然发现上帝并不是高鼻深目的犹太人、雅利安人、高加索人……他的白发中掺有黑丝，皮肤是黄土的颜色，粗糙得像老树的树皮。表情敦厚，腰背佝偻着，面庞皱纹纵横，像一枚风干的核桃……他分明是不久前见过的那位中原地区的老农嘛，那个顽石一样固执的老人。

上帝向他走近。在响遏行云的赞歌声中，上帝并不快活。他脸上写着惊愕和痛楚，手里捧着一把枯干的麦穗。

枯干的麦穗！吉明的心脏猛然被震撼，向无限深处跌落。

替天行道

三年前，吉明到中原某县的种子管理站，找到了二十多年未见的老同学常力鸿。一般来说，中国大陆的农业机关都是比较穷酸的，这个县的种子站尤甚。这天正好赶上下雨，院内又在施工，乱得像一个大猪圈。吉明小心地绕过水坑，仍免不了在锃亮的皮鞋上溅上泥点。常力鸿的办公室在二楼，相当简朴，靠墙立着两个油漆脱落的文件柜，柜顶放着一排高高低低的广口瓶，盛着小麦、玉米等种子。常力鸿正佝偻着腰，与两位姑娘一起装订文件。他抬头看看客人，尽管吉明已在电话上联系过，他还是愣了片刻才认出老同学。他赶忙站起来，同客人紧紧握手。不过，没有原先想象的搂抱、捶打这些亲热动作，衣着的悬殊已经在两人之间划了一道无形的鸿沟。

两个姑娘好奇地打量着他们。确实，他们之间反差太强烈了。一个西装革履，发型精致，肤色保养得相当不错，肚子也开始发福了；另一个黑瘦枯干，皮鞋上落满了灰尘，鬓边已经苍白，面庞上饱经风霜。姑娘们叽喳着退出去，屋里两个人互相看看，不禁会心地笑了。午饭是在"老常哥"家里吃的，屋内家具比较简单，带着城乡结合的味道。常妻是农村妇女，手脚很麻利，三下五除二地炒了几个菜，又掂来一瓶赊店大曲。两杯酒下肚后，两人又回到了大学岁月。吉明不住口地感谢"老常哥"，说自己能从大学毕业全是老常哥的功劳！常力鸿含笑静听，偶尔也插上一两句话。他想吉明说的是实情。在农大四年，这家伙几乎没有正正经经上过几节课，所有时间都是用来学英语，一方面是练口语，一方面是打探出国门路。那是上个世纪70年代末80年代初，学校里学习风气很浓，尤其是农大，道德观上更守旧一些。同学们包括常力鸿都不怎么抬举吉明，嫌他的骨头太轻，嫌他在人生策划上过于精明——似乎他唯一的人生目的就是出国！不过常力鸿仍然很大度地帮助吉明，让他抄笔记，抄试卷，帮他好歹拿到毕业证。

那时吉明的能力毕竟有限，到底没办成出国留学。不过，凭着一口流利的英语，毕业两年后他就开始给外国公司当雇员，跳了几次槽，拿着几十倍于常力鸿的工资。也许吉明的路是走对了，也许这种精于计算的人恰恰是时代的弄潮儿？……听着两人聊天，外貌木讷实则精明的常妻忽然掇一句：

"老常哥对你这样好，这些年也没见你来过一封信？"

吉明的脸唰地红了，这事他确实做得不地道。常力鸿忙为他掩饰："吉明也忙啊，再说这不是已经来了吗？喝酒喝酒！"

吉明灌了两杯，才叹口气说："嫂子骂得对，应该骂。不过说实在话，这些年我的日子也不好过呀。每天赔尽笑脸，把几个新加坡的二鬼子当爷敬——MSD驻京办事处的上层都是美国人和新加坡人。我去年才把绿卡办妥，明年打算把老婆儿子在美国安顿好。"

"绿卡？听说你已入美国籍了嘛。"

吉明半是开玩笑半是解气地说："这辈子不打算当美国人了，就当美国人的爹吧。"他解释道，这是美国新华人中流行的笑谑，因为他们大都保留着绿卡，但儿女一般要入美国籍的。"美国米贵，居家不易。前些天一次感冒就花了我150美元。所以持绿卡很有好处的，出入境方便。每次回美国我都大包小包地拎着中国的常用药。"

饭后，常妻收拾起碗筷，两人开始谈正事。常力鸿委婉地说："你的来意我已经知道了，你是想推销MSD的小麦良种。不过你知道，小麦种子的地域性较强，国内只是在解放前后引进过美国、澳大利亚和意大利的麦种，也只有意大利的阿勃、阿夫等比较适合中原地域。现在我们一般不进口麦种，而是用本省培育的良种，像豫麦18、豫麦35……"

吉明打断他的话："这些我都知道，不知道这些，我还能做种子生意？不过我这次推荐的麦种确实不同寻常。它的绰号叫'魔王麦'，因为它几乎集中了所有小麦的优点：地域适应性广，耐肥耐旱，落黄好，抗倒伏，抗青干，在抗病方面几乎是全能的，抗条锈，抗叶锈，抗秆锈，抗白粉，仅发现矮化病毒对它有一定威胁……你甭笑。"他认真地说，"你以为我是在卖狗皮膏药？老兄，你不能拿老眼光看新事物。这些年的科技发展太可怕了，简直就是神话。我知道毕业后你很努力，还独立育出了一个新品种，推广了几千亩，现在已经被淘汰了。对不对？"这几句话戳到常力鸿的痛处，他面色不悦地点点头。"老兄，这不怪你笨，条件有限嘛。你能采用的仍是老办法：杂交，选育，一代又一代，跟着老天爷的节拍走，最多再加上南北加代繁殖。但MSD公司早在三十年前就开始利用基因工程。你想要一百种小麦的优良性状？找出各自的表达基因，再拼接过来就是了。为育出"魔王"品系，MSD总共花了近二十亿美元，你能和他们比吗？"

常力鸿有点被他说动了。吉明道："你放心吧，我虽然已经成了见钱眼开的商人，好歹是中国人，好歹是你的老朋友，不会骗到老常哥头上的。这样吧，我先免费提供一百亩的麦种供你们进行检疫试种。明年，我相信你会自己找我买种子，把'魔王麦'扩大到一百万亩。"

条件这样优惠，常力鸿立即同意了。两人又商量了引进种质资源的例行程序，包括向中国国家种子资源管理处登记并提供样品种子等。正如吉明所料，在商谈中，常力鸿对"魔王麦"属于"转基因作物"这一点没有提出任何异议，他甚至压根没提农业部颁发的《农业生物基因工程安全管理实施办法》。在欧洲，这可是个十分敏感的话题。转基因产品在欧洲已经被禁止上市，连试验种植也被限制，各绿党和环保组织时刻拿眼睛盯着。正因为如此，MSD公司才把销售重点转向第三世界。

既然常力鸿没有提到这一点，吉明当然不会主动提及。不过吉明并不为此内疚。欧洲对转基因产品的反对，多半是基于"伦理性"或"哲理性"的，并不是说他们已经发现了转基因产品对人身的危害，吉明一向认为，这种玄而又玄的讨论是富人才配享有的奢侈。对于中国人，天字第一号的问题是什么？是吃饱肚子！何况转基因产品在美国已经大行其道了，美国的食物安全法规也是极其严格的。

两人签协议时，吉明让加上一条：用户不允许使用上年收获的麦子做种，也就是说，每年的麦种必须向MSD公司购买，常力鸿沉吟良久，为难地说：

"老同学，我不愿对你打马虎眼。这个条件当然应该答应，否则MSD公司怎么收回投资？可是你知道，中国的农民们是不大管什么知识产权的，你能挡住他用自己田里收的麦子做种？谁也控制不住！"

吉明轻描淡写地说："谢谢你的坦率。我在协议中写上这一条，只是作为备忘，表示双方都认可这条规则。至于对农民的控制方法……MSD会有办法的。"

常力鸿哂笑着看看老同学，不知道他是不是在开玩笑。MSD公司会有办法？他们能在每粒"未收获"的麦粒上预先埋一个生死开关？不过，既然吉明这样说，常力鸿当然不会再认真考究。

第二天吉明在紫荆花饭店的雅间里回请了一顿。饭后吉明掏出一个信封："老常哥，我已经混上了 MSD 公司的区域经理，可以根据销售额提成，手头宽裕多了。这一千美元是兄弟的一点小意思，就当是大学四年你应得的'保姆费'吧。收下收下，你要拒绝，我就太没面子了。"

常力鸿发觉这位小兄弟已经修炼得太厉害了——他把兄弟情分和金钱利益结合得水乳交融。收下这点"兄弟情分"，明摆着得为他的"销售提成"出力。但在他尚未做出拒绝的决断时，妻子已经眼明手快地接过信封：

"一千美元？等于八千多人民币了吧。我替你常哥收下。"她回头瞪了丈夫一眼，打着哈哈说。"就凭你让他抄四年考试卷子，也值这个数了，对不对？"

常力鸿沉下脸，没有再拒绝。

吉明的回忆到这儿卡壳了。这些真实的画面开始抖动、扭曲。上帝的面容又挤进来，惊愕、痛楚，凝神看着死亡之火蔓延的亿万亩麦田。吉明困惑地想，上帝的面容和表情怎么会像那位中原老农？梦中的上帝怎么会是那个老农的形象？自己与那个老农总共只有一面之缘啊。

他是在与常力鸿见面的第二年见到那老汉的。头年收获后，完全如吉明所料，"魔王麦"大受欢迎。常力鸿数次打电话，对这个麦种给出了最高的评价，尤其是麦子的质量好，赖氨酸含量高，口感好，很适于烤面包，在欧洲之外的西方市场很受欢迎。周围农民争着订明年的种了，县里决定推广到全县一半的面积，甚至邻县也在挤着上这辆巴士。第二年做成了五十万吨麦种的生意，他的信用卡上也因此添了一大笔进项。但是，第二次麦播的五个星期后，常力鸿十万火急地把他唤去。

仍是在老常哥家吃的饭，他进屋时，饭桌上还没摆饭，摆的是几十粒从麦田挖出来的死麦种。它们没有发芽，表层已略显发黑。常力鸿脸色很难看，但吉明却胸有成竹。他问："今年从 MSD 购进的种子都不发芽吗？"

"不，只有一千亩左右。"

吉明不客气地说："那就对了！我敢说，这不是今年从我那儿买的麦种，是你们去年试种后收获的第二代的'魔王麦'！你不会忘吧，合同中明文规定，不能用收获的麦子做种，MSD公司要用技术手段保证这一点。"

常力鸿很尴尬。吉明说得一点都不错，去年收的"魔王麦"全都留作种子了，谁舍得把这么贵重的麦子磨面吃？说实话，常力鸿压根儿没相信MSD能用什么"技术手段"做到这一点，也几乎把这一条款给忘了。他讪讪地收起死麦种，喊妻子端饭菜，一边嗫嚅地问："我早对你说过，我没法让农民不留种。MSD公司真的能做到这一点？他们能在每一粒小麦里装上自杀开关？"

吉明怜悯地看看老同学。上农大时常力鸿是出类拔萃的，但在这个闭塞的中国县城里憋了二十年，他已远远落后于外面的世界了。他耐心地讲了自杀种子的机理：

"能。基因工程没有办不到的事。这种自杀种子的育种方法是，从其他植物的病株上剪下导致不育的毒蛋白基因，组合到小麦种子中。同时再插入两段基因编码，使毒蛋白基因保持休眠状态。直到庄稼成熟时，毒素才分泌出来杀死新种子。所以，毒蛋白只影响种子而不影响植株。"

常力鸿听得瞪圆了眼睛——这简直是天方夜谭嘛。他不解地问，"如果收获的都是死麦粒，MSD公司又怎样获得种子呢？"

"很好办。MSD公司在播种时，先把种子浸泡在一种特别溶液中，诱发种子产生一种酶来阻断那段DNA，自杀指令就不起作用了。当然，这种溶液的配方是绝对保密的。"

"麦粒中有这种毒蛋白，还敢食用吗？"

"能。这种毒蛋白对人体完全无害，你不必怀疑这一点，美国的食品法是极其严格的。"他笑着说，"实际上我只是鹦鹉学舌，深一层的机理我也说不清。甚至连MSD这样顶尖的公司，也是向更专业的密西西比州德尔他公司购买的专利。知道吗？单单这一项专利就花了十亿美元！这些美国佬真是财大气粗啊。"

常妻一直听得糊里糊涂，但这句话她听清了："十亿美元？八十多亿人民币？天哪，要是用一百元的票子码起来，能把这间屋子都塞满吧。"

吉明失笑了："哈，那可不知道，我从来没有从这个角度上考虑，因为这么大数额的款项不可能用现金支付。不过……大概能装满吧。"

"八十亿！这些大鼻子指望这啥子专利赚多少钱，敢这样胡花！"

吉明忍俊不禁："嫂子别担心，他们赚得肯定比这多。美国人才不干傻事呢。"

常力鸿的表情可以说是目瞪口呆，不过，他的震惊显然和妻子不同，是另一个层面上的。愣了很久他才说："美国的科学家……真的能这样干？"

"当然！基因工程已经成了神通广大的魔术棒，可以对上帝创造的生命任意删削、拼装、改良。说一个不是玩笑的玩笑，你就是想用蛇、鱼、鹿、虎等动物的基因拼出一条有角有鳞有爪的活着的中国龙，从理论上说也是办得到的。"

常力鸿不耐烦地说："我不是这个意思。我是说……"他卡住了，艰难地寻找着能确切表达他想法的词句，"我是说，美国科学家竟然开发这样缺德的技术？"

吉明一愣，对"缺德"这个字眼多少有些冒火。他平心静气地说："咋是缺德？他们在魔王品系上投入了二十亿的资金，如果所有顾客都像你们那样只买一次种子，这些巨额投入如何收回？如果收不回，谁会再去研究？科学发展不是要停滞了吗？这是文明社会最普通的道德规则，再正常不过。"

常力鸿有点焦躁："不，这也不是我的意思。我是说，"他再次艰难地寻找着词句，"我是说，他们为了赚钱，就不惜让某种生命断子绝孙？这不是太霸道了吗？这不是逆天行事吗？俗话说，上天有好生之德，连封建皇帝还知道春天杀生有干天和哩。"

吉明这才摸到老同学的思维脉络。他微嘲道："真没想到，你也有闲心来进行哲人的思辨。这倒让我想起一件事。有一次我在飞机上邂逅了一位西班牙作家，听说还是王室成员。他的消息竟然相当闭塞，根本不知道世上已经有了自杀种子。听我介绍后他也是大为震惊，连声问：现代科学真的能做到这种不可思议的事情？我讲了很久，他终于相信了，沉思良久后感慨地说：

替天行道

人类是自然界最大的破坏者,它在自己的成长过程中消灭了数以百万计无辜的生物。即使少数随人类广泛传播的生物,如小麦、稻子等,实际上也算不上幸运者,它们的性状都被特化了,"野生"生命力被削弱了。不过,在自杀种子诞生之前的种种人类行为毕竟还是有节制的,因为人类毕竟还没有完全剥夺这些生命的生存能力和生存权利。现在变了,科学家开始把某种生命的生存能力完全掌握到人类手中,建立在某种'绝对保密'的溶液上,这实在是太霸道了——你看,这位西班牙人所用的词和你完全一样!"吉明笑道,"不过依我看来,这种玄思遐想全是吃饱了撑的。其实,逆天行事的例子多啦,计划生育不是逆天行事?"

常力鸿使劲地摇头:"不,计划生育是迫不得已而为之。这个不同……"

"有啥不同?老兄,十三亿中国人能吃饱肚子才是最大的顺人行事。等中国也成了发达国家——那时再去探幽析微,讨论什么上天的好生之德吧。"

常力鸿词穷了,但仍然不服气。他沉着脸默然良久,才恼怒地说:"反正我觉得这种方法不地道。去年你该向我说清的,如果那时我知道,我一定不会要这种自杀种子。"

吉明也觉得理屈。的确,为了尽量少生枝节做成买卖,当初他确实没把有关自杀种子的所有情况告诉老同学。饭后两人到不发芽的麦田里看了看。就是在那儿,吉明遇见了那位不知姓名的后来在他的幻觉中化为上帝的老农。当时他佝偻着身体蹲在地上,正默默查看不会发芽的麦种,别的麦田里,淡柔的绿色已漫过泥土,而这里仍是了无生气的褐色。那个老农看来同常力鸿很熟,但这会儿对他满腹怨恨,只是冷淡地打了个招呼。他又黑又瘦,头发花白,脸上皱纹纵横,比常力鸿更甚,使人想起一幅名叫《父亲》的油画。青筋暴露的手上捧着几粒死麦种,伤心地凝视着。常力鸿在他面前根本挺不起腰杆,表情讪讪地勉强辩解说:

"大伯,我一再交代过,不能用这次收的麦子做种……"

"为啥?"老汉直撅撅地顶回来,"秋种夏收,夏收秋种。这是老天爷定的万古不变的规矩,咋到你这儿就改了呢?"

常力鸿哑口了,回头恼怒地看看吉明。吉明也束手无策:怎么和这头犟牛讲理？什么专利什么知识产权什么文明社会的普遍规则，再雄辩的道理也得在这块顽石上碰卷刃。但看看常力鸿的表情，他只好上阵了。他尽量通俗地把种子的自杀机理讲了一番。老汉多少听懂了，他的表情几乎和常力鸿初听时一个样子，连说话的字眼儿都相近：

"让麦子断子绝孙？咋这样缺德？干这事的人不怕生儿子没屁眼儿？老天在云彩眼儿里看着咱们哩。"

吉明顿时哑口无言！只好糊弄几句，狼狈撤退。走出老汉视线后，他们站在地埂上，望着正常发芽的千顷麦田。这里的绿色是十分强悍的，充盈着勃勃的生命力。常力鸿忧心忡忡地看着，忽然问：

"这种自杀基因……会不会扩散？"

吉明苦笑着想，这个困难的话题终于没能躲过。"不会的，老同学，你尽管放心。美国的生物安全法规是很严格的。"他老实承认道，"不错，国外也有人散布过类似的忧虑，担心含有自杀基因的小麦花粉会随风播撒，像毒云笼罩大地，使万物失去生机。印度、希腊等地还有人大喊大叫，要火葬 MSD 呢。但这些都是没有根据的臆测。当然，咱们知道，小麦有千分之四到千分之五的异花传粉率，但是根本不必担心自杀基因会因此传播。为什么？这是基于一种最可靠的机理：假设某些植株被杂交出了自杀基因，那么它产生的当然是死种子，所以传播环节到这儿一下子就被切断了！也就是说，自杀基因即使能传播，也最多只能传播一代，然后就自生自灭了。我说得对不对？"

常力鸿沉思一会儿，点点头。没错，吉明的论断异常坚实有力，完全可信，但他心中仍有说不清的担忧。他也十分恼火，去年吉明没有把全部情况和盘托出，做得太不地道。不过他无法去埋怨吉明，归根结底，这事只能怪自己愚蠢，怪自己孤陋寡闻，怪自己不负责任考虑不周全。有一点是肯定的，经过这件事，他与吉明之间的友谊无可挽回了。送吉明走时，他让妻子取出那一千美元，冷淡地说：

"上次你留下这些钱，我越想越觉得收下不合适。务必请你收回。"

常力鸿的妻子耷拉着眼皮，满脸不情愿的样子。她肯定不想失去这一千美元，肯定在里屋和丈夫吵过闹过，但在大事上她拗不过丈夫。吉明知道多说无益，苦笑着收下钱，同两人告辞。

此后两人的友谊基本上中断了，但生意上的联系没有断。因为这种性能极优异的麦种已在中原地区打开了市场，订货源源不断。吉明有时解气地想，现在，即使常力鸿暗地里尽力阻挠订货，他也挡不住了！

到第二年的5月，正值小麦灌浆时，吉明又接到常力鸿一个十万火急的电话："立即赶来，一分钟也不要耽误！"吉明惊愕地问是什么事，那边怒气冲冲地说："过来再说！"便"啪"地挂了电话。

吉明星夜赶去，一路上心神不宁。他十分信赖MSD公司，信赖公司对魔王麦的安全保证。但偶尔地、心血来潮地，也会绽出那么一丝怀疑。毕竟这种"断子绝孙"的发明太出格了，科学史上从来没有过，会不会……他租了一辆出租，火速赶到出事的田里。在青色的麦田里，常力鸿默默指着一小片麦子。它们显然与周围那些生机盎然的麦子不同，死亡之火已经从根部悄悄漫上去，把麦秆烧成黄黑色，但麦穗还保持着青绿。这给人一种怪异的视觉上的痛苦。这片麦子范围不大，只有三间房子大小，基本上布成一个圆形。圆形区域内有一半是病麦，另一半仍在茁壮成长。

常力鸿的脸色阴得能拧下水儿，目光深处是沉重的忧虑，甚至是恐惧。吉明则是莫名其妙，端详了半天，奇怪地问："找我来干什么？很明显，这片死麦不是MSD的魔王麦。"

"当然不是，是本地良种，豫麦41。"

"那你十万火急催我来干什么？让我帮你向国外咨询？没说的，我可以……"

常力鸿焦急地打断他："这是种从没见过的怪病。"他瞅瞅吉明，一字一句地说，"去年这里正好种过自杀麦子。"

吉明一愣，不禁失声大笑："你的联想太丰富了吧。我在专业造诣上远不如你，但也足以做出推断。假如——我是说假如——自杀小麦的自杀基因能够通过异花传粉来扩散，传给某几株豫麦41号麦子，这些被传染的麦子被收获，贮到麦仓里，装进播种机，然后——有病的麦粒又恰巧播到同一块圆形的麦田？有这种可能吗？"他讪笑地看着老同学。

"当然不会——但如果是通过其他途径呢？"

"什么途径？"

"比如，万一自杀小麦的毒素渗透出来，正好污染了这片区域？"

"不可能，这种毒素只是一种蛋白质，它在活植株中能影响生理进程，但进到土壤中就变成了有机物肥料，绝不会成为毁灭生命的杀手。老同学，你一定是走火入魔了！一小片麦子的死亡很可能是其他原因造成的，你干吗非要和 MSD 过不去呢？"

常力鸿应声道："因为它的自杀特性叫人厌恶！"他恨恨地说："自杀小麦——这是生物界中的邪魔外道。当然，你说了很多有力的理由，我也相信，不过我信奉这一点：世界上没有绝对安全的防范。既然这么一个邪魔已经出世，总有一天它会以某种方法逃出来兴风作浪。"

"不会的……"

"你肯定不会？你是上帝还是老天爷？"常力鸿发火了，"不要说这些过天话！老天爷也不敢把话说得这样满。"停停，他放缓语气说："我并不是说这些麦子一定是死于自杀毒素——我巴不得这样呢。"他苦笑道，"毒素致死并不可怕，最多就是种过自杀小麦的麦田嘛。我更怕它们是靠基因方式传播，那样，一个小火星就能烧掉半个世界，就像黑死病、艾滋病一样。"

他为这种前景打了一个寒战。吉明沉默了一会儿说："我还是不相信。这种小麦已经在不少国家种过多年，从没出过什么意外。不过，听你的。需要我做些什么？"

"请你立即向 MSD 公司汇报，派专家来查明此事。如果和自杀种子无关，那我就要烧香拜佛了。否则……我就是十恶不赦的罪人。"他苦涩地说。

"没问题。"吉明很干脆地说，"我责无旁贷。别忘了，虽然我拿着美国绿卡，拿着 MSD 的薪水，到底这儿是我的父母之邦啊。你保护好现场，我马上到北京去找 MSD 办事处。"他笑着加了一句，"不过我还认为这是多虑。不服的话咱们赌一次东道。"

常力鸿没响应他的笑话，默默同他握手告别。吉明坐上出租，很远还能看见那个佝偻的半个身体浮现在麦株之上。

电梯快速向银都大楼二十七层升去。乍从常力鸿那儿回来,吉明觉得一时难以适应两地的强烈反差。那儿到处是粗糙的面孔,深陷的皱纹。而这里,电梯里的男男女女都一尘不染,衣着光鲜,皮肤细腻。吉明想,这两个世界之中有些事难以沟通,也是情理之中的。

MSD驻京办事处的黄得维先生是他的顶头上司。黄先生很年轻,32岁,肚子已经相当发福,穿着吊裤带的加肥裤子。他向吉明问了辛苦,客气中透着冷漠,吉明在心中先骂了一句"二鬼子",他想自己在MSD工作八年,成绩卓著,却一直升不到这个二鬼子的位置上。为什么?这里有一个人人皆知又心照不宣的小秘密:美国人信任中国台湾人、中国香港人远甚于中国大陆人。尽管满肚子腹诽,吉明仍恭恭敬敬地坐在这位年轻人面前,详细汇报了中原的情况,"不会的,不会的。"黄先生从容地微笑着,细声细语地列举了反驳意见——正是吉明对常力鸿说过的那些,吉明耐心地听完,说:

"对,这些理由是很有力的。但我仍建议公司派专家实地考察一下。万一那片死麦与自杀种子有关呢?再进一步,万一自杀特性确实是通过基因方式扩散出去的呢,那就太可怕了。那将是农作物中的艾滋病毒!"

"不会的不会的。"黄先生仍细声细语地列举了种种理由。吉明耐心地听完,赔笑道,"我也是这么认为的,不过,是否向总部……"

黄先生脸色不悦地说:"好的,我会向公司总部如实反映的。"他站起身来,表示谈话结束。

吉明到其他几间屋子里串了一下,同各位寒暄几句,他在MSD总共干了八年,五年是在南亚,三年是在中国。但他一直在各地跑单帮,在这儿并没有他的办公桌,与总部的职员们大都是工作上的泛泛之交。只有从韩国来的朴女士同他多交谈了一会儿,告诉他,他的妻子打电话到这儿问过他的去向。

回到下榻的天伦饭店,他首先给常力鸿挂了电话,常力鸿说他刚从田里回来,在那片死麦区之外把麦子拔光,建立了一圈宽一百米的隔离环带。他说原先曾考虑把这个情况先压几天,等MSD的回音,但最终还是向上级反映了,因为这个责任太重!北京的专家们马上就到。他的语气听起来很疲惫,带着焦灼，透着隐隐的恐惧。吉明真的不理解他何以如此——他所说的那种危险毕竟是很渺茫的，死麦与自杀基因有关的可能性微乎其微嘛。吉明安慰了他，许诺一定要加紧催促那个"二鬼子"。

随后他挂通旧金山新家的电话，妻子说话的声音带着睡意，看来正在睡午觉。移民到美国后，妻子没有改掉这个中国的习惯。这也难怪，她的英语不行，到现在还没找到工作，整天在家里闲得发慌。妻子说，她已经找到两个会说中国话的华人街邻，太闷了就开车去聊一会儿。"我在努力学英语，小凯——我一直叫不惯儿子的英文名字———直在教我。不过我太笨，学得太慢了。"停了一会儿，她忽然冒出一句，"有时我琢磨，我巴巴地跑到美国来蹲软监，到底是图个啥哟？"

吉明只好好言好语地安慰一番，说再过两个月就会习惯的。"这样吧，我准备提前回美国休年假，三天后就会到家的。好吗？不要胡思乱想。吻你。"

常力鸿每晚一个电话催促。吉明虽然心急如焚，也不敢过分催促黄先生。他问过两次，黄先生都说马上马上。到第三天，黄先生才把电话打到天伦饭店，说已经向本部反映过了，公司认为不存在你说的那种可能，不必派人来实地考察。

吉明大失所望。他心里怀疑这家伙是否真的向公司反映过，或者是否反映得太轻描淡写。他不想再追问下去，作为下级，再苦苦追逼下去就逾礼了。但想起常力鸿那副苦核桃般的表情，实在不忍心拿这番话去搪塞他。他只好硬起头皮，小心翼翼地说：

"黄先生，正好我该回美国度年假。是否由我去向总部当面反映一次。我知道这是多余的小心，但……"

黄先生很客气地说："请便。当然，多出的路费由你自己负担。"说完"啪"地挂了电话。吉明对着听筒愣了半晌，才破口大骂：

"他妈的二鬼子，狗仗人势的东西！"

拿久已不用的国骂发泄一番，吉明心里才多少畅快了一些。第二天，他向常力鸿最后通报了情况，然后坐上去美国的班机。到美国后，他没有先回旧金山，而是直奔 MSD 公司所在地 Z 市。不过，由于心绪不宁，他竟然忘了今天恰好是星期天。他只好先找一个中国人开的小旅店住下。这家旅店实际是一套民居，老板娘把多余的二楼房屋出租，屋内还有厨房和全套的厨具。住宿费很便宜，每天25美元，还包括早晚两顿的免费饭菜——当然，都是大米粥、四川榨菜之类极简单的中国饭菜。老板娘是大陆来的，办了这家号称"西方招待所"的小旅店，专门招揽刚到美国、经济比较窘迫的中国人。这两年，吉明的钱包已经略为鼓胀了一点儿，不过他仍然不改往日的节俭习惯。

饭后无事，吉明便出去闲逛，这儿教堂林立，常常隔一个街区就露出一个教堂的尖顶。才到美国时吉明曾为此惊奇过。他想，被这么多教堂所净化了的美国先人，怎么可能建立起历史上最丑恶的黑奴时代？话说回来，也可能正是由于教堂的净化，美国人才终于和这些罪恶告别？

他忽然止住脚步。他听到教堂里正在高唱"哈利路亚"。这是圣诞颂歌《弥赛亚》的第二部分《受难与得胜》的结尾曲，是全曲的高潮。哈利路亚！哈利路亚！气势磅礴的乐声灌进他的心灵……

他的回忆又回到起点。上帝向他走来，苦核桃似的中国老农的脸膛，上面刻着真诚的惊愕和痛楚……

第二天，莱斯·马丁再次来到MSD大楼。大楼门口被炸坏的门廊已经修复，崩飞的大理石用生物胶仔细地粘好，精心填补打磨，几乎没留下什么痕迹。不过马丁还是站在门口凭吊了一番。就在昨天，一辆汽车还在这儿凶猛地燃烧呢。

秘书是位风韵犹存的半老徐娘，她礼貌地说，"戴斯先生正在恭候，但他这些天很忙，谈话请不要超过十分钟时间。"马丁笑着说，"请放心，十分钟足够了。"

戴斯的办公室很气派，面积很大，正面是一排巨大的落地长窗，Z市风光尽收眼底。戴斯先生埋首于一张巨大的楠木办公桌，手不停挥地写着，一边说："请坐，我马上就完。"

戴斯实在不愿在这个时刻见这位伶牙俐齿的记者。肯定是一次困难的谈话，但他无法拒绝。这家伙为了一条轰动的新闻，连自己母亲的奸情都敢披露,他不是那么容易打发的。在戴斯埋首写字时,马丁则恰然坐在对面的转椅上,略带讥讽地看着戴斯在忙碌——他完全明白这只是一种做派。当戴斯终于停笔时,马丁笑嘻嘻地说:

"我已经等了三分钟,请问这三分钟可以从会客的十分钟限制中扣除吗?"

戴斯一愣,笑道:"当然。"他明白自己在第一回合中落了下风。秘书送来咖啡,然后退出,马丁直截了当地说:

"我已获悉,吉明在行动前,给本地的《民众之声》发了传真,公布了他此举的动机,但这个消息被悄悄地捂住了。上帝呀,能做到这一点太不容易啦!MSD公司的财物报表上,恐怕又多了一笔至少六位数的开支吧?"

戴斯冷静地说:"恰恰相反,我们一分钱都没花。该报素以严谨著称,他们不愿因草率刊登一则毫无根据的谣言而使自己蒙羞。他们也不愿引起MSD股票下跌,这会使Z市许多人失去工作。"

"是吗?我很佩服他们的高尚动机。这么说,那个中国人闹事是因为自杀种子啰。"他突兀地问。

戴斯默认了。

"据说那个中国佬担心自杀基因会扩散,也据说贵公司技术部认为这是根本不可能的。可惜我一直不明白,这么一个相对平和的纯技术性的问题,为什么会导致吉明采取这样激烈的行为?这里面有什么外人不知道的内情吗?"

戴斯镇定地说:"我同样不理解,也许吉明的神经有毛病。"

"不会吧,我知道MSD为魔王系列作物投入了巨资,单单买下德尔他公司的这项专利就花了十亿美元。现在,含自杀基因的商业种子的销售额已占贵公司年销售额的60%以上,大约为七十亿美元。如此高额的利润恐怕足以使人铤而走险了,比如说,"他犀利地看着戴斯,"杀人灭口。据我知道,在事发前的那天晚上,吉明下榻的旅店房间里恰巧发生了行窃和火灾。也许这只是巧合?"

但戴斯在他的逼视下毫不慌乱。"我不知道。即使有这样的事情,也绝不是MSD干的。我们是一个现代化的跨国公司,不是黑手党的家族企业。如果我们干出杀人灭口的事，一旦败露，恐怕损失就不是七十亿了。马丁先生，我们不会这么傻吧？"

马丁已站起来，笑吟吟地说："你是很聪明的，但我也不傻，再见，我不会就此罢休的，也许几天后我会再来找你。"

他关上沉重的雕花门，对秘书小姐笑道："十分钟。一个守时的客人。"秘书小姐给出了一个礼节性的微笑。马丁出了公司便直奔教会医院。昨天他已马不停蹄地走访了吉明的妻子，走访了吉明下榻旅店的老板娘。正是那个老板娘无意中透露，那晚有人入室行窃，吉明用假火警把窃贼吓跑了。财物没有损失，所以她没有报案。"先生，"老板娘小心地问，"真看不出吉明会是一个恐怖分子。他很随和，也很礼貌。他为什么千里迢迢地跑来同 MSD 过不去？"

"谁知道呢，这正是我要追查的问题。"马丁没有向老板娘透露有关自杀种子的情况，毕竟她也是华人。

三天前，也就是星期一的下午，吉明按照约定的时间到 MSD 大楼。秘书同样吩咐他只有十分钟的谈话时间。吉明已经很满意了，这十分钟是费了很多口舌才争取到的。

戴斯先生很客气地听完他的陈述，平静地告诉他，所有这些情况，公司驻北京办事处都已经汇报过了，那儿的答复也就是公司的答复。魔王系列商业种子的生物安全性早已经过近十年的验证，对此不必怀疑。中国那片死亡的小麦肯定是其他病因，因为不是本公司的麦种，我们对此不负责任。

他的话语很平和，但吉明能感到一种巨大的压力，这压力来源于戴斯先生本人以及这间巨型办公室无言的威势。他知道自己该知趣地告辞了，该飞到旧金山去享受天伦之乐，妻子还在盼着呢。但想起常力鸿那双焦灼的负罪般的眼睛，他又硬着头皮说：

"戴斯先生，你的话我完全相信。不过，为确保万无一失，能否……"
戴斯不快地说："好吧，你去技术部找迈克尔·郑，由他相机处理。"
吉明感激涕零地来到技术部。迈克尔·郑是一位黑头发的亚裔，大约四十岁，样子很忠厚。吉明很想问问他是中国人还是韩国人，但最终没开口。他想在这个比较敏感的时刻，与郑先生套近乎没有什么好处。

迈克尔很客气地接待了他。看来，他对这件事的根根梢梢全都了解。他很干脆地吩咐吉明从现场取几株死的和活的麦株，连同根部土壤，密封好送交北京办事处，他们自会处理的。吉明忍不住问：

"能否派一个专业人士随我同去？我想，你们去看看现场会更有把握。"

郑先生抬头看看他，言简意赅地说："去那儿不合适。也许会有人抓住'MSD派人到现场'这件事大做文章。"

吉明恍然大悟！看来，对于那片死麦是否同自杀基因有关，MSD公司并不像口头上说的那样有把握。不过他们最关心的不是自杀邪魔是否已经逃出魔瓶，而是公司的信誉和股票行情，作为一个低级雇员，他知道自己人微言轻，说也无用。而且还有一个最现实的危险悬在他的头上：被解雇。他刚把妻儿弄到美国安顿好，手头的积蓄已经所剩无几了。他可不敢拿自己的饭碗开玩笑，于是他犹豫片刻，诚恳地说：

"我会很快回中国去完成你的吩咐。不过我仍然斗胆建议，公司应给予更大的重视，假如万一……我是为公司的长远利益考虑。"

迈克尔未置可否，礼貌周到地送他出门。

夜里他同常力鸿通了电话，通报了这边的进展。从常力鸿的语气中还是能触摸到那种沉重的焦虑，尤其是他烧灼般的负罪感，阴暗的气息甚至透过越洋电话都能闻出来。常力鸿说这些天他发疯般地查找有关基因技术的最新情报，查到了一篇四年前的报道，英国科学家发现，某些病毒或细菌可以在植物之间"搬运"基因，它们浸入某个植物的细胞后，在非常罕见的情况下，可以俘获这个细胞核内的某个基因片段。当它繁殖时，这些外来基因也能向下一代表达。等后代病毒或细菌再侵入其他植株的细胞时，同样在非常罕见的情况下，这些基因片段会转移到宿主细胞中。当然，这个过程全部完成的几率是更为罕见的，但终归有这种可能。而且，考虑到微生物基数的众多及时间的漫长，这种转移就不算罕见了。实际上，多细胞生物的出现就是单细胞生物的基因融合的结果，甚至直到今天，动物细胞中的线粒体还具有"外来物"的痕迹，还保持着自己独特的 DNA 结构和单独的分裂增生方式。当然，今天的自然界中，不同种的动植物个体之间很难杂交，这种"种间隔绝"是生物亿万年进化中形成的保护机制。但在细胞这个层次，所有生物细胞都能极方便地杂交融合，这在试验室里已经是司空见惯的事。

"中国科学院遗传研究所的专家们非常怀疑死麦株中包含有自杀基因，他们正在查证。"常力鸿苦涩地说，"至于这种基因是如何扩散到豫麦 41 中的，有人怀疑是通过小麦矮化病病毒做中介。这一点还没有得到证实，也没有进一步扩大的征兆。但是，最终结果谁敢预料呢。如果这片死亡之火烧遍大地……我是个混蛋透顶、死有余辜的家伙！"

吉明满脸发烧，他觉得这句话不该骂常力鸿而是应该骂自己。他开始对 MSD 公司滋生强烈的愤恨。不错，自己不了解这种由微生物"搬运"基因的可能性，但公司造诣精深的专家们肯定知道啊。既然知道，他们还信誓旦旦地一口一个"绝不可能"？他决定明天再去公司催逼，这次豁上被解聘！

夜里他一直睡不安稳，梦中到了天国和地狱的岔路口，俯瞰家乡的千里绿野，忽然，一股黑色的死亡之火穷凶极恶地卷地而来，所有麦子、稻子甚至禾本科的杂草都被烧枯，自然界失去了生机……他从噩梦中醒来，再也睡不着，心情十分烦躁。夜深人静，耳朵格外灵敏。他忽然听见汽车的轰鸣声，汽车在近处停下，少顷，有极轻微的窸窣声从窗外传来。

吉明蓦然提高了警觉。他知道窗外的楼下是一片草坪，因为久未刈割已长得很深。是谁半夜跑到这儿？窸窣声显然是向二楼来了。他轻手轻脚地走到阳台，向下窥望。一个身穿黑衣的人正沿着墙壁的门楼拐角往上爬，动作十分轻巧敏捷。吉明的头嗡地涨大了。虽然他还不相信此人是冲他而来——那除非是 MSD 公司雇佣的杀手——但本能告诉他，恐怕这不是一个普通的窃贼。慌乱无计，他轻轻退回去，在毛巾被下塞了几件衣服，伪装成睡觉的样子，又溜到厨房的案子后，拎起一把菜刀，从厨案后露出一只眼睛，紧张地注视着阳台。

那人果然是冲这儿来的。两分钟后他推开虚掩的窗扇跃进窗内，落地时几乎没有一丝声响。他戴着面具，右手向上斜举着一支带消声器的手枪。他沉下身听听屋内的动静,左手从口袋里掏出一方手帕,那上面肯定有强力麻醉剂或毒药,他轻轻向床边摸去。

不用说,这是一个杀手而不是窃贼。吉明的心脏狂跳着,紧张地思索对策,他敢肯定,杀手发现床上的伪装后绝不会罢手的,自己真的靠一把厨刀和他拼命?忽然他看见微波炉,顿时有了主意。他顺手拎起一瓶清洁剂,旋紧盖子放到炉内,按下触摸式微波开关,然后轻手轻脚溜到了卫生间。

杀手已发现毛毯下似乎有异常,轻轻揭开毛毯,立时警觉地回身,手枪平端,开始搜索。他听到了微波炉烤盘转动的轻微声响,擦着墙边慢慢走过来。这儿没有人影,只有一台中国产的格兰仕微波炉上的计时器在闪烁着,杀手在微波炉前略微沉吟,忽然悟到其中的危险,急忙向后撤。就在这时炉内訇然爆炸,炉门被冲开,蒸汽和水流四处飞溅。天花板上的火警传感器凄厉地尖叫起来。

杀手知道今天不能得手了,迅速后退,轻捷地跃过窗户。吉明从卫生间的门缝中窥到这一幕,便几步跃到阳台上。杀手正用双手双膝夹着墙角飞快下滑。几天来窝在吉明心中的闷火终于爆发了,他忘了危险,破口大骂道:

"他妈的!"

他恶狠狠地把厨刀掷下去。看来他掷中了,杀手从墙角突然滑下去,沉重地跌坐在草地上。他随即从地上弹起,逃走了。奔跑姿势很不自然,看来伤势不是太轻。

吉明十分解气,几天来的郁闷总算得到发泄。一直到消防车的笛声响起,他才从胜利的亢奋中惊醒,也开始感到后怕。有人在敲他的房门:

"吉先生,吉先生,快醒醒,你的屋中冒烟了!"

在打开房门前,吉明决定对老板娘隐瞒真情。他打开门,赔着笑脸说,"刚才有一个窃贼入室,只好用假火警把他吓走。损坏的微波炉我会照价赔偿,现在请消防车返回吧。"

消防车开走了,老板娘在屋里查看一番,埋怨几句,又安慰几句,离开了。吉明独坐在高背椅上,想起几天来的遭遇,心头的恨意一浪高过一浪。平心而论,他没有做错任何事啊。他只不过反映了一个真实的问题,他其实是在尽心维护 MSD 公司的长远利益。但他没想到，仅仅因为干了这些事，他就被 MSD 派人追杀！现在他已不怀疑，幕后主使人肯定是 MSD 公司。是为了一百亿的利润，还是有更大的隐情？

怒火烧得他呼哧呼哧喘息着。怎么办？他忽然想起印度曾有"火烧 MSD"的抗议运动，也许，用这种办法把这件事捅出去，公开化，才能逼他们认真处理此事，自己的性命也才有保障。

说干就干。第二天上午，一辆装有两箱汽油和遥控起爆器的福特牌汽车已经准备好。上午 8 点，他把车开到 MSD 公司的门口。他掏出早已备好的红色喷漆筒，在车的两侧喷上标语。车左是英文："火烧 MSD！"车右的标语他想用中文写，写什么呢？他忽然想到常力鸿和那个老农，想起两张苦核桃似的脸庞，想起老汉说的："老天爷在云彩眼儿里看着你哩！"马上想好了用词，于是带着快意挥洒起来。

门口的警卫开始逼近，吉明掏出遥控器，带着恶意的微笑向他们扬了扬。两个警卫立即噤住，其中一名飞快地跑回去打电话。吉明把最后一个字写完，扔掉喷筒，从车内拿出扩音话筒……

马丁赶到医院，医生告诉他，病人的病情已趋稳定，虽然他仍昏迷着，但危险期已经过去了。马丁走进病房，见吉妻穿着白色的无菌服，坐在吉明床前，絮絮地说着什么。输液器中的液滴不疾不徐地滴着。病人睁着眼，但目光仍是空洞的，迷茫的，呆呆地盯视着远处。从表情看，他不一定听得到妻子的话语。

心电示波器上的绿线飞快地闪动着，心跳频率为每分钟一百次，这是感染发烧引起的。一位戴着浅蓝色口罩的护士走进帷幕，手里拿着一支粗大的针管，她拔掉输液管中部的接头，把这管药慢慢推进去。然后，她朝吉妻微笑点头，离开了。马丁心中忽然一震！他灵感忽来，想起一件大事。这些天竟然没想到这一点，实在是太迟钝了！他没有停留，转身快步出门，在马路上找到一个最近的电话亭，拨通了麦克因托侦探事务所的电话。他告诉麦克因托，立即想办法在圣方济教会医院三楼的某个无菌室里安装一个秘密摄像机，实行 24 小时的监视。"因为，据我估计，还会有人对这位名叫吉明的中国佬进行暗杀。你一定要取得作案时的证据，查出凶手的背景。"

麦克因托说："好，我立即派人去办。但如果确实有人来暗杀，我们该怎么办？是当场制止，还是通知警方？"

马丁毫不犹豫地说："都不必，你们只要取得确凿证据就行了。那个中国佬并没有给我们付保护费。记住，不要惊动任何人。"

"好——吧。"麦克因托迟疑地说。

吉明仍拒绝清醒。他的灵魂在生死之间、天地之间、过去未来之间踯躅。四野茫茫，天地洪荒。自己是在奔向天国，还是奔向地狱？不过，他没忘记时时拨开云雾，回头看看自己的故土。看黑色的瘟疫是否已摧残了碧绿的生命。他曾经尽力逃离这片贫困的土地——不过，这仍然是他的故土啊。

他在昏迷中能不时听到医护们像机器人般的呓语，后来这声音变成了妻子悲伤的絮语。他努力睁开眼睛，但是看不到妻子的面容。他太累了，很快合上眼睛。他对妻子感到抱歉，他另有要事要做，已经没时间照顾妻子了，忽然他停下来，侧耳聆听着——妻子这会儿在读什么东西，某些词语引起他的注意。是常力鸿的信件，没错，一定是他的。老朋友发自内心的炽热的话语穿透生死之界，激荡着他的耳鼓：

"惊闻你对 MSD 公司以死抗争，不胜悲伤和钦敬，吉明，我的朋友，我错怪了你，这些天来我一直在鄙视你，认为你数典忘祖，把金钱和美国绿卡看得比祖国更重要。我真是个瞎子，你能原谅我吗？北京来的专家已认定，豫麦 41 号的自杀基因的确是通过矮化病毒转移来的，也就是说，它能够通过生物方式迅速传播。他们说这是一个与黑死病、鼠疫和艾滋病同样凶恶的敌人。不过你不必担心，我们会尽力把这场瘟疫圈禁消灭在那块麦田里。即使它扩散了，专家们说，人类的前景仍是光明的，因为大自然有强大的自救能力……朋友，不知道这封传真抵达美国时，你是活着还是已离去，但不管怎样，我们都会永远记住你！"

吉明苦涩地笑了，觉得自己愧对老朋友的称赞。不过，有了这些话他可以放心远行了。他在虚空和迷雾中穿行,分明来到天国和地狱的岔路口。到天国的是一列长长的队伍,向前延伸,看不到尽头。排在这一行的人们有白人、黑人和黄种人,他们个个愉悦轻松,向地狱去的人寥寥无几,他们浑身都浸透了黑色的恐惧。吉明犹豫着,不知道自己的罪恶是否已经抵清,不知道天国是否会接纳他。突然一个老人——上帝大笑着奔过来迎接他,上帝长发乱须,裸臂赤足,瘦骨嶙峋,穿一袭褐色的麻衫,脸上皱纹纵横如风干的核桃——他分明是那个不知姓名的中国老汉嘛。

上帝与吉明携手同行,向天堂走去。吉明嗫嚅地说:"上帝大伯,那场瘟疫是经我的手放出去的,天堂会接纳我吗?"上帝宽厚地说:"那只是无心之失,算不上罪恶。来,跟我走吧。"他们沿着队列前行。一路上上帝不时快活地和人们打招呼。忽然上帝立住脚,怒冲冲地嚷道:"你这个王八蛋,怎么混到这里来了?滚出来!"他奔过去,粗暴地拽出来一个人。那是位白人男子,六十岁左右,是一位极体面的绅士,西装革履,银发一丝不乱。吉明认出来,他是MSD公司的戴斯先生。戴斯在众人的鄙视下又羞又恼,但仍然保持着绅士风度,冷着脸说:"上帝,你该为自己的粗鲁向我道歉。不错,我是MSD公司的主管,是开发自杀种子的责任人。但我的所作所为一点也不违反文明社会的道德准则。"他嘲弄地说:"上帝,你已经老了,落后啦,成了一个土老帽啦。你在天堂里养老就行了,干吗要来尘世间多管闲事呢?"

吉明担心地看看上帝,他担心上帝对付不了这个伶牙俐齿的家伙。但他显然是多虑了,上帝干干脆脆地说:"对呀,我不懂,我懒得弄懂人类中那些可笑的规则。这些规则不过是小孩子玩耍时的临时约定,它最多只能管用几百年吧,但我已经一百五十亿岁啦。我只认准一个理,一个亘古不变的道理:世上万千生灵都有存活的权利,你让它们断子绝孙就是缺德。看看吧,看看吧!"上帝拨开云眼,指着尘世中那块被死亡之火烧焦的麦田,一些中国科学家正在周围忙碌。上帝怒冲冲地说:"看看吧,你们的发明戕害生灵,犯了天条,像你这样的人还想进天堂?"

戴斯沉默很久,才不情愿地说:"也许我们是犯了点错误,但那是无心之失,这在科学发展史上是常有的事,就像DDT的发明导致它在土壤中的累积中毒，氟利昂的发明导致臭氧空洞，一种叫反应停的药物导致畸形儿。我知道上帝仁慈宽厚……"

上帝毫不客气地打断他的谄媚："对，我很宽厚，从不苛求我的子民。你说的那些犯错误的科学家，我都接到天堂啦，他们虽然犯了错，用心是好的，是为了全人类的利益。不像你——你是为了臭烘烘的金钱，是为了少数人私利而去戕害自然。从这点上说，你和奥斯维辛集中营与日本731细菌部队那些败类没有什么区别。去吧，到地狱里去吧，那些败类们在等着新同伴呢！"

戴斯见多说无益，只好脸色铁青地转过身，很快被地狱的阴风惨雾所吞没。吉明舒心地长叹一声，跟在上帝后边进了天国。

当夜凌晨3点30分，吉明的心脏停止了跳动。

丹尼·戴斯冷冷地盯着面前的马丁，他今天心绪不佳，实在不愿伺候这个牛虻似的记者。昨晚戴斯做了个噩梦，一个长长的、怪异的噩梦。梦中他竟然因为自杀种子遭到上帝责罚，送往地狱。尤其令这位绅士不能容忍的是，这位上帝言行粗俗，胖手胖足，黄色皮肤，十足一个贫穷的中国老汉！

噩梦所留下的坏心境一直延续到现在，戴斯正想找人撒气呢，那位讨厌的马丁不识火色，得意扬扬地从口袋里掏出一沓照片，一张一张摆在戴斯面前。第一张：一名戴口罩的护士在注射；第二张：这位护士已经出了大门，快步向一辆汽车走去；第三张：汽车的牌照。马丁像猫玩老鼠似的笑道：

"戴斯先生，这些是我从一卷录像带上翻拍过来的，你一定知道此事的来龙去脉吧。就在这位护士小姐注射三分钟后，病情已趋稳定的吉明忽然因心力衰竭而死去……戴斯先生，我并不想为这个中国佬申冤，我对这些野蛮人没有好感。我甚至认为，死亡瘟疫能撒播到那个国家是件好事，可以把黄祸的到来向后推迟几年。不过，"他可憎地笑着，"这是个十分重大的秘密。要想叫人守口如瓶，你总得付一笔保密费吧。"

戴斯向照片扫了一眼，神色丝毫未变，马丁不由得很佩服他的镇静。沉默了很久，戴斯才冷冷地问："你想要多少？"

马丁眉开眼笑地说："五千万，我只要五千万。这只是公司年利润的百分之一嘛。我是很公平的。"

又是很久的沉默，然后戴斯俯过身来，诚恳地说："马丁先生，你想听听我的肺腑之言吗？"

"请——讲吧。"马丁既狐疑又警惕地说。

"坦率地讲——我从来没有这样坦率地讲过话——这三张照片上的事，我不能说丝毫不知情，我多多少少听说过一点。不过，确确实实，不是MSD公司干的——你别急，听我说下去。"他摆摆手止住马丁的反驳。"实际我应该住口了，再往下说我要担很大的风险了，不过今天我忍不住想说出来。我说过，MSD公司绝对没干这些事，也绝不会干。一旦泄露，我们的损失就不是一百亿了，MSD公司不会这样莽撞糊涂。不过，也许确实有人干了，也许干这些事的是比MSD远为强大的力量——我只能到此为止了。"他鄙夷而怜悯地说："我们很笨，我们什么都没看到，你为什么要精明过头呢？马丁先生，五千万恐怕你是拿不到手了，不仅如此，从今天起你就准备逃命吧。要不，你掌握的那个十分重大的秘密一定会把你噎死，那个'力量'恐怕不会放过你的。"

他看着目瞪口呆的马丁，温和地说："我言尽于此。现在，请你从这里滚蛋吧。"

兀鹫与先知

扑翼机收住翅膀,轻盈地落在内盖夫沙漠的边缘,土黄色与绿色交界的地方。电脑驾驶员说:

"总督阁下,夫人,慰留所已经到了。"

前面是一片简朴的建筑,几十间一模一样的独立平房散落在骆驼刺围成的院落里,没有其他设施。院里散布着几十个机器人,平静地看着大门外的扑翼机。他们的数量不算多。毕竟,这项仁政——让机器人在法定销毁之前享受一段自由生活,以能量块耗尽为限——虽然已经颁布 20 年,但还远未普及。能把机器人伴侣送到这儿的,多是人类中的地位尊贵者。

总督布拉图扶着妻子安吉拉走下扑翼机。安吉拉是伴侣型机器人,与布拉图度过了恩爱十年。十年,这正是法令规定的机器人的淘汰期。夫妻两个最后一次拥抱。布拉图沉重地说:

"安吉拉,真不忍心离开你。"

安吉拉故作轻松地说:"别难过,亲爱的。新安吉拉已经获得我的全部记忆,当然也具有我的全部爱情。她一定会让你幸福。"

布拉图无奈地摇摇头,叹息一声。他舍不得与安吉拉分别,但作为总督,他只能带头遵守全人类的法令。他说:

"我会每年来看你。你愿意让她也来吗?"

安吉拉笑着说:"当然,我很愿意见见另一个自我。记着,如果有了孩子,把孩子也带来。"

机器人的快速换代大大促进了他们的"进化",最新款型的男女机器人除了性能力外,还将具备生育功能。仅仅因为这一点,安吉拉也不得不让位给新人啊。布拉图爱上她时是 40 岁,虽然一直想要孩子,但他从未对没有生育能力的安吉拉有怨言。如今布拉图已经50岁，想要孩子就不能再耽误了。所以，即使没有这个"十年淘汰期"的规定，安吉拉也愿意成全他。

布拉图再次与她吻别，登上飞机。安吉拉目送飞机消失在天边，回头进了院子。一个男性机器人立即迎上来，殷勤地堆着笑容，问：

"您是总督夫人吗？我看见是总督送你来的。"

"我不再是总督夫人了，请叫我安吉拉。你是……"

"我叫麻勒赛，是机器人慰留所的管理员。"

这是一个比较低档的杂役型机器人，虽然外形为男人，实际并无性别。他迫不及待地问：

"总督夫人，总督送你来这儿之前，肯定为你配备了最高档的能量块，对吧。是20年型的？"

安吉拉对这个涉及隐私的问题很是不快，但她想也许这是慰留所的例行询问？就勉强点点头。远处有人厉声喊：

"麻勒赛！"

听见喊声，麻勒赛立即像耗子一样溜走了。他的右腿关节已经严重磨损，所以走路一跛一跛。一个男人匆匆走过来，鄙夷地看着麻勒赛的背影，对安吉拉说：

"那个贱坯又在打听能量块的事，对吧。"

"嗯，他是这儿的管理员？"

"是这儿的收尸人，把能量耗尽的住户送到轮回所去销毁。请别误会，我并非不尊重收尸人这个工作，但麻勒赛本人是一个地地道道的贱坯，是专门盯着死尸的兀鹫，是引诱同伴坠入死亡陷阱的伥鬼。这儿凡是知道底细的人都远离这个贱种，以后你不要理他。"这位男性机器人说，"我叫莫亚尔，走吧，我带你到你的房间。"

去房间的路上，安吉拉知道了那只"兀鹫"的所有情况。麻勒赛在这儿已经干了20年，远远超过一个低档杂役机器人的寿命。听说他一直在私下干一些令人不齿的勾当——窃取住户的能量块，换装到自己身上。这种邪恶天性在机器人中非常罕见，可以说是绝无仅有。地球上所有的机器人从不贪生，他们的生命是人类给的，寿命也是人类规定的，机器人非常自觉、非常理性地执行着关于机器人定期销毁的规定。这不光是缘于对人类的忠诚，而且也牵涉到机器人的"种族道德"——机器身体不像人类肉体那样有寿命限制，如果所有机器人都像麻勒赛这样贪生，那地球上早就被最原始的机器人占满了，哪能容得机器人的进化？所以，在机器人社会中，麻勒赛的作为是最令人不齿的秽行，相当于人类中的乱伦和弑父。

听了介绍，安吉拉也从心底厌恶这个"贱坯"，皱着眉头问："他怎么窃取，谋杀吗？"

"那倒不至于。你知道，凡在慰留所度余生的机器人，嗯，心境不一定很恬静的，"莫亚尔含糊地说，"所以，他经常能劝服某些人自杀，把能量块提前转给他。"

"那你们就由着他胡来？他这样做是非法的，至少违犯了关于机器人定期淘汰的法律。"

莫亚尔无奈地说："这儿目前还是一块法律上的飞地，没有政府，没有警察，只有道德上的自律。但'自律'显然不适合于麻勒赛这类东西。我的朋友齐格就无法容忍，再三说要想办法惩罚他。"他摇摇头，"算了，我不想再提这个贱坯了，反正你要听我的话，以后远离他。"

"知道了，谢谢你的忠告。"

安吉拉很快亲身体会到莫亚尔所说的"心境不恬静"。作为伴侣型机器人，她的一生是为布拉图活的，所有兴趣、欲望、欢乐、歌声也是因布拉图而存在。机器人不用吃喝拉撒，不会生病，不会疲劳，不会娱乐，甚至可以不睡觉。当她与布拉图生活时，她把所有心思都用在丈夫身上，倒是从没觉得时间的漫长。现在，丈夫正与另一个安吉拉在一起生活，新安吉拉应该已经怀孕了吧，愿他们幸福，而她真不知道该如何打发这无涯的时光。

由于机器人生活的简单，慰留所的设施也简单极了，没有卫生间，没有厨房，没有健身房。每间小屋中只有一张床——实际上连这张床也是可有可无的。现在，安吉拉的生活只剩下两个内容：一是盼着逾越节的到来，丈夫说那天要来看望她；再就是和女伴们聊天，回忆自己的丈夫。

慰留所中的高级男性机器人很少，只有莫亚尔和齐格两人。莫亚尔和齐格常来陪安吉拉，和她聊天。不过，其实三个人没有太多共同话题，因为每人的话头都离不开原来的人类伴侣。有时安吉拉会有一个随意的想法：同是作为有性欲的伴侣型机器人，莫亚尔或齐格和她之间按说能发生一点什么事情吧，机器人戒律对此并无任何限制。但她多少有点遗憾地发现，两人之间只有友情，没有别的。两人相处时，不光她心如止水，莫亚尔同样是心如枯井。

的确如莫亚尔所说，慰留所的住户们大都不理麻勒赛。他就像一只土狼那样独来独往，在远处偷偷盯着这边的人群。有时在路上和安吉拉相遇，他大概知道安吉拉不会再理他，常常谄媚地笑一笑，赶紧跛着腿走开。不过，安吉拉厌恶地发现，他的目光——兀鹫般的目光——总要情不自禁地向她的腹部扫来一眼，那是装能量块的地方。

莫亚尔，还有他的朋友齐格，一直告诫人们远离麻勒赛。平时没发现有人和他接触，但不知道他在众人的视线之外干了些什么，反正他总能不时地诱捕到一个牺牲者。前不久，一个叫里娜的年轻女机器人提前结束了生命，不用说，她的能量块现在用到了麻勒赛的身上。而且不只是能量块，有人说他把里娜的腿关节也换到自己身上了。里娜已经销毁，死无对证，但有一点是确定的：此后麻勒赛再也不跛行了。

这天，莫亚尔、齐格和安吉拉在一块儿，厌恶地看着远处健步如飞的麻勒赛，齐格忽然说：

"不行，我再也不能忍受这个贱坯了。我要给他开一个大大的玩笑。"

莫亚尔问："打算怎么干？"

齐格笑着说："我的能量块是20年型的，算来还有15年的寿命，麻勒赛早就垂涎三尺了！我打算主动找他，聆听他的教诲，提前结束生命，把能量块赠给他。"

莫亚尔猜到了他的打算："然后——在赠送之前把能量块破坏？"

"对，那样你们就能摆脱这家伙了。"

这个恶作剧是以齐格的生命为代价的,但机器人都不把死亡放在心上,尤其是慰留期的机器人。莫亚尔笑着说:"好!是个有趣的主意。你去干吧。如果不行,我再接着干。"这件大事就在谈笑中定下了。安吉拉有点不忍心,想劝劝齐格,但看看两人孩子般的兴奋,她把劝告的话咽下去了。

她警惕地想:也许自己的"不忍心"其实也是变相的贪生,就像麻勒赛那样?

齐格果然开始实行这个计划,那些天,他主动和麻勒赛接触。安吉拉或莫亚尔经常看到这样的一幕:那两人躲在角落里,麻勒赛口若悬河地说着,齐格虔诚地不停点头——然后趁麻勒赛不注意,向这边送来恶作剧的一笑。

半个月后,齐格真的死了,麻勒赛照例推着他的尸体出了慰留所的大院,前去轮回所。那家伙的脸上有按捺不住的得意。

安吉拉没有过多关注这件事,因为这天正是逾越节,布拉图带着新妻子来看望她,也带来了节日食品像烤羊肉、苦菜和无酵饼,实际上机器人可以不吃饭,只依靠能量块维持生命。按照不成文的规矩,慰留所是专门留给机器人的"自由飞地",人类不准进入,所以安吉拉到大门外去与两人见面。新安吉拉当然与她长得一模一样,连笑容和声音也都是一样的。只有一样不同——她已经有七八个月的身孕。两个女性机器人拥抱着,热切地交流着有关丈夫和胎儿的情况;新安吉拉还体贴地找借口到远处躲了一会儿,让布拉图与"前妻"有一个单独相处的机会。

他们三位在沙漠边缘一直待到傍晚才恋恋不舍地分手。安吉拉目送扑翼机消失在夕阳余晖中,忽然感到海啸一般扑来的悲伤。几个月来,她尽量把悲伤锁在心底,现在再也锁不住了。她知道,只有短暂的十年生命——这是机器人的宿命,没有什么好埋怨的。而且她的一生已经非常幸运了,布拉图给了她十年恩爱,又慷慨地留给她20年的自由。她不能再贪心了。但她还是无法排除自己的"贪念",她饥渴地盼望,能像人类女人那样有一个完整的人生,能在满头银发时与衰老的丈夫共度晚年。

当然这只是奢望,根本无法实现。她真不知道如何打发以后的19年,难道还像第一年一样,只是生活在回忆中,然后盼着每年一次的相聚?

她踏着清冷的月光,踽踽地返回。忽然看见路旁蜷伏着一个黑色的身影,仔细看,它还在微微蠕动着。安吉拉惊问:

"谁?"

那人吃力地抬起头,是麻勒赛。他的目光涣散,显然已经濒临死亡。刹那间安吉拉知道了这件事的缘由:齐格果然成功地实施了他的计划,在他死前把一个毁坏的能量块赠给这只兀鹫了,而满心欢喜的麻勒赛在送走尸体返回途中才发觉上了当。这会儿麻勒赛凝聚最后一点力量,认出了安吉拉,就像溺死者看到最后一根稻草,用力喊道:

"夫人,仁慈的……夫人,救我!"

也许是因为她此刻的特殊心境,看到濒死的麻勒赛仍然一心求生,安吉拉对他的厌恶减轻了,代之以怜悯。她摇摇头:

"很遗憾,我无法救你。我没有多余的能量块,也弄不到。"

她说的是实情,但麻勒赛绝对不会放过这最后的机会:

"夫人……救我!请……把你的能量块……先给我,我……找到后一定归还……向上帝发誓!"

这个要求显然太过分,也太厚颜。安吉拉摇摇头,干脆地拒绝了:"对不起,我无能为力。"然后从他身边绕过去。麻勒赛忽然抱住安吉拉的腿,狂热地吻着,哀声说:

"夫人……救我!我一定……守信,向上帝发誓!"

安吉拉根本不相信这个贱坯会遵守任何誓言。但——在送走幸福的布拉图夫妻之后,她余下的19年生命对她只能是痛苦。既然脚下的这个机器人如此贪恋生命,那就施舍给他吧,也算是物尽其用。哪怕他是个人所共知的贱坯。

她叹息一声:"好吧,我给你。你自己动手来拿吧。"

暮色中麻勒赛的双眼忽然放出异彩,那是他体内最后一点能量在燃烧。他生怕安吉拉改变主意,急忙跪在安吉拉面前,掀开她的上衣,打开腹部能量池外盖,双手颤抖着取出能量块。安吉拉在意识消失前的最后几十秒钟内,看着麻勒赛手忙脚乱地把能量块装到自个儿腹中。生命力瞬时回到他身上,他跳起来，一溜烟跑了，没有回头看一眼。安吉拉知道他不会再回来了，不过这原本就在她的意料之中，倒也没有什么遗憾。然后，她的最后一缕意识悄悄飞散了。

安吉拉迅即感到强劲的能量之波扩散到全身，她睁开眼，首先入眼的是那个"贱坯"的丑脸，还有一双阴沉的目光。看看天色应该是清晨，彩霞已经在东边天空中浮出，那么，虽然在她的感觉中只过去了一瞬，但现在至少是第二天了。这会儿麻勒赛已经为她安好能量块，正在扣合能量池的外盖。他在干这些事情时，一直满脸戾气。安吉拉看看他的表情，微笑着说：

"真没想到你会守信践诺。我想此刻你正在肉痛吧——把一个20年型的高档能量块还给了我。据我估计，时间仓促，你为自己找到的肯定是一个低档货。"

麻勒赛恶狠狠地瞪她一眼，怒冲冲地把脸扭到一边。安吉拉忍不住大笑：

"好啦，谢谢你的守信。其实，如果你实在肉痛，这会儿还可以换回去。我对它毫不珍惜。"

麻勒赛被激怒，粗暴地把安吉拉推倒在地，掀开她的上衣——并不是去打开能量池，而是趴在安吉拉的乳胸上，狂暴地吻着。不过他的动作非常生硬，显然，对于没有性程序的低档机器人来说，他这样做只是一种拙劣的模仿，就像古代东方国家的太监们在宫女身上的发泄。安吉拉没有反抗，冷冷地看着他，直到他自己觉得无趣而停下来。麻勒赛抬起头，看懂了安吉拉的目光——怜悯中带着鄙视——便暴怒地喊：

"我恨你！我恨人类，恨你们这些像人类的机器人！"

然后他走到一个沙丘上，恨恨地坐下。

很奇怪，多半是由于麻勒赛近乎绝望的愤怒，少半是缘于安吉拉体内的母爱程序，她对这个下贱的机器人忽然没有了鄙视，反倒产生了几多同情。这家伙的愤怒、仇恨、对于生命的贪恋，甚至对于性能力的企求，都不会是他在被制造出厂时输入的感情程序，应该是自发产生的吧。那么，这家伙怎么能做出别的机器人做不到的事情呢，他确实应该算作一个异数。安吉拉走过去，拍拍他的肩膀，和解地说：

"不要生气啦。我真的没有看轻你的意思。喂，我刚才说的确实是真话，你如果喜欢我的能量块，我可以送给你。我对自己的余生毫无贪恋。"她禁不住叹一口气，苦声说，"你恨我们这些'太像人类'的高级机器人，其实我们有更多的痛苦啊。"

麻勒赛没有理她，站起身，恨恨地走了。

莫亚尔对麻勒赛的安然无恙很是不解，常常叨咕着："怎么回事？莫非这个贱坯看穿了齐格的计策？我的朋友算是白死了！"又说："我得接着干下去，我答应过齐格。"安吉拉没敢说是她救了麻勒赛——她这么做，确实有点对不住慷慨赴死的齐格——只是劝道：

"算啦，别把那个贱坯放到心上了，由着他像兀鹫那样活下去吧。"

麻勒赛此后有明显的变化，脸上的谄笑不见了，代之以阴郁乖戾，一副恨遍天下的模样。安吉拉在路上遇见他时，常常主动和他搭话，但他并不领情，一看见安吉拉就远远避开。安吉拉宽容地想，也许他毕竟忘不了自己对他的恩惠，无法像对别人那样摆出一副冷脸，所以只好躲开吧。

慰留所的住户增多了，相应也增加了几个杂役型低档机器人。按说这些人不可能配备有高档能量块——那应该是麻勒赛唯一垂涎的东西——但麻勒赛不知道出于什么动机，现在把主要精力放在这批人身上。而这些人显然更容易受骗，每天和麻勒赛泡在一起。莫亚尔还发现，甚至有慰留所外的机器人来找他，这些人也都是些低档型号。

莫亚尔没有放弃他的打算——继续朋友齐格未能完成的愿望。这些天来他一直悄悄盯着麻勒赛和他的"信徒"的活动，到安吉拉这儿的次数少多了。

两个月后的一天晚上，莫亚尔跑来对安吉拉说：总督布拉图来看她，这会儿飞机就停在大门外！安吉拉欣喜若狂，也很觉意外，现在离逾越节还早得很哪。她跑出去，果然布拉图在扑翼机旁等她，但只有他一个人，没有另一个安吉拉和孩子，孩子应该出生了吧。莫亚尔也跟着出来，与布拉图交换着目光。布拉图拥抱了安吉拉，说：

"来，你们俩赶快登机吧。"他朝迷惑的妻子点点头，"走，上来再细说。"

飞机朝一百千米外的小城市沙哈马飞去。布拉图回过头，严肃地对妻子说：

"有一桩突发事件：麻勒赛准备在沙哈马聚众抢劫，目标当然是能量块了，那儿有一个生产能量块的工厂。这桩阴谋是莫亚尔告发的。"莫亚尔点点头。"安吉拉，这是机器人第一次有组织的犯罪，说是叛乱也不为过。政府已经决定严厉镇压。我想请你们两位机器人去现场目睹，也许将来在法庭上需要你们的证言。"

安吉拉非常震惊，这个消息完全出乎意料。但仔细想想——想想麻勒赛的所作所为，特别是那次他死里逃生后所萌生的对社会的敌意，他走到这一步也没有什么奇怪。这会儿安吉拉对麻勒赛没有什么明晰的看法，既不同情他，好像对他也没有多少敌意。她只对一点感兴趣：那家伙怎么能克服体内固化的"服从人类"的程序，而胆敢反抗人类，至少是反抗人类加给他的命运？他确实是个异数。

飞机悄悄降落在工厂附近。布拉图领着两人进了一间屋子。窗户被黑布蒙着，一排屏幕显示着工厂的全景。七八名军人向总督点头示意，然后继续监视着屏幕。布拉图低声说，工厂库房里存有一万件高档能量块成品，准备明天发运。所以，麻勒赛选在今天作案，肯定经过周密的计划。而且——他们抢劫这么巨量的能量块显然并不只是自用，而是想向成千上万人散发的。那么他的目标不会到此为止，肯定是想组织大规模的暴乱！

莫亚尔也向安吉拉介绍了一些情况。他在几个月的监视中，发现麻勒赛在低档机器人中进行传教，发展了不少信徒。他的教义非常简单和粗糙：机器人中凡能换用三个能量块也就是所谓"复活"三次的机器人，就能像人类那样进入天堂。那些头脑简单的低档机器人对这位"先知"的话深信不疑。麻勒赛还对信徒说，他本人已经复活了七次，而且最后一次复活是"圣母安吉拉"亲手施为，所以他已经具有了神性，可以替圣母和上帝代言。莫亚尔看着安吉拉的眼睛说：

"安吉拉，我总觉得那家伙说的'圣母安吉拉'与最后一次复活，与你有某种关系。"

安吉拉面红耳赤——对于当时救活麻勒赛，她确实没有说得过去的理由。她老实承认：

"没错。他说的最后一次复活，是我借给他的能量块。那是去年逾越节的事，我送走丈夫和新安吉拉之后，在路上碰见了濒死的他。"

令她欣慰的是，丈夫和莫亚尔都只是点点头，没有再往下追问。布拉图能猜到妻子当时一心求死的心理，怜悯地叹息一声，把安吉拉搂紧。

夜色笼罩着工厂。除了门口一个机器人门卫之外，看不到任何人。不过安吉拉能够感觉到周围的杀气，它在夜色中越聚越浓。她相信，这会儿至少有几百士兵或警察隐伏在周围。夜深了，大门外忽然出现几个鬼鬼祟祟的身影。他们潜到门卫身后，一跃而起，勒住门卫的脖子。然后，麻勒赛熟练地打开门卫腹部的能量池外盖，取出能量块，门卫的四肢舞动一会儿，慢慢瘫软了。

指挥所的人屏住呼吸，悄悄看着。安吉拉在暗影中摇摇头——这个麻勒赛，这个贱坯，干这种勾当倒真熟练啊，也算得上熟能生巧吧。那伙人把守卫弄妥后，立即开来一辆汽车，打开库房门，往车上装货。干这些体力活正是低档机器人的强项，所以一切干得有条不紊。所有能量块已经上车，七八个身影也上了车，汽车开向工厂大门。就在到达大门时，铁门哗啦一声落下，几十道亮光在同一时刻射出，从四面八方聚向那辆汽车。埋伏的军人涌出来，几百支枪口对准这七八个机器人。

包围圈里的机器人都傻了，包括为首的麻勒赛。以下是一场平静到乏味的屠杀。军人们把机器人从车上拉下来，取出能量块，然后把"尸体"大卸八块，把零件扔到一辆回收车上，而被屠杀的机器人没有丝毫反抗。一架摄像机摄下了整个过程，其后要在电视上向全世界放映，这是为了儆戒效尤者。暴乱者中只有麻勒赛没有被拆卸，现在只剩下他被罩在强烈的聚光灯下，惊惶失措地转着脑袋，看着强光之外的模糊身影，就像一只吓呆的小羊在看着羊圈外的狼群。

安吉拉疑问地看看丈夫，不知道他要如何对付这次暴乱的首恶。布拉图没有说话，只是再度搂紧妻子，对麻勒赛的处理他早就筹谋好了。四名军人抬来一支硕大的十字架，在强光区域中立好。又把麻勒赛的双臂拉开，捆在十字架的横支上。然后——下面的场面完全出乎安吉拉的预料，也大大超过她的心理承受限度。两个军人拿着长钉和铁锤，把麻勒赛的双手钉在十字架上，再是双足，再是心窝。这还不算，他们又把麻勒赛腹部能量池的外盖打开，但并没有取出能量块，而是把它联到一个外加的小部件上。现在，麻勒赛的腹部开始滴血——当然只是模拟的，是以视觉上的滴血来表示能量的漏泄。当鲜血流完时，麻勒赛体内的能量也将全部耗完。所以，对麻勒赛的处死将是一个漫长的过程。

直到这时，贪生的麻勒赛才知道自己的命运，他的心理完全崩溃了，麻木了，脑袋一动不动地低垂在胸前。从外表看，他已经被吓死了。

安吉拉震惊地看着平静的丈夫。十年的共同生活中，她知道丈夫绝不是这样残忍的家伙，甚至他对待机器人类是相当开明的。那么，他为什么采取如此残忍的手段来处死麻勒赛？安吉拉尽管救过麻勒赛，其实她对这个家伙并没有好感，最多只是一点怜悯。但不管怎么说，如此残忍的死刑也太过分了！安吉拉不相信这会是丈夫的主意，但即使他只是一个无奈的执行者也不能原谅——他完全可以辞职，拒绝让自己的双手沾上鲜血！

连莫亚尔也十分震惊。他对"专盯死尸"的麻勒赛十分厌恶，并向总督告发了他的罪行。但他显然没有料到眼前的"国家暴行"。

摄影记者仍在一丝不苟地录下行刑过程，以便在电视上播放。布拉图看懂了妻子的愤怒，但没有做任何解释。安吉拉冷冷地盯着丈夫，盯了很久，最后说一句：

"总督阁下，我想今年逾越节你不用来看我了。"

她走进强光中，走到麻勒赛面前。那个近乎虚脱的家伙感到有人走近，努力抬起头，忽然认出来人是安吉拉，就像见到了救世主，挣扎着说：

"夫人……圣母……救我……"

安吉拉柔声说："好的，我来为你解除苦难。"

她用力扯下麻勒赛腹部那个模拟流血的小部件。又打开能量池外盖，取出能量块，狠狠地在地上摔碎。麻勒赛大惊失色，嘶声喊：

"不……不要……你这个天杀的女……"

他的声音渐渐微弱，身体僵硬了。安吉拉没有再理他，也没有理会周围的任何人，转过身，径自离开。行刑台旁的军人疑问地看着总督——他们都知道这位女机器人曾是总督夫人，不敢擅自拘留她。总督对安吉拉的行为没有做出任何反应，只是指指麻勒赛，把众人的目光引过来，平静地说：

"既然他已经死亡，那就不必示众了。销毁吧。"

军人把麻勒赛的身体从十字架上取下来，像刚才做的一样把他大卸八块，扔到回收车上。

安吉拉再没有回慰留所，从此杳无踪影。

第二天，镇压此次机器人暴动的录像在全世界播放，也包括麻勒赛被钉在十字架上的场面。

莫亚尔在世界上第一次机器人暴乱中立了大功，被人类社会额外赋予十年寿命，重新回到人类社会中。不过，他原来的妻子已经有了丈夫莫亚尔第二，无法与他再婚，所以为他另外匹配了一个地位尊贵的人类妻子。

日月如梭。十年后，莫亚尔度过他的第二个人生，带着妻子所赠的 20 年型高档能量块，再次来到慰留所。妻子忙于公务，没有送他来。他在这儿巧遇了布拉图。布拉图已经卸职，这会儿是送第二任安吉拉到慰留所的，九岁的女儿跟在后边。由于遗传学的进步，这位"人机混血"的女儿酷似安吉拉的模样。看着她，看着风采依旧的安吉拉第二，莫亚尔不由想起了十年前他认识的第一个安吉拉，一时间万千思绪萦绕心头。

十年了，那位安吉拉是死是活，躲在哪里？

布拉图和女儿与安吉拉第二依依惜别。布拉图说，他年过花甲，不准备再迎娶第三任安吉拉了。每年逾越节，他会带着女儿来看她。安吉拉第二说，"谢谢你的情意，但女儿还小，我怕你照护不了，还是再娶一个安吉拉第三吧。"小安吉拉慷慨地说："我马上长大了，我来照顾爸爸！"两个大人都笑了。最后三人拥别，安吉拉走进慰留所，布拉图和女儿准备离开。

莫亚尔一直默默地立在一边，这时迎上去说：

"总督阁下，我是莫亚尔，你还认识我吗？"

"啊，莫亚尔，我的老朋友，很高兴在这儿见到你。"

"总督阁下，自打十年前，我就有一个问题想问你。如果你不嫌我冒昧的话……"

布拉图摸着小安吉拉的脑袋，慈和地说："请讲。不过我已经不是总督了，请称呼我的名字。"

"那我就冒昧了。我想问的是：十年前，你用非常残忍的方法处死麻勒赛，而且我后来知道，这样做并无上级授意。请问你究竟是什么用意？那样做对人类的统治只有负面作用。十年来所谓'复活教'的传播，特别是它在低层机器人中大行其道，恐怕与你那次残忍的行刑大有关系。最使我不解的是，这种残忍并不符合你一贯的为人！"

"你到现在还没有想通吗？"

"是的。"

布拉图叹一口气："其实我那样做，并没有太深的心机，只是给麻勒赛送一个顺水人情罢了。"

"顺水人情？给麻勒赛？"

"是的。其实早在那个事件之前，人类的精英阶层就已经认识到，机器人类对人类的绝对服从，以及机器人类对自身生命的漠视，只是一种支点极不稳固的不稳平衡。一旦他们中间出现哪怕仅仅一个先知先觉者，这种不稳平衡就会很快被打破，谁也阻止不了。作为总督，我当然得履行职责，坚决镇压那次暴乱；但我非常清楚自己是螳臂当车，所以，我就顺便把麻勒赛……"

"把那个贱坯塑造成一个先知，一个殉道者，一个机器人类中的耶稣？"

布拉图温和地说："也许从私德上说，麻勒赛确实是一个贱坯，至少是一个极度自私的家伙。但他在机器人中第一个萌生了对于生命的贪婪，从这一点上说，他的确是机器人的先知。所以，他的先知并不是我封的，我只是顺便给他添了一道光环。"

莫亚尔阴郁地沉默了一会儿，说："同时也把安吉拉塑造成一位圣母？"

"不，这不是我的初衷，她是自己走进这个事件中的。"

莫亚尔的表情更为阴郁："至于我……自然就成了出卖耶稣的犹大？"

布拉图看看他，真诚地说："对不起。你是个好机器人，对人类很忠诚。作为个人，我非常敬重你。可是……也许几百年后，机器人类会有不同于人类的评判标准，我无法预料。莫亚尔，请你想开一点，历史上充满了阴差阳错，传于后世的褒贬不一定符合历史的真实，你不必太在意。"

他们在说话时，九岁的小安吉拉瞪着乌溜溜的眼睛，看看这个，又看看那个。她听得十分认真，但不知道她能否听懂。莫亚尔沉默良久，问：

"你是否知道安吉拉在哪儿？我是说第一任安吉拉。"

"我只能肯定她还活着，但一直隐匿着行踪。如今在'复活教'信徒的心目中，她是母仪天下、宽和慈爱的圣母，其地位甚至在殉教的麻勒赛之上。"他看看莫亚尔，加重语气说，"我给你透露一点内幕消息：十天之后，复活教将有一次大规模的秘密集会，估计她会到场。政府已经决定再次严厉镇压。这也是我急于卸职的原因——不想让双手再沾上鲜血了。"他意味深长地看看莫亚尔，结束了谈话，"好了，我要走了。再见。"

他拉着女儿走向飞机。小安吉拉忽然停下，和爸爸说了几句话。然后布拉图独自登机，小安吉拉跑回来，拉着莫亚尔的手，两眼乌溜溜地问：

"莫亚尔叔叔我知道你，爸爸多次讲过你，讲过我的另一个妈妈，就是第一个安吉拉。叔叔，你能不能向安吉拉报信？如果你去，我和你一块儿。"她想了想，为父亲辩解，"你知道，我爸爸曾经是总督，他不可能自己去的。"

莫亚尔把小安吉拉抱起来，亲了亲她，柔声说："你放心跟爸爸回家吧，那是大人们的事。去吧，小安吉拉再见。"

小安吉拉用聪慧的目光探询他的目光深处。她放心了，笑着跑向飞机。机舱门关闭之前，她一直挥着小手向莫亚尔告别。